MAÑANA A ESTA HORA

MAÑANA
A ESTA HORA
EMMA
STRAUB

Traducción de Mia Postigo

☾ UMBRIEL

Argentina • Chile • Colombia • España
Estados Unidos • México • Perú • Uruguay

Título original: *This Time Tomorrow*
Editor original: Riverhead Books, un sello de Penguin Random House LLC
Traducción: Mia Postigo

1.ª edición: noviembre 2023

© 2022, Emma Straub
All Rights Reserved
© de la traducción 2023 *by* Mia Postigo
© 2023 *by* Urano World Spain, S.A.U.
Plaza de los Reyes Magos, 8, piso 1.º C y D – 28007 Madrid
www.umbrieleditores.com

ISBN: 978-84-19030-42-9
E-ISBN: 978-84-19497-70-3
Depósito legal: B-16.935-2023

Fotocomposición: Ediciones Urano, S.A.U.
Impreso por: Romanyà-Valls – Verdaguer, 1 – 08786 Capellades (Barcelona)

Impreso en España – *Printed in Spain*

Para Putney Tyson Ridge

Solo cuando un relato estaba terminado, todos los destinos resueltos y toda la trama cerrada de cabo a rabo, de suerte que se asemejaba, al menos en este aspecto, a todos los demás relatos acabados que había en el mundo, podía sentirse inmune y en condiciones de agujerear los márgenes, atar los capítulos con un bramante, pintar o dibujar la cubierta e ir a enseñar la obra concluida a su madre o a su padre, cuando estaba en casa.

IAN MCEWAN, *Expiación*

Mañana, a esta hora
¿dónde estaremos?

THE KINKS

¡Hasta el futuro!

LEONARD STERN,
Los hermanos del tiempo

PARTE UNO

1

El tiempo parecía no existir en el hospital. Del mismo modo que en los casinos de Las Vegas, no se podía encontrar un reloj en ningún lado y la intensa luz fluorescente permanecía igual de brillante durante todas las horas de visita. Alice había preguntado una vez si apagaban las luces por la noche, pero parecía que la enfermera no la había oído o había pensado que estaba bromeando con ella, pues, fuera como fuese, no le había respondido, y por tanto Alice no sabía la respuesta. Su padre, Leonard Stern, seguía en su cama en el centro de la habitación, estaba atado a más tubos, vías, bolsas de medicamentos y máquinas de las que ella podía contar y casi no había pronunciado palabra durante la última semana, por lo que él tampoco iba a contestar su pregunta, ni siquiera si volvía a abrir los ojos. ¿Podría notar la diferencia? Alice pensó en lo que había sentido de adolescente al estar tumbada sobre la hierba de Central Park durante el verano, cuando ella y sus amigos se habían tumbado cual largos eran sobre mantas arrugadas, a la espera de que ver J. F. K. Jr. los golpeara por accidente con un *frisbee*. Solo que aquellas luces no se comparaban con el sol. Aquellas eran demasiado brillantes y frías.

Alice podía visitar los sábados y domingos, además de los martes y jueves por la tarde, cuando terminaba de trabajar lo suficientemente temprano para subirse al tren y llegar al hospital antes de que acabaran las horas de visita. Desde su piso en Brooklyn, el viaje en metro le llevaba una hora exacta: la línea 2/3 desde Borough Hall hasta la calle 96, y luego el tren de la ciudad hasta la calle 168. Sin embargo, desde el trabajo era media hora en el tren C, en línea recta desde la calle 86 y la zona este de Central Park.

Durante el verano, Alice había podido visitarlo casi todos los días, pero, desde que el año escolar había empezado, unos pocos días a la semana había sido lo máximo que había podido hacer. Parecía que habían pasado décadas desde que su padre había sido como solía ser, cuando su apariencia había sido más o menos la misma que había tenido durante toda la vida de Alice, alegre e irónico, con la barba más castaña que gris, solo que, en realidad, solo había pasado un mes desde aquello. Había estado en una planta diferente del hospital por aquel entonces, en una habitación que parecía más bien una habitación de hotel sin decorar en lugar de una sala de operaciones, con una foto de Marte que él mismo había arrancado del *New York Times* y había pegado a la pared, junto a una foto de su antiquísima e invencible gata, Ursula. Se preguntó si alguien habría puesto todo aquello junto a sus demás pertenencias —su cartera, su móvil, la ropa que llevaba cuando lo habían ingresado en el hospital, la pila de libros que había llevado consigo— o si las habrían tirado en uno de los enormes contenedores con tapa que delineaban aquellos pasillos estériles.

Cuando alguien le preguntaba cómo se encontraba su padre —alguien como Emily, con quien compartía escritorio en la oficina de admisiones; o Sam, su mejor amiga desde el instituto, quien tenía tres hijos, un marido, una casa en Montclair y un armario lleno de tacones que ponerse para su trabajo en un aterrador bufete de abogados; o su novio, Matt—, Alice deseaba tener una respuesta sencilla que dar. Cuanto más tiempo pasaba, la pregunta se convertía más y más en una frase vacía, del mismo modo en que uno podía preguntar «¿qué tal?» a un conocido con el que se cruzaba por la calle, pero sin detenerse. No había ningún tumor que extirpar, ningún virus que combatir. Lo que sucedía era que muchos de los vecindarios del cuerpo de Leonard estaban colapsando en un coro uniforme y glorioso: su corazón, sus riñones, su hígado. Alice comprendía, como nunca antes lo había hecho, la forma en la que el cuerpo humano era como una máquina de Rube Goldberg, y cada vez que una ficha de dominó caía o una palanca se empujaba, la máquina entera se detenía. Cuando los médicos se asomaban a su habitación en la UCI, lo único que hacían era repetir la palabra *fallo* una y otra vez. Todos estaban a la espera de que su padre falleciera. Podían pasar días, semanas o meses, pues nadie podía asegurarlo con certeza. Para Alice, una de las peores partes de todo ello era que los médicos siempre parecían estar adivinando. Eran personas inteligentes, y sus conjeturas estaban basadas en exámenes y pruebas y años de experiencia, pero seguían adivinando de todos modos.

Podía verlo: toda su vida había pensado que la muerte era un solo instante, cuando el corazón se detenía, cuando se expiraba el último aliento, solo que en aquel momento sabía que la muerte se parecía mucho más al acto de dar a luz, con nueve meses de preparaciones. Su padre tenía un caso grave de embarazo de muerte, y no había mucho más que pudieran hacer que esperar. El personal sanitario, la madre de Alice en California, sus amigos y vecinos, y, en especial, ellos dos. Solo había un modo en el que todo ello podía terminar y solo sucedería una vez. No importaba la cantidad de veces en las que una persona estuviese en un avión con turbulencias, en accidentes de tráfico, que pasara por delante de un coche en el momento justo o que se cayera y no se rompiera el cuello por los pelos, aquella era la forma en la que sucedía para la mayoría de las personas: morían tras un periodo de tiempo. La única sorpresa que quedaba era el cuándo sucedería, el día exacto, y luego todos los días después de eso, cuando no apartara su lápida hacia un lado o sacara una mano desde lo más hondo de la tierra. Alice comprendía todo aquello y en ocasiones lo aceptaba, pues era la forma en la que el mundo funcionaba, pero en otras se ponía tan triste que no conseguía mantener los ojos abiertos. Su padre solo tenía setenta y tres años. En una semana, ella iba a cumplir los cuarenta. Y se iba a sentir infinitamente más vieja cuando su padre ya no estuviera.

Alice conocía a algunos de los enfermeros de la quinta planta y a otros de la séptima: Esmeralda, cuyo padre también se llamaba Leonard; Iffie, a quien le parecía gracioso cuando su padre comentaba que el hospital servía el almuerzo con tres manzanas (zumo de manzana, salsa de manzana y una manzana en sí); George, quien lo levantaba sin dificultad. Cuando reconocía a alguien que hubiese cuidado de su padre en alguna etapa anterior, le parecía como si estuviese recordando a alguien de una vida pasada. Los tres hombres que trabajaban en recepción eran los cuidadores más consistentes, es decir, eran los más amables y quienes recordaban los nombres de las personas como Alice que iban de visita una y otra vez, pues entendían lo que aquello significaba. Su jefe era London, un hombre negro de mediana edad que tenía los dientes delanteros ligeramente separados y una memoria de elefante. Recordaba su nombre, el de su padre, su profesión, absolutamente todo. Su trabajo parecía muy fácil, pero involucraba más que simplemente dedicarles sonrisas a las personas que entraban con montones de globos para visitar a los recién nacidos. También tenían que lidiar con las personas como Alice que visitaban y visitaban y seguían visitando hasta que ya no tenían ninguna razón para volver, sino solo una larga lista de personas a las que llamar y montones de preparativos que llevar a cabo.

Alice sacó su móvil de su bolso para ver la hora. Ya casi se acababa el horario de visitas.

—Papá —lo llamó.

Su padre no se movió, pero sus párpados parecieron agitarse levemente. Alice se levantó y apoyó la mano sobre la de él. Estaba muy delgada y algo amoratada, pues le estaban suministrando anticoagulantes para evitar que le diese un infarto, lo que significaba que cada vez que el personal sanitario lo pinchaba con otra aguja, un pequeño moretón aparecía. Leonard mantuvo los ojos cerrados. De vez en cuando abría un ojo, y Alice lo veía observar la habitación, sin concentrarse en nada, sin verla a ella. O al menos ella creía que no lo hacía. Cuando conseguía hablar con su madre por teléfono, Serena le decía que el oído era el último sentido en apagarse, por lo que Alice siempre le hablaba a su padre, aunque no estuviera segura de que sus palabras estuvieran llegando a algún lado. Al menos ella podía oírlas. Serena también le había dicho que Leonard tenía que dejar ir su ego, y que, hasta que lo hiciera, seguiría atado a su cuerpo mortal, eso y que los cristales podían ayudar. Alice no podía hacer caso a todo lo que su madre le decía.

16

—Volveré el martes. Te quiero. —Le tocó el brazo. Se había acostumbrado a aquellos gestos de afecto. Nunca le había dicho a su padre que lo quería antes de que entrara en el hospital. Quizás alguna vez, durante sus años de instituto, cuando estaba muy triste y discutían porque ella no volvía a casa a tiempo, pero entonces se lo habían dicho a gritos, como un epíteto arrojado a través de la puerta de su habitación. Solo que en aquellos momentos lo decía cada vez que lo visitaba. Una de las máquinas a sus espaldas emitió un pitido en respuesta. La enfermera de turno, quien tenía sus trenzas recogidas en una cofia blanca con detalles de Snoopy, le dedicó un ademán con la cabeza cuando pasó por su lado.

»Vale —le dijo Alice a su padre. Parecía que le estaba colgando el teléfono o que cambiaba de canal.

2

Alice siempre le escribía a su madre cuando salía del hospital. *Papá está bien. Ninguna novedad, así que supongo que todo bien.* Serena le envió el emoji de un corazón rojo y luego el de un arcoíris, lo que quería decir que había leído su mensaje y que no tenía nada que añadir, ninguna pregunta que hacerle. No parecía nada justo renunciar a toda responsabilidad solo por el hecho de ya no estar casados, aunque, claro, aquello era lo que significaba el divorcio. Y ellos habían estado divorciados durante mucho más tiempo del que habían estado casados, más del triple, de hecho, según pensó Alice mientras hacía los cálculos. Ella había tenido seis años cuando su madre había despertado y les había dicho que había tenido una visita de su futura consciencia, o de la mismísima Gea, no estaba del todo segura, pero de lo que sí estaba convencida era de que debía mudarse al desierto para unirse a una comunidad de sanadores dirigida por un hombre llamado Demetrious. Si bien el juez les había dicho que era muy extraño que el padre se quedara con la custodia completa, ni siquiera él había podido hacer nada. Por mucho que Serena fuese cariñosa cuando se mantenía en contacto, Alice nunca deseó que sus padres hubieran seguido juntos. Si Leonard se hubiese vuelto a casar, habría otra persona a su lado sosteniendo su mano y haciéndole preguntas a la enfermera, pero no lo había hecho, de modo que ella era la única que se encontraba allí. La poligamia le habría sentado de perlas en una situación como aquella, así como un montón de hermanos, pero Leonard solo había tenido una mujer y una hija, de modo que

Alice era lo único que tenía. Bajó las escaleras de la estación de tren, y, cuando la línea 1 llegó, ni siquiera fingió sacar un libro y ponerse a leer antes de quedarse dormida con la cabeza apoyada contra la ventana sucia y arañada.

3

Alice y Matt nunca se habían mudado juntos, pues tener dos pisos siempre les había parecido una idea genial, una manera revolucionaria de tener una relación seria, si se lo podían permitir. Ella había vivido sola desde la universidad, y el compartir espacios —cocina, baño y todo eso— con otro adulto día tras día involucraba un nivel de compromiso que no tenía en mente para sí misma. Una vez había leído una columna de Amor Moderno del *New York Times* que decía que una pareja tenía dos pisos en el mismo edificio, y aquello parecía la idea perfecta. Había vivido en el mismo estudio desde que cumplió los veinticinco y terminó por fin la universidad, pues había dado tumbos por su escuela de arte tan despacio como había podido. Se trataba de un bajo en un edificio de arenisca en Cheever Place, una callecita en Cobble Hill en la que siempre se podía oír el rugido de la autopista Brooklyn-Queens, lo que la ponía a dormir cada noche como si fuese el arrullo del mar. Debido al largo tiempo que llevaba viviendo allí, Alice pagaba menos por el alquiler que algunos jóvenes de veinticinco años que vivían en Bushwick.

De algún modo, Matt vivía en Manhattan, en el Upper West Side, el cual era el barrio en el que Alice se había criado y en el que trabajaba. La primera vez que habían ido a cenar y él le había contado donde vivía, ella había pensado que estaba bromeando. La idea de que alguien de su edad —y cinco años menor, en realidad— pudiera permitirse vivir en Manhattan era algo absurdo, si bien hacía mucho que Alice había comprendido que el lugar en el que uno se podía permitir vivir no solía tener mucho que ver con su sueldo, en especial si dicho lugar se encontraba en Manhattan. Matt vivía en uno de aquellos brillantes edificios residenciales nuevos que había cerca de la plaza Columbus, con portero y una sala para guardar paquetes que tenía una sección fría especial para quienes pedían comida fresca. Vivía en la décimo octava planta y sus vistas daban hasta Nueva Jersey. Cuando ella miraba por su ventana, podía ver una boca de incendio y la mitad inferior de las personas que caminaban por allí.

A pesar de que Alice tenía una llave del piso de Matt, siempre se detenía en recepción antes de dirigirse al ascensor, del mismo modo en que hacían las visitas. Se parecía bastante a cuando iba al hospital y daba su nombre. Aquel día, uno de los porteros, un hombre mayor de cabeza rapada que solía guiñarle un ojo, se limitó a señalarle el ascensor mientras se acercaba, y Alice le dedicó un asentimiento con la cabeza. Un pase libre.

Más allá de la reluciente esquina de mármol, una mujer y dos niños pequeños esperaban el ascensor. Reconoció a la mujer de inmediato, pero mantuvo la boca cerrada y trató de parecer invisible. Los niños, ambos rubios y de unos cuatro y ocho años, quizás, corrían en círculo en torno a las piernas de su madre mientras intentaban darse el uno al otro con raquetas de tenis. Cuando el ascensor llegó por fin, los niños corrieron hacia el interior, y su madre avanzó despacio tras ellos, con sus delgados tobillos al descubierto dentro de sus mocasines. Alzó la vista cuando se giró de cara hacia las puertas y fue allí cuando vio a Alice, quien se montó cerca de los botones del ascensor y se acomodó en una esquina del reducido cubículo.

—Ay, ¡hola! —la saludó la madre. La mujer era guapa y rubia, con un bronceado de verdad, del tipo que se va acumulando de forma progresiva en pistas de tenis o campos de golf. Alice la había conocido (¿quizás se llamaba Katherine?) cuando había llevado al niño mayor a la oficina de admisiones del colegio Belvedere.

—Hola —contestó Alice—. ¿Qué tal? Hola, peques. —Los niños habían abandonado sus espadas con forma de raquetas y habían pasado a darse patadas en las pantorrillas el uno al otro. Vaya juego.

La mujer —Katherine Miller, ya lo recordaba, y los niños eran Henrik y Zane— se apartó el pelo de la cara.

—Oh, de maravilla. Ya sabes, supercontentos de volver al cole. Hemos pasado todo el verano en Connecticut y han echado mucho de menos a sus amigos.

—El cole es un asco —dijo Henrik, el mayor. Katherine lo sujetó de los hombros y lo atrajo con fuerza contra sus piernas.

—No lo dice en serio —se disculpó.

—¡Claro que sí! ¡El cole es un asco!

—¡El cole es un asco! —repitió Zane como un lorito, en una voz tres veces más alta de lo necesario en un ascensor. Las mejillas de Katherine se sonrojaron por la vergüenza. La campanilla del ascensor sonó, y empujó a los niños para que salieran. El más pequeño iba a empezar el preescolar aquel otoño, lo que quería decir que Katherine iba a visitar la oficina de Alice dentro de poco. Aunque había muchas sensaciones evidentes en el rostro de Katherine, Alice las pasó todas por alto de forma diligente.

—¡Qué pases un buen día! —exclamó Katherine con voz cantarina. Las puertas del ascensor se volvieron a cerrar, y Alice pudo oír cómo reñía a los niños a gritos susurrados mientras caminaban por el pasillo.

Había muchos tipos de gente rica en Nueva York. Alice era una experta en el tema, aunque no porque quisiera; era como haber sido criada en un hogar bilingüe, solo que uno de los idiomas era el dinero. Una regla básica era que, cuanto más costara saber de dónde provenía el dinero de una persona, más dinero tenía. Si ambos padres eran artistas o escritores o no parecían tener ningún empleo discernible en absoluto y tenían disponibilidad para llevarlos y recogerlos del colegio, quería decir que el dinero les llegaba poco a poco desde una fuente muy grande, como gotas de un iceberg. Había montones de padres invisibles, tanto madres como padres, que trabajaban de forma constante y, si terminaban en el colegio o en el parque, siempre estaban al teléfono, con un dedo metido en la otra oreja para dejar fuera el ruido de la vida real. Aquellas eran las familias que contaban con ayuda. A quienes les daba vergüenza su riqueza usaban el termino *au pair* y a quienes no, *ama de llaves.* Incluso si los niños no lo entendían del todo, tenían ojos y orejas y padres que cotilleaban entre ellos cuando quedaban para jugar.

El dinero de su propia familia tenía un origen bastante sencillo: cuando era niña, Leonard había escrito *Los hermanos del tiempo*, una novela sobre dos hermanos que viajaban en el tiempo que había vendido millones de ejemplares y se había convertido en una serie de televisión que todo el mundo había visto, ya fuera de forma deliberada o a la fuerza por negarse a cambiar de canal, al menos dos veces por semana entre los años 1989 y 1995. Por tanto, Alice había asistido a Belvedere, uno de los colegios privados más prestigiosos de la ciudad, desde que había cursado el quinto grado. En el espectro que iba desde rubias en uniforme hasta no asignarles a los niños ninguna calificación numérica y llamar a los profesores por su nombre de pila, Belvedere se encontraba justo en el medio. Tenía demasiados judíos entre su alumnado para gusto de los ricos blancos protestantes y demasiadas costumbres intimistas para los marxistas.

Si se confiaba en lo que decían quienes escribían sobre ello, la mayoría de los colegios privados de Nueva York eran de ese modo: retadores, enriquecedores y superiores en todos los sentidos. Y, si bien aquello era cierto, Alice conocía las diferencias: ese de allí era para los que tenían problemas alimenticios y se exigían demasiado, aquel otro para los no muy listos que tenían problemas con las drogas y padres ricos. Había una escuela para atletas y otra para los que parecían maniquíes en miniatura e iban a terminar dirigiendo empresas; el colegio para los alumnos normales con amplios expedientes académicos que querían ser abogados, el destinado a los excéntricos con tendencias artísticas y el otro destinado a padres que querían que sus hijos fuesen excéntricos con tendencias artísticas. Belvedere había abierto sus puertas en la década de los setenta en el Upper West Side, por lo que había estado lleno de socialistas y *hippies,* aunque, en la actualidad, cincuenta años después, las madres esperaban a sus hijos en las puertas con sus Tesla y todos los niños tomaban alguna medicación para su TDAH. Pese a que nada podía ser perfecto para siempre, aquel seguía siendo su lugar y a ella le encantaba.

Alice solo aprendió a distinguir las diferentes categorías de familia cuando se hizo adulta: los rubios de brazos bien tonificados y muebles bar bien abastecidos; los actores con programas de televisión y una segunda casa en Los Ángeles para cuando la suerte les diera la espalda; los intelectuales, novelistas y demás con herencias complicadas y casas más grandes de lo que se deberían haber permitido; los drones de finanzas con sus encimeras impecables y sus estanterías empotradas. Estaban los que tenían apellidos sacados de libros de historia, para quienes el trabajo era algo superfluo, pero que podía ir desde el diseño de interiores hasta la recaudación de fondos. Algunos de aquellos ricos eran bastante buenos; buenos al preparar martinis, chismorrear y quejarse sobre sus problemas, pues ¿quién podría enfadarse con ellos? Todos pertenecían a algún comité de alguna institución cultural. Y, casi siempre, alguno de ese tipo se casaba con otro de aquel otro tipo y podían pretender que de algún modo se habían casado fuera de su burbuja. Los extremos a los que la gente rica llegaba para disimular su privilegio eran toda una farsa. Y, en el caso de Alice, también lo era.

Alice se cruzaba con todos ellos cuando entraba a la oficina de admisiones en el colegio Belvedere, donde ella, una mujer sin hijos con un título de Pintura y una especialización en Manejo de Marionetas, sería quien decidía si sus retoños iban a ser admitidos en la escuela o no. Si bien había montones de gente rica, todos ellos querían que sus hijos asistieran a la escuela que habían decidido, pues veían las vidas de sus hijos como vías de tren, donde cada parada conducía directamente a la siguiente, desde Belvedere hasta Yale, la facultad de abogados de Harvard, un matrimonio con hijos y una casa de campo en Long Island con un perro enorme llamado Huckleberry. Aunque Alice era solo un paso en todo ello, era uno importante. Estaba segura de que iba a recibir un correo de Katherine más tarde en el día, en el que le diría lo encantadísima que había estado de cruzarse con ella. En el mundo real, y en su propia vida, Alice no tenía poder alguno, pero en el reino de Belvedere, era una Lord Sith o una Jedi, dependiendo de si el niño en cuestión era admitido o no.

4

E l piso de Matt siempre estaba limpio. Llevaba viviendo allí un año y aún no se había preparado más de una comida al día por sí mismo, pues todo lo que podía hacer mediante una app, lo hacía. Al ser una niña criada en la ciudad, Alice también había pedido comida a domicilio montones de veces, pero al menos ella iba a por el teléfono y hablaba con otros seres humanos. Del mismo modo que hacían quienes habían vivido en pueblecitos alrededor del mundo, Matt parecía considerar Nueva York como un plató por el cual circular, sin pensar demasiado en lo que había sucedido antes. Alice dejó su bolso sobre la larga encimera blanca de la cocina y abrió la nevera. Había tres tipos distintos de bebidas energéticas, un té de kombucha a medio beber que ella había dejado allí hacía cosa de un mes, un salami, un taco de queso cheddar sin abrir que había empezado a secarse por los bordes, media barra de mantequilla, un bote de pepinillos, varios recipientes de comida para llevar, una botella de champán y cuatro cervezas Corona. Se limitó a cerrar la nevera, meneando la cabeza.

—¿Hola? ¿Estás en casa? —llamó, en dirección al dormitorio de Matt. No recibió ninguna respuesta y, en lugar de enviarle un mensaje, Alice decidió ponerse a lavar el montoncito de ropa sucia que había apretujado en su bolsa de tela antes de ir al hospital. Lo mejor del piso de Matt era que tenía un lavaplatos y una lavadora con secadora. El lavaplatos era un desperdicio en su caso, pues Matt casi no comía con platos de verdad, pero Alice vivía enamorada de la lavadora con secadora. Lo que solía hacer era llevar su bolsa de ropa sucia a la lavandería que tenía en la esquina de su casa, para la cual ni siquiera tenía que cruzar una calle para llegar, y allí ellos lavaban y doblaban su ropa antes de devolvérsela en un paquetito de ropa limpia, solo que la tranquilidad con la que ella podía lavar su par de tejanos favoritos, tres bragas y la blusa que quería ponerse al día siguiente para ir al trabajo no se comparaba con nada. Al estar frente a la lavadora abierta, Alice decidió que, ya que estaba, también podía lavar lo que llevaba puesto, por lo que se quitó los tejanos y la camiseta y los metió también. Cuando la ropa empezó a girar y revolverse, se deslizó con sus calcetines por el suelo resbaladizo hacia la habitación de Matt para buscar algo que ponerse. Oyó la puerta principal abrirse y luego el sonido de las llaves de Matt contra la encimera de la cocina.

—¡Hola! ¡Estoy por aquí! —exclamó ella.

Matt apareció en la puerta de su habitación, con su camiseta empapada de sudor en la zona del cuello y las axilas.

—Te juro que casi me muero hoy —le dijo, quitándose los cascos—. Hoy tocaba entrenamiento extremo, que consiste en tres circuitos que incluyen peso muerto y *burpees* extra. Me bebí como cuatro cervezas anoche y de verdad pensaba que me iba a poner a vomitar.

—Qué bien —contestó Alice. Matt iba a clases de CrossFit lo suficiente como para que su barriga cervecera se le notara un poco menos, aunque no tan seguido como para terminar una clase sin ganas de vomitar. Cada vez que iba, decía lo mismo.

—Me voy a la ducha. —La miró—. ¿Por qué estás desnuda?

—No estoy desnuda —repuso ella—. Estoy haciendo la colada.

Matt abrió la boca y jadeó un poco.

—Es posible que aún me pueda poner a potar.

La rodeó para dirigirse hacia el baño y abrió la puerta. Ella se sentó en la cama y oyó cómo el agua empezaba a correr.

Alice sabía que no eran una pareja ideal, no como algunos de sus amigos o conocidos, aquellos que subían himnos rapsódicos a Instagram durante cada cumpleaños y aniversario. Si bien no les gustaban las mismas cosas, no tenían los mismos gustos musicales ni compartían sueños o anhelos, cuando se habían conocido mediante una app (por supuesto) y se habían ido a beber algo, aquella cita se había convertido en una cena, la cena se había convertido en más bebida, y aquello había terminado con ellos acostándose, y así había transcurrido un año y el portero ya no le pedía su nombre al entrar al edificio. Un año era una cantidad de tiempo decente. Sam —quien estaba casada y por tanto sabía sobre esas cosas— creía que Matt no iba a tardar en pedirle que se casara con él. Y, si lo hacía, Alice no estaba segura de qué respondería. Se miró las uñas de los pies y decidió que necesitaban con urgencia algo de esmalte, pues ya solo le quedaban unos minúsculos arcos rojos en las puntas, como topos. Iba a cumplir los cuarenta en una semana. No había hecho ningún plan con Matt, pero creía que, si había alguna esperanza de que algo fuera a pasar, iba a ocurrir aquel día. El estómago le dio un vuelco al pensarlo, como si el órgano hubiese intentado darse la vuelta y esconderse.

El matrimonio parecía una idea aceptable la mayor parte del tiempo: siempre contabas con alguien y, cuando murieras, tendrías a alguien a tu lado sosteniéndote la mano. Claro que eso no tenía en cuenta los matrimonios que terminaban en divorcio ni los matrimonios tormentosos, en los que ir de la mano no era más que un recuerdo. No contaba a quienes morían en accidentes de tráfico o a quienes sufrían infartos mientras estaban sentados a sus escritorios. ¿Cuál era el porcentaje de gente que de verdad llegaba a morir sintiéndose querida y respaldada por su pareja? ¿Diez por ciento? No se trataba solo de la parte de morir lo que hacía del matrimonio algo atrayente, claro, aunque sí que era una parte de ello. Alice sentía pena por su padre, por ser lo único que le quedaba en el mundo, y tenía miedo de parecerse demasiado a él como para poder aspirar a algo más. No, ella tendría incluso menos. Leonard había tenido un hijo. Y no cualquier hijo, sino una hija. Si ella hubiese sido un niño y no hubiese sido entrenada por la sociedad para ser una cuidadora responsable y buena, la historia podría haber ido de otro modo. Sus treinta habían pasado tan rápido... Sus veinte se habían ido en un visto y no visto, y, hacía diez años, sus amigos habían empezado a casarse y tener hijos, aunque la mayoría de ellos había esperado hasta cumplir los treinta y tres, treinta y cuatro o treinta y cinco, de modo que ella no iba con tanto retraso.

Solo que de pronto iba a cumplir los cuarenta y eso sí que era demasiado tarde, ¿verdad? Tenía amigos que estaban divorciados y otros que ya iban por su segundo matrimonio. Esos siempre avanzaban más deprisa, por lo que era fácil ver lo que había fallado en primer lugar: si una pareja se divorciaba y, dos años después, uno de ellos ya se había vuelto a casar y tenía un bebé en camino, no había ningún misterio allí. Alice no sabía si quería tener hijos, pero lo que sí sabía era que, en algún momento de su futuro cercano, su indecisión se iba a convertir rápidamente en un hecho, uno sin lugar a duda. ¿Por qué no había más tiempo?

Matt salió de la ducha y se la quedó mirando mientras ella se encontraba encorvada y observándose los pies como un gólem preocupado.

—¿Quieres pedir algo de comer? ¿Y quizás follar un poco mientras esperamos? —Llevaba una toalla alrededor de la cintura, pero esta se resbaló, y él no se agachó para recogerla. Su erección pareció decirle: «¡Hola!».

Alice asintió.

—¿Pedimos pizza? ¿De donde siempre?

Matt apretó algunos botones de su móvil y luego lo lanzó a sus espaldas hacia su enorme cama.

—Tenemos de treinta y dos a cuarenta minutos —le dijo. Si bien Matt no era precisamente bueno en la cocina o muchas otras cosas, follar sí que se le daba bien. Y eso era algo que tener en cuenta.

5

Belvedere, del mismo modo que muchos otros colegios privados, no estaba compuesto de un solo edificio, sino que, con el transcurso del tiempo, se había extendido por una pequeña zona del vecindario como un virus. La escuela primaria y la oficina de admisiones se encontraban en el edificio original, en el lado sur de la calle 85, entre la zona oeste de Central Park y Colombus, y era un edificio compacto de seis plantas de arquitectura moderna aunque nada atractiva a la vista, con un sistema de aire acondicionado excelente, grandes ventanas, pantallas de proyección empotradas y una biblioteca con moqueta y sillas cómodas de colores brillantes. Los niños más grandes —de instituto y bachillerato— habían pasado al edificio nuevo, al otro lado de la manzana, en la calle 86. Alice se alegraba de no tener que lidiar con adolescentes todos los días. Los que estaban por graduarse se pasaban el otoño entrando y saliendo a grandes zancadas de la oficina de preparación universitaria que tenía al lado, y ver sus cuerpos desgarbados y su total ausencia de poros desde una distancia de tres metros era más que suficiente para ella. La oficina de admisiones se encontraba en la segunda planta, y, si asomaba el cuello un poco por la ventana, podía ver la colina que daba hasta Central Park.

La sala de espera de la oficina de admisiones era espaciosa y contaba con unos caros —aunque muy usados— rompecabezas de madera sobre las mesitas bajas también de madera para los niños. Estos se quedaban allí para que los padres nerviosos juguetearan con ellos mientras sus hijos se reunían con Alice, su compañera, Emily, o su jefa, Melinda, una mujer formidable de caderas anchas y una variedad de grandes y largos collares que los niños siempre querían toquetear. «¡Los truquillos del oficio!» solía contestar cuando alguna madre le daba un cumplido por ellos, mientras temblaba como un galgo enfundado en su chándal. También era lo que solían decir Alice y Emily cuando se escaqueaban para salir a fumar durante sus horas de trabajo. Emily asomaba la cabeza por la especie de pared que separaba sus escritorios, decía: «¿Truquillos del oficio?», y ambas se escabullían por la salida de emergencias que había en la parte trasera de la escuela para fumar en el cuadradito de pavimento gris donde vivían los contenedores de basura.

—¿Has visto a Papi Ciclista hoy? Cómo me encanta ver a Papi Ciclista —dijo Emily. Tenía veintiocho años y se encontraba en medio de una temporada de bodas, lo que era exactamente igual a una temporada de bar mitzvá, solo que una debía pagar por sus propios vestidos y regalos. Emily había asistido a ocho bodas aquel verano, información que Alice conocía porque a Emily le gustaba mandar mensajes de texto cuando estaba borracha, y más aún si andaba tristona—. Apuesto a que es un Leo. ¿No te parece? —siguió diciendo—. Actúa como todo un Leo. El modo en que carga con la bici hasta la acera con ambos niños en ella... buah. Sabes que esa cosa tiene que pesar como cien kilos y él simplemente hace *grrrr*. —Alzó una mano en un gesto de garra temible.

—La verdad es que no —dijo Alice, antes de dar una calada. El cigarrillo era de Emily, de la marca Parliament. Sabía a periódico mojado, si es que un periódico mojado se pudiera encender. Alice casi había dejado de fumar en varias ocasiones durante la última década, solo que de algún modo nunca lo había hecho de verdad, a pesar de los chicles, los libros y las miradas desaprobatorias de sus amigos y desconocidos. *Gracias al cielo por Emily*, pensó. Prácticamente ninguno de los empleados más jóvenes fumaba. ¡Ni siquiera vapeaban! Por mucho que fumaran marihuana, apenas sabían liarse sus propios porros. Consumían comestibles. Eran unos críos. Alice sabía que era más sano, sí, que era mejor para sus pulmones y para el planeta, ya, pero hacía que se sintiera sola.

—Llevaba una camiseta a rayas, como Picasso, solo que en plan buenorro y no como un tío raro. Me encanta. —Emily raspó la suela de su zapato contra el hormigón.

—Es su mujer quien recoge a los niños —comentó Alice—. ¿Y qué hay de Ray? Lo he visto entrar hace un rato, ¿cómo va eso?

Ray Young era un auxiliar de preescolar que tocaba el ukelele y que se acostaba con Emily más o menos una vez al mes. Emily siempre juraba que no iba a volver a suceder, que solo pasaba porque él paseaba a su perro cerca de donde ella vivía. Alice creía que era un problema a lo *Melrose Place*, pero como Emily nunca había visto esa serie, se guardaba sus opiniones para ella misma. Ray tenía veinticinco años y estaba soltero, lo que hacía que a Emily le pareciera aburrido.

—Ah, pues ya sabes —contestó Emily, poniendo los ojos en blanco—. Folla como si sus padres nos estuviesen mirando.

—Qué malvada —dijo Alice, tras toser un poco.

Emily le guiñó un ojo.

—Venga, volvamos dentro antes de que nos echen la bronca. —Soltó su cigarrillo y lo aplastó con su zapato—. Ay, por cierto, ¿cómo sigue tu padre?

—Pues ahí va —contestó Alice, y lanzó su cigarrillo aún encendido hacia el suelo.

6

Melinda les entregó a ambas una pila de carpetas, cada una con el nombre de un niño escrito en rotulador permanente al frente. Había doscientos postulantes para treinta y cinco plazas, y eso solo para preescolar. Alice, Emily y Melinda iban a entrevistar a cada uno de los postulantes de su pila y luego iban a pasar sus anotaciones a la hoja de cálculo de admisiones que compartían, con todos los niños clasificados sobre la base de si tenían hermanos, si sus padres habían estudiado allí o si eran famosos, si habían solicitado una beca, si pertenecían a alguna minoría, si provenían de familias internacionales o cualquier otra cosa que mereciese ser apuntada. En ocasiones Alice pensaba en todas las casillas que aquellos niños tan pequeñitos ya tenían marcadas y se le revolvía el estómago. Se sentía como si fuese una jueza en un concurso de belleza. ¡Este de aquí sabía tocar el piano! ¡Aquel otro sabía leer en dos idiomas! ¡Aquel había ganado una regata! No obstante, los niños solían ser maravillosos, claro. Extraños y dulces y torpes y graciosos como eran todos los niños. Ellos eran lo mejor de su trabajo. Había veces en las que creía que quería ser una psicóloga infantil, aunque ya era demasiado tarde para eso. Le encantaba conocer a los niños y hablar con ellos, escuchar sus ideas descabelladas y sus vocecitas agudas y ver cómo su timidez quedaba reducida a la nada.

Claro que no había tenido intención de trabajar en su alma máter para siempre.

Había querido dedicarse a la pintura. O a cualquier tipo de arte, en realidad, siempre y cuando le pagaran por ello. Quizás ser una profesora de Arte a la que sus estudiantes adoraran, que tuviera sus paredes llenas de maravillosas obras de arte hechas por los niños y con tiempo para dedicarse a su propio arte. Pese a que las probabilidades de que se fuera a convertir en una artista famosa y exitosa ya eran casi nulas, seguían mirándola de ese modo, debido a que seguía rodeada de personas que la conocían desde que había sido una adolescente con dotes artísticos, por mucho que llevara más de un año sin tocar ni un lienzo ni un pincel. Sus amigos de Belvedere que sí se habían convertido en artistas se habían ido de Nueva York, pues la ciudad era demasiado cara. Se habían marchado hacía cinco, diez o quince años; había perdido la cuenta. Aquellos a los que más quería incluso habían renunciado a las redes sociales, salvo para subir algún paisaje borroso o imágenes de cosas graciosas con las que se encontraban de vez en cuando en supermercados. Ella los echaba de menos a todos.

—Tierra llamando a Alice —dijo Melinda, aunque no con brusquedad. Estaban sentadas en una especie de círculo, con sus sillas de escritorio apuntando hacia el centro.

—Lo siento, me he distraído pensando en algo, pero aquí sigo —se excusó, y Emily le guiñó un ojo.

—Me gustaría mucho si pudiéramos encargarnos de este grupo en el transcurso de las dos semanas siguientes. Puedes ponerte en contacto con las familias de tu lista y coordinar citas, creo que Emily ya hizo la hoja de cálculo para registrarlas. —Melinda las miró y asintió—. Perfecto.

La pila de carpetas era pesada: cada una tenía la foto de un niño grapada al frente y estaba llena de documentos para la admisión. Alice era incapaz de imaginar que aquel hubiese sido el sistema cuando sus padres la habían inscrito, pues ellos nunca habrían cumplimentado más de una página. Rebuscó entre las carpetas que tenía en el regazo en busca de algún nombre que reconociera. Siempre había unos cuantos. Sus compañeros de clase que se habían quedado en la ciudad habían procreado a un ritmo impresionante; algunos ya iban por su tercer bebé, y el sistema de reciclaje de la escuela privada era uno efectivo. En ocasiones, a Alice le parecía que era algo extraño el modo en el que la gente permanecía dentro de las mismas cuatro calles en las que había crecido, pero entonces pensaba en la gente que vivía en pueblecitos y ciudades en todo el país y en cómo ellos también lo hacían. Solo le parecía extraño porque vivía en Nueva York, un lugar que se regeneraba cada poco tiempo, habitado por recién llegados e inmigrantes. Solía ser algo agradable encontrarse con gente de su pasado, en su mayoría mujeres que no había conocido mucho, pero que eran perfectamente amigables y que parecían muy seguras de las decisiones que habían tomado. Más de lo que ella estaba. Era algo mucho más fortuito que se encontrara con alguien que había conocido de verdad.

Como el pequeño Raphael Joffey. ¿Cuántos Joffey podía haber? El niño de la foto tenía la piel olivácea, cabello castaño oscuro, cejas gruesas y le faltaba un diente. Se parecía tanto a su padre que Alice estaba segura de lo que iba a encontrar cuando abriera la carpeta. Y allí estaba, en la segunda línea: Thomas Joffey. La dirección indicaba que vivían en la zona oeste de Central Park, en el San Remo, donde Tommy se había criado. Era casi dos años mayor que ella e iba un curso por delante. Alice no recordaba el número de su piso, lo que la reconfortaba un poco, aunque sí que recordaba su número de teléfono fijo. Si la información que tenía en aquella carpeta era cierta, vivía a unas pocas manzanas del colegio y seguía en el mismo barrio en el que ambos habían crecido. Por muy raro que fuera que nunca se lo hubiera cruzado por la calle, así era como pasaba a veces. Había personas que se encontraban en tu mismo circuito, que vivían en la calle de al lado o al otro extremo del distrito, que, por la razón que fuera, compartían tu mismo camino y con quienes te encontrabas una y otra y otra vez. Aunque también estaban aquellas personas que vivían justo al lado y tenían un horario completamente diferente, por lo que nunca te cruzabas con ellos. Otros caminos, otras líneas de metro, otros horarios. Alice se preguntó a qué se dedicaría Tommy y si alguien en su vida seguiría llamándolo de ese modo. Si acababa de volver o si había vivido tan cerca todo aquel tiempo. Si él y su familia vivían en el mismo piso en el que él había crecido o en uno distinto, y si el pequeño Raphael iba en el ascensor de arriba abajo para visitar a sus abuelos. Se preguntó qué apariencia tendría Tommy, si habría empezado a tener canas, si su cuerpo seguía siendo tan bello como había sido, alto y grácil con todo lo que se ponía, como si siempre hubiese habido una brisa que soplara en su dirección. Ni siquiera había oído su nombre desde la reunión que habían tenido por el vigésimo aniversario de su promoción hacía un par de años, reunión a la cual él no había asistido, pero en la cual ella había oído a algunas personas preguntar si vendría. Aquello era lo que importaba de verdad: que te echaran de menos.

Alice cerró la carpeta y la dejó sobre la pila. Se preguntó cómo llamarían al niño: si usarían su nombre completo o si sería Rafe, Raffy o Raf. Pensaba enviar ese correo primero, dirigido a ambos padres, y decir lo que solía decir cuando les escribía a los exalumnos del colegio que encontraba en su montón de carpetas: «¡Hola! Soy Alice Stern de la promoción del 98». Al final, tras el mensaje ya escrito en el que les informaba sobre coordinar una reunión y un paseo por las instalaciones, con un enlace a la página en la que podían inscribirse, añadió una postdata y luego la borró. «Hola», escribió. «¡Ey!». No. «Ey, qué ganas de veros y conocer a Raphael». Lo mejor siempre era concentrarse en los niños. Cuando había empezado a trabajar en la oficina de admisiones, Melinda le había explicado que en ocasiones los padres de los alumnos que postulaban eran actores famosos o artistas que tocaban en el Madison Square Garden. Pero aquello no importaba. Ellos no querían que te los quedaras mirando ni que titubearas al hablar. Lo que querían era que una mirara a sus hijos a la cara y se quedara sin palabras, como todos los padres. Querían que una reconociera a su retoño especial. Alice no se dejaba impresionar por los famosos, no más de lo que hacía cuando los veía caminar por la calle, pero había personas que había conocido cuando era adolescente cuyos nombres aún conseguían hacer que el estómago le diera un vuelco. No sabía qué le podría decir a Tommy si se lo cruzaba por la calle o en un rincón oscuro de un bar atiborrado, quizás incluso ni pronunciara palabra. Lo que sí sabía era lo que iba a decirle en su oficina. Iba a abrir la puerta con una sonrisa, toda confianza y buen humor. Y él iba a sonreír, también.

7

En la habitación de hospital de Leonard siempre hacía frío, del mismo modo en que en las habitaciones de hospital siempre hacía frío, para mantener a raya a las infecciones. A los gérmenes les encantaba el calor, donde podían prenderse de algún portador débil y después de otro más, y el personal sanitario era el único con unos sistemas inmunológicos lo bastante fuertes como para darles pelea y mandarlos de vuelta a sus rincones polvorientos. Alice se encontraba sentada en la silla de cuero sintético para visitas —fácil de limpiar y con un asiento esponjoso ideal para pasar largas horas en un mismo sitio— y se metió las manos en las mangas de su jersey. Durante los últimos días había estado intentando recordar conversaciones que había mantenido con su padre. Una de sus amigas, una mujer cuya madre había muerto hacía unos pocos años, le había dicho que debía grabar sus conversaciones con su padre, pues más adelante las querría, sin importar el tema. A Alice le había dado vergüenza pedir permiso, pero había grabado una conversación que habían mantenido en el hospital el mes anterior, mientras su móvil permanecía bocabajo sobre la mesita que había entre su silla y la cama de su padre.

LEONARD: ...y allí viene nuestra favorita, la reina del hospital.

(Enfermera, murmullos varios)

LEONARD: Denise. Denise.

DENISE: Leonard, traigo dos pastillas, son para la tarde. Son un regalo.

(Sonido de pastillas al sacudirlas)

ALICE: Gracias, Denise.

DENISE: Es mi favorito, pero no se lo digas a los demás pacientes. Tu padre es el mejor.

LEONARD: Quiero mucho a Denise.

ALICE: Y ella te quiere mucho a ti.

LEONARD: Estábamos hablando de Filipinas. De Imelda Marcos. Hay tantas enfermeras que vienen de Filipinas.

ALICE: Creo que eso es racista.

LEONARD: Tú crees que todo es racista. Es que hay muchas enfermeras de Filipinas y ya.

(Pitido de una máquina)

ALICE: ¿Y has estado escribiendo algo?

LEONARD: Venga ya.

¿Por qué le había preguntado eso? Quién podía saber cuántas conversaciones le quedaban con su padre y ¿eso era lo que ella quería saber? ¿Lo mismo que cualquier periodista de medio pelo le habría preguntado en cualquier momento de los últimos veinte años? Era más sencillo que preguntarle algo personal o contarle algo sobre ella, y, la verdad, quería saberlo.

Cuando Alice cerraba los ojos y se imaginaba a su padre, a su padre como viviría para siempre en su mente, lo veía sentado a la mesa redonda que había en su cocina en su casa en Pomander Walk. Había algunas calles similares en la ciudad: Patchin Place y Milligan Place en West Village y unas cuantas en Brooklyn, cerca de donde ella vivía, solo que Pomander Walk era diferente. La mayoría de callejuelas adoquinadas habían sido garajes para carruajes o habían sido construidas de forma temporal mientras algún gran edificio se construía cerca, y en aquel momento eran muy caras a pesar de su tamaño de una casa de muñecas, para los ricos que preferían exclusividad y un encanto rústico por encima de un lugar con más espacio. Pomander era una callecita en medio de una manzana que cortaba entre las calles 94 y 95, entre Broadway y West End. La había construido un hotelero en 1921, y lo que le encantaba a Leonard de ella era que era una calle real inspirada en una novela sobre un pueblecito de Inglaterra que había sido convertida en obra de teatro. Era una reproducción de una reproducción, una versión real de un lugar inventado, con dos filas de casas pequeñitas que parecían sacadas de *Hansel y Gretel* encerradas tras una reja.

Las casas eran pequeñas, todas de dos plantas, y la mayoría había sido convertida en dos apartamentos. Tenían unos jardincitos bien cuidados frente a la puerta y, al final de la calle 95, una caseta no más grande que una cabina telefónica era el hogar de unas herramientas compartidas: palas para la nieve, telarañas y la ocasional cucaracha que moría patas arriba. Cuando era niña, Reggie, el superintendente, le había contado a Alice que Humphrey Bogart había vivido alguna vez en Pomander y que su guardia de seguridad privado había usado la caseta como su puesto de vigilancia, pero ella no estaba segura de que fuese cierto. Lo que sí sabía era que Pomander Walk era un lugar especial, y que, si bien las ventanas delanteras se encontraban a unos pocos pasos de sus vecinos de enfrente y que desde sus ventanas traseras podía ver a sus otros vecinos en los enormes edificios residenciales que había al lado, aquel parecía ser su propio universo privado.

La escena era siempre la misma. Leonard a la mesa de la cocina; la lámpara de pie encendida a sus espaldas; un libro sobre la mesa frente a él o quizás tres; un vaso de agua y luego un vaso de algo más, con gotitas rodeándolo debido al hielo que tenía dentro; una libreta; un bolígrafo. Durante el día, Leonard veía telenovelas, paseaba por Central Park y por Riverside Park, se iba hasta la oficina de correos y Fairway, al City Diner que quedaba en Broadway y la calle 90 y hablaba con sus amigos por teléfono. Sin embargo, por la noche, se sentaba a la mesa de la cocina y trabajaba. Alice intentó incluirse a sí misma en la escena, imaginarse cruzando la puerta, dejar su mochila en el suelo y acomodarse en la silla frente a su padre. ¿Qué le había dicho después de volver del colegio? ¿Habían hablado sobre sus deberes? ¿Sobre películas o programas de televisión? ¿Sobre las respuestas que se sabían de *La ruleta de la fortuna*? Sabía que lo habían hecho, pero todos sus recuerdos eran imágenes sin sonido.

Una enfermera entró. Denise, cuya voz tenía grabada. Alice se acomodó en su silla y se sentó más recta. Denise le hizo un ademán con la mano.

—Ponte cómoda —le indicó, y Alice asintió y la observó mientras inspeccionaba varias máquinas y reemplazaba bolsas de fluidos opacos que había en los soportes junto a la cama de Leonard—. Eres una buena hija —le dijo Denise al salir, tras lo cual le dio una palmadita en la rodilla a Alice—. Ya se lo dije a tu padre; me encantó *Los hermanos del tiempo*. Cuando estaba estudiando para ser enfermera, mi compañera de habitación y yo nos disfrazamos de Scott y Jeff para *Halloween*. Se lo conté a tu padre. Yo era Jeff, cuando tenía bigote. Y fue un disfraz muy bueno, todos me reconocieron. *¡Hasta el futuro!*

—Aquel era su lema. Tres palabras que a Leonard lo hacían morir de vergüenza, pero que solían gritarle cuando iba por la calle o que le escribían en restaurantes cuando pedía la cuenta.

—Seguro que estabas muy guapa —contestó Alice. Los personajes de *Los hermanos del tiempo* daban para buenos disfraces: no tan ceñidos como un uniforme de licra de *Star Trek* ni tan colegial como una túnica de Gryffindor, además de lo suficientemente sencillos como para improvisar mediante tu ropa de siempre. Jeff llevaba sus tejanos ajustados, su chubasquero amarillo y, durante las últimas temporadas, su bigote rubio. Scott, el hermano menor, con su pelo largo, una camisa a cuadros y botas de trabajo, hacía mucho que se había convertido en un icono de la moda para lesbianas. Su padre no había sabido lo que iba a suceder cuando había publicado la novela.

No tenía cómo saber lo que le esperaba. En la actualidad, el libro seguía vendiéndose, pues siempre lo haría. Ya no estaba en las listas de los más vendidos, pero no había ninguna librería que no lo tuviese en sus estanterías o ningún adolescente que no tuviese un ejemplar en su habitación o un adulto friki que no se hubiese puesto al menos una vez un chubasquero y un bigote falso, como Denise. Leonard no había tenido nada que ver con la serie de televisión, aunque sí que le pagaban cada vez que la pasaban por la tele, y había sido una respuesta en el crucigrama del *New York Times* más veces de las que podía contar. Y, si bien no había publicado otro libro, siempre escribía.

Cuando era niña, en ocasiones Alice había llegado a pensar que los personajes de *Los hermanos del tiempo* eran sus hermanos de verdad; era uno de aquellos juegos que jugaba solita en su habitación diminuta. Los actores que habían interpretado los papeles de Scott y Jeff habían sido jóvenes y apuestos, recién salidos de sus años de adolescencia cuando la serie empezó a emitirse por la tele. Si bien no había leído el libro de su padre para aquel entonces, entendía lo importante: aquellos dos hermanos viajaban a través del tiempo y el espacio y resolvían misterios. ¿Qué más necesitaba saber? En la actualidad, el actor que había interpretado a Jeff participaba en anuncios de vitaminas para personas mayores y le dedicaba un guiño a la cámara al bromear sobre cómo incluso su bigote se había vuelto plateado, y el actor que interpretaba a Scott vivía en una granja de caballos a las afueras de Nashville, Tennessee. Alice conocía esa información porque este aún le enviaba a su padre una postal por Navidad cada año. ¿Tendría que contarle a él lo de su padre? ¿También tendría que buscar la forma de contárselo al actor que interpretaba a Jeff? Siempre había sido un gilipollas, incluso cuando ella era niña, y llevaba décadas sin verlo. Seguro que enviaría algo completamente extravagante e inútil, como un arreglo de flores del tamaño de una habitación entera que ni siquiera había escogido por sí mismo acompañado de una nota que él tampoco había escrito. Quería decirle a su padre que estaba pensando en ellos, en aquellos dos palurdos, uno adorable y el otro un tremendo imbécil.

Cada vez que se marchaba del hospital, le preocupaba que aquella fuese la última vez que viese a su padre. Había oído a algunas personas decir que sus familiares habían esperado a que salieran de la habitación. Alice se quedó hasta que el horario de visitas llegó a su fin y le dijo a su padre que lo quería mientras se dirigía hacia la puerta.

8

Matt escogió el restaurante con anticipación, lo que fue toda una agradable sorpresa. Tenían una reserva, según le dijo por mensaje de texto, y le envió la información. Era un restaurante al que no habían ido antes, o al menos uno al que Alice no había ido antes, así que se puso un poco de pintalabios.

Matt ha hecho una reserva para cenar, le escribió a Sam. *Un restaurante para ricos en el centro con un chef de Top Chef.* Sam le respondió el mensaje al instante: *¿El diabético buenorro o la mujer japonesa sexy? Me encantan los dos.* Alice se encogió de hombros, como si Sam pudiese verla, y luego la llamó por FaceTime para que pudiera hacerlo.

—Ey —la saludó Alice.

—Hola, guapa —contestó Sam. Parecía que estaba conduciendo.

—Samantha Rothman-Wood, ¿estás al volante? ¿Por qué has contestado una llamada por FaceTime? No te mueras, por favor.

—Estoy en el *parking* de las clases de ballet de Evie, tranquila. —Sam cerró los ojos—. A veces vengo a echarme una siesta sentada. —Evie tenía siete años y era la mayor de tres hermanos. Alice oyó un fuerte graznido de algún lugar que no podía ver—. Joder, se ha despertado el bebé.

Observó cómo Sam se trasladó sin dificultad hacia el asiento de atrás, desabrochó a Leroy de su sillita para bebés, se bajó su sujetador de lactancia y se acomodó al bebé en el pecho.

—Pero bueno —siguió Sam—. ¿Qué tal todo?

—Estoy por salir a encontrarme con Matt para cenar, y es en este sitio de ricos y no sé, creo que puede ser una sorpresa anticipada por mi cumpleaños o... —Alice se mordió una uña con insistencia—. No sé.

El bebé Leroy movió sus piernecitas y apoyó una mano con fuerza contra el pecho de su madre.

—Vale —dijo ella—. Creo que ha llegado el momento. Creo que va a pedirte que te cases con él, y va a ser público pero discreto. En plan, no mariachis ni *flashmob*, solo algo como el anillo escondido en el postre o así. Y tu camarero lo sabrá antes que tú.

Alice contuvo la respiración.

—Vale, ya. Puede ser.

Sam la miró.

—¿Estás respirando?

Alice negó con la cabeza.

—Te llamaré luego, ¿vale? Te quiero.

Sam le lanzó un beso y agitó la manita de Leroy para despedirse. Ambos parecían de lo más pequeñitos en la parte trasera del SUV de Sam, el cual era una máquina enorme con una sillita de bebé mirando hacia atrás, un cojín elevador que miraba hacia delante y cereales aplastados por todas las alfombrillas del suelo. Alice apretó el botón para colgar y los hizo desaparecer.

Durante cierta cantidad de años —desde que había cumplido los veinte hasta poco después de cumplir los treinta—, Alice había sentido envidia de sus amigos. No solo de Sam, aunque sí en especial de ella. Cuando Sam y Josh se habían casado, al verla en su elegante vestido blanco de seda bailando al son de una canción de Whitney Houston junto a todas las mujeres negras de su familia y las judías de la familia de Josh, Alice había pensado: *esto es la felicidad verdadera, y yo nunca lo tendré*. Había llorado cuando Sam se había quedado embarazada por primera vez, y también la segunda. No estaba orgullosa de ello; lo había hablado con su psicólogo. No obstante, años después, había echado un vistazo a su alrededor y se había dado cuenta de que todos sus amigos de la universidad tenían hijos y no podían salir hasta tarde ni dormir hasta tarde y solo podían quedar con ella entre las 10:30 a. m. y las 11:30 a. m., dependiendo del horario de la siesta de otra persona. Mientras tanto, ella aún podía hacer lo que le diese la gana cuando le diese la gana. Había conseguido dejar atrás sus celos. Era libre para viajar, para pasar la noche con desconocidos, para hacer todo lo que quisiera.

No ayudaba precisamente que su padre siempre hubiese tratado el matrimonio como si fuese una horrible enfermedad que había superado. Ser un padre soltero y divorciado le iba de perlas: quería a su hija y a sus amigos, le gustaba ir al parque y comer frente a la tele; todo ello en la misma medida en la que odiaba las cosas que el matrimonio lo había obligado a hacer alguna vez. No le gustaba comprar regalos de Navidad para parientes con los que no hablaba nunca. No soportaba las reuniones familiares ni la cháchara insulsa con padres que él consideraba aburridos. Era excéntrico en un modo que los padres de un colegio privado no solían ver, lo que significaba que era distinto a los demás. En varios momentos de su vida, había habido mujeres que Alice había imaginado que eran las novias de su padre, pero nunca habían pasado la noche en casa ni mucho menos le habían dado un beso en la mejilla a su padre mientras ella estaba presente. Lo que le resultaba más difícil imaginar era a su madre y a su padre en la misma habitación, tocándose. Ni siquiera de un modo íntimo, sino solo el contacto físico en sí. Una mano apoyada en el hombro. Brazos que se rozaban. Habían estado casados durante casi diez años, cuatro años antes de que Alice naciera y seis después. Cuando ella tenía seis años, Serena se había marchado a California y los había separado el país entero.

Claro que había conocido matrimonios felices: padres de sus amigos cuyas vidas visitaba durante fiestas de pijamas y fines de semanas festivos, aunque siempre le había parecido como si estuviese viendo un documental sobre vida silvestre. «Aquí se encuentra una pareja heterosexual estadounidense en el año 1989; observad cómo preparan una salsa de tomate para la cena mientras le tocan el trasero al otro de forma juguetona». No era la vida real. Por primera vez, Alice había querido que su padre fuese otro tipo de padre, uno aburrido con un set de palos de golf en el maletero del coche. Con un coche y punto. Y con alguien agradable en el asiento del copiloto. Si Leonard hubiese sido dentista en lugar de artista, si hubiese sido contable, veterinario

44

o fontanero, como había sido el padre de él, quizás su vida habría resultado de otro modo. Si sus padres no se hubiesen divorciado, sus vidas habrían sido miserables. Estaba claro que aquello era lo que habían conversado en aquel momento: ¿qué miseria era la más importante? ¿Qué tristeza era la más difícil de soportar? ¿Era la falta de felicidad, fuera cual fuese, que podría acompañarlos en el futuro? ¿Eran los sentimientos de Alice? Dudaba que hubiesen pensado tanto en el futuro.

La noche había empezado a enfriar, y Alice tiritó, mientras se lamentaba por no haber pensado en abrigarse un poco más. El restaurante se encontraba en el vestíbulo de un hotel en el lado sur de Central Park. Iba caminando por el parque y pasó por al lado de unos caballos atados a carruajes con cabinas, con sus conductores que intentaban sin muchas ganas atraer a turistas con dinero para derrochar. Apenas consiguió esquivar una montaña de excremento de perro, y luego otra de caballo. Las hojas de cada árbol de Central Park brillaban gracias a los últimos atisbos de la luz del sol. Aquellos a quienes no les gustara Nueva York podían irse mucho a la mierda. ¡Solo había que verlo! Sus bancos, sus suelos adoquinados, sus taxis y sus caballos, todo a la vez. Pasara lo que pasara, Alice aún tenía todo aquello. Respiró hondo, bajó del bordillo y esperó a que el tráfico se ralentizara un poco para cruzar la carretera corriendo.

9

El restaurante estaba tan a oscuras que Alice tuvo que apoyar una mano en la pared mientras bajaba el par de escalones que la conducían hacia la zona de recepción, donde tres mujeres altas que llevaban el mismo vestido negro permanecían de pie con expresión seria. Por un instante, pensó que quizás estaba todo tan oscuro que no podían verla, pero entonces la mujer que estaba en el medio le preguntó:

—¿Puedo ayudarla?

Alice se aclaró la garganta y les dio el nombre de Matt, y una de las otras mujeres se giró en silencio y le hizo un gesto con la palma hacia arriba como un mimo entregándole un cóctel invisible. Avanzó y dobló una esquina hacia el comedor, y Alice la siguió.

El suelo era negro y brillante como el mármol, y ella avanzó con cuidado, pues temía resbalarse. Todas las sillas estaban cubiertas de lo que parecía ser manteles de tela, del modo en el que se cubría los muebles en películas de época para que una flota de sirvientes los descubriera justo antes de que una familia rica llegara. Matt estaba sentado a una mesa junto a la pared del fondo y se veía muy apuesto con su traje.

—Hola —dijo Alice, dándole un beso en la mejilla antes de acomodarse en su silla. Le dio la sensación de que se había sentado sobre una sábana mal doblada.

Matt se llevó su copa a los labios y bebió un trago.

—Hola. ¿No te parece de locos este sitio?

Alice miró en derredor. Todos los camareros llevaban unos pijamas de seda, lo que parecía una idea terrible si se tenían en cuenta las manchas y las facturas de la lavandería. Era un restaurante nuevo. Alice no había trabajado en restauración, pero había nacido en Nueva York, lo que quería decir que conocía las estadísticas de cuántos restaurantes se iban a la ruina. No tenía muchas esperanzas con ese. Al menos, a los chefs famosos y guapos aún les quedaba la opción de volver a la tele.

Una camarera enfundada en un pijama de seda se acercó y les dejó las cartas sobre la mesa: cada una un tablón de sesenta centímetros con una cubierta de cuero negro. Según veía Alice, los platos estaban descritos solo con sus ingredientes y no con su presentación final: *guisantes, calabaza japonesa y requesón hecho a mano. Salvia, huevos y mantequilla tostada. Champiñones y salchichas.*

—¿Me puedes traer una copa de vino grande, por favor? Blanco, que no sea dulce —pidió Alice antes de que la mujer se marchara.

Matt estaba haciendo rebotar la rodilla bajo la mesa y sacudía la superficie ligeramente, como si se tratara de un pequeño terremoto. Estaba muy apuesto y sudoroso, y ella sabía lo que iba a pasar. Podía verlo todo a cámara rápida: la cena, Matt poniéndose cada vez más nervioso, ellos comiendo cosas diminutas y deliciosas de unos platos que parecían obras de arte, una pausa antes del postre y entonces Matt le pondría una cajita de terciopelo enfrente, justo sobre una minúscula gotita de salsa de soja.

—He estado pensando… —empezó a decir Matt—. ¿Y si te mudas conmigo?

El camarero trajo el vino de Alice, y esta bebió un gran sorbo y notó cómo el líquido frío se deslizaba por su lengua.

—¿Por qué? —le preguntó—. ¿No te gusta tener tu propio espacio? ¿Tiempo para ti mismo? —Alice nunca le había presentado a Matt a su padre. Sam creía que era algo extraño, pero Alice creía que lo extraño era que a Sam le gustara estar embarazada. Estaba claro que Leonard y Matt no se iban a caer bien, por lo que nunca le había parecido que valiese la pena presentarlos. Una ventaja de tener un padre soltero era que no tenía que apresurarse para casarse, como sabía que habían hecho muchas personas solo por intentar ser adultos. Era algo vergonzoso, si uno se detenía a pensarlo: la cantidad de decisiones importantes que uno tomaba en su vida porque se parecían al modelo que uno había visto siempre.

—No sé —dijo él—. Estaba pensando que, si te mudas, quizás podríamos tener un perro. Uno de mis amigos de la universidad acaba de adoptar a un husky siberiano, y es muy guay. Parece un lobo.

—Así que... ¿quieres que nos mudemos juntos solo para que tengamos un perro? —Alice lo estaba vacilando. Sabía que Matt se estaba esforzando, podía verlo. Aun así, no sabía si quería ahorrarse el tráfico que se le venía encima o si prefería dejar que este la arrollara. ¿Quién sabía cómo iba a sentirse una vez que él pronunciara las palabras? Quizás se sentiría diferente a lo que ella había creído que sentiría, y a lo mejor la hacía sentir bien el saber que alguien en algún momento había querido casarse con ella, porque, tal vez, nadie más volvería a hacerlo.

Matt usó la punta de su servilleta para secarse la frente. Parecía que le estaban entrando náuseas.

El camarero volvió y les preguntó si sabían lo que querían pedir y luego se sumió en una explicación de unos diez minutos sobre lo que había en la carta. Alice y Matt lo escucharon y asintieron. Cuando terminó, Alice le preguntó dónde estaba el baño y se dirigió por otro pasillo completamente a oscuras hasta una puerta sin ningún distintivo que conducía a un fregadero enorme y de uso común rodeado por cabinas. Parecía una especie de búnker, como si se encontrase muy bajo tierra. Se salpicó un poco de agua en la cara y una mujer apareció de la nada para entregarle una toalla.

—Este sería el lugar perfecto para asesinar a alguien —soltó Alice, y la mujer retrocedió—. Lo siento, es muy bonito, es solo que está todo muy oscuro. De verdad lo siento, no he querido decir algo así. Creo que mi novio me va a pedir matrimonio.

La mujer le dedicó una sonrisa nerviosa, quizás preguntándose cuáles eran las probabilidades de que Alice fuese una asesina de verdad.

—Pero bueno, gracias —dijo Alice. Sacó dos dólares de su cartera y los metió en el bote de propinas de la mujer.

Una vez en la planta superior, hicieron su pedido y luego comieron. Cada plato sabía como si se hubiesen tomado mucho mucho tiempo en prepararlo. Alice seguía con hambre. Cuando les retiraron los platos, Matt alzó la mirada para observarla mientras ella se reclinaba en su silla.

—Estaba buenísimo —le dijo ella—. Todo estaba buenísimo.

—Vale —dijo Matt. El tren estaba saliendo de la estación. Él empujó su silla hacia atrás y se agachó muy despacio, hasta depositar ambas manos sobre el suelo. Bajó una rodilla y luego la otra. Alice observó horrorizada cómo avanzó a gatas unos cuantos pasos antes de enderezarse y acercarse hasta ella con una rodilla hincada en el suelo. Estiró una mano para tomar la suya, y Alice se la dio—. Alice Stern —empezó—. ¿Quieres pedir comida conmigo y discutir sobre series de Netflix durante el resto de nuestras vidas? —¿Acaso eso le sonaba bien a él? Matt seguía hablando—. Eres tan inteligente y tan graciosa y, de verdad, muy muy graciosa, y quiero casarme contigo. ¿Quieres casarte conmigo? —¿Habría mencionado la palabra «amor»? ¿Era ella graciosa? ¿Y si quería hacer algo más que pedir comida y ver la tele? Alice había pensado que iba a ser más complicado decirle que no. Matt tenía un anillo en la mano, un precioso anillo que ella no tenía ningún interés en llevar en el dedo.

—Matt —le dijo ella. Se inclinó hacia abajo de modo que sus rostros casi se tocaran. El restaurante estaba tan oscuro y había tanto ruido que solo las personas que ocupaban las mesas más cercanas podían ver lo que estaba ocurriendo, lo que hizo que Alice quisiera volver al lavabo y disculparse una vez más con la mujer que trabajaba allí y decirle «Ay, muchas gracias por este lugar tan oscuro y aterrador»—. No puedo casarme contigo. Lo siento mucho, pero no puedo.

—Él parpadeó un par de veces y luego se irguió con dificultad sobre sus talones hasta volverse a sentar con unos movimientos bastante torpes.

—Mierda. ¿De verdad? —dijo, aunque su expresión parecía más tranquila. Alice no creía que tuviera más ganas de casarse que ella. Su madre lo llamaba todos los días por teléfono, y su hermana mayor también. Podía imaginar la presión a la que estaba sometido un hombre joven y exitoso. Era la trama de la mayoría de las novelas, ¿a que sí? ¿Casarse? Era la trama de la mayoría de las novelas y de las vidas de la mayoría de las personas de su estrato socioeconómico: universidad, trabajo, matrimonio. Pese a que Matt iba con algo de retraso, aún era algo normal para él. Los hombres siempre tenían más tiempo, por supuesto.

—De verdad —contestó Alice. Había un plato de algún postre misterioso sobre la mesa que ella no había notado. Era verde y redondo, más húmedo que una tarta. Quizás era flan o alguna especie de pudín. Le dio un bocado. Sabía a hierba cremosa. Le dio otro bocado—. Creo que encontrarás a la persona adecuada. Y también creo que es genial que quieras casarte, de verdad. Solo que no conmigo.

—Había una chica… una mujer, bueno, que conocí en el instituto y me sigue escribiendo por Facebook. Fuimos al baile de graduación juntos. Y se ha divorciado. —Matt cogió su cuchara y la arrastró por el borde del pudín—. Esto es un poco raro.

—Me parece perfecta. —Alice dio un último bocado, directamente del medio, donde la hierba parecía más profunda. Durante toda su vida, se había preguntado si había estado haciendo las cosas mal, si algo iba mal con ella, de algún modo, o si tenía algún cable mal conectado, pero quizás lo que pasaba era que era clavadita a su padre y estaba mejor sola. Quizás, pensó, alegrándose ante la idea, su error había sido asumir que en algún punto de su futuro todo encajaría y su vida se parecería a la de todos los demás. En el centro del pudín, escondido, encontró un montoncito de nata—. ¡Anda, mira! —exclamó—. ¡He ganado!

10

C omo era su costumbre, Alice había concertado citas una tras otra todo el día, pues no había otro modo de hacerlo. Tenía demasiadas familias en su lista como para hacer que las citas estuviesen más dispersas; le habría llevado meses. Lo que sí hizo fue concertar la cita de Raphael Joffey como el último niño del día, ya que, de ese modo, si la entrevista se alargaba, nadie se quejaría ni se sentiría dejado de lado. Alice también se había percatado en el transcurso de los años que para las citas programadas para el mediodía había un porcentaje mucho más alto de padres ausentes, mientras que, si las citas ocurrían al inicio o al final del día, había más posibilidades de que ambos padres asistieran.

Tommy no le había contestado, sino que lo había hecho la esposa, cómo no. La madre. Hannah Joffey. Siempre lo hacían las madres. No había habido ningún comentario que reconociese su conexión personal, el hecho de que Alice fuese un ser humano que su marido había conocido alguna vez, y que, de hecho, se habían conocido dentro de aquellas mismas paredes. Tantas cosas se hacían de forma automática aquellos días que quizás su esposa había pensado que le estaba escribiendo a un ordenador, a alguna especie de asistente virtual. Sin embargo, Hannah había hablado en plural, por lo que Alice los esperaba a los tres, a la familia entera. Su oficina estaba bastante ordenada; después de que cada niño y sus correspondientes padres se marcharan, tenía unos pocos minutos para terminar sus apuntes y guardar los rompecabezas, juegos, papeles y ceras.

Emily llamó a su puerta compartida y asomó la cabeza desde el pasillo. Alice le había contado los detalles básicos (amigo del instituto, un flechazo intenso, unas cuantas sesiones de besos torpes y una ruptura prematura y devastadora), lo que probablemente había sido un error, pues Emily se encontraba muy muy entusiasmada.

—Han llegado, ¿quieres que los haga pasar? ¿O quieres ir tú? Está buenísimo, que lo sepas. En plan, viejo, ya sabes. Más viejo que yo. O sea, de tu edad. Pero está bueno y me lo tiraría seguro. En fin. —Emily abrió mucho los ojos—. ¿Quieres que los haga pasar?

Alice respiró hondo.

—Ya los traigo yo. Tú vete a sentar a alguna esquina y chitón. —Emily asintió.

Alice llevaba un vestido, algo que no solía hacer muy seguido. Era de color bermellón, retro y hecho para una reina de la pista. Ninguna de las madres de Belvedere llevaba nada similar, pues estas siempre vestían lo mismo: las mismas marcas de tejanos, de zapatos, la misma ropa de deporte y los mismos abrigos largos y acolchados en invierno. A Alice no le interesaba nada de eso. Quería que Tommy la viera y dijera: «Joder, lo que me perdí». Quería eso del mismo modo que quería verlo y no pensar eso mismo. Quería verlo en un traje, aburrido, con las mejillas hundidas y poco pelo. Pero él no tenía ninguna red social. Thomas Joffey apenas existía, salvo por el expediente que llevaba en la mano. Se acomodó la falda de su vestido y salió hacia la sala de espera, sonriendo de antemano.

El niño estaba de cara a ella, en el extremo de una de las mesas bajas. Estaba entretenido con un coche de juguete que movía alrededor del perímetro de un rompecabezas mientras hacía ruidos de explosión. Sus padres estaban arrodillados frente a la mesa y le daban la espalda. Parecía como si estuviesen rezándole al altar de un dios diminuto. El niño alzó la vista hacia ella, la miró a través de su oscuro y largo flequillo y se congeló.

—Hola, Raphael —lo saludó—. Soy Alice. ¿Me enseñas tu coche?

El niño no se movió, pero sus padres sí. Alice vio en cámara lenta cómo los Joffey se volvían hacia ella al oír su voz.

Hannah era guapísima, claro. Alice había encontrado su cuenta de Instagram y había visto suficientes fotos para admirarla desde todos los ángulos que la favorecían. No era lo que se había esperado, lo que, cómo no, hacía que todo fuese peor. Hannah tenía un rostro interesante: una nariz larga y algo ladeada, como si quizás se la hubiese roto alguna vez, y los ojos suficientemente separados como para asumir que de niña se habían metido con ella por eso. Su cabello —castaño oscuro y con unas ligeras ondas— caía hasta su cintura. No sonreía.

—Tú debes ser Hannah —dijo Alice, avanzando hacia ella con una mano estirada. Se percató de que no podía enfrentar a Tommy, quien se estaba poniendo de pie para saludarla. Alice lo estaba observando por el rabillo del ojo, tan solo una forma y unas sombras, y su corazón latía desbocado. Estrechó la mano delgada de Hannah, notó todos sus diminutos huesos y luego se giró.

Raphael se había movido con disimulo y se había escondido detrás de las piernas de su padre. Tommy tenía una mano sobre la cabeza del niño y otra sobre su estómago. Alice estiró una mano en su dirección, pero él alzó un brazo y ladeó la cabeza, como invitándola a un abrazo. Ella cerró los ojos y dio un paso hacia él, con su rostro apenas rozando su hombro. Sus labios quedaron lo suficientemente cerca de su mejilla como para darle un beso, pero se contuvo.

—Me alegro de verte —le dijo Tommy. Por fin lo estaba mirando.

No había nada hundido en él, nada suave. Su cabello seguía rizado y oscuro, aunque tenía unos cuantos mechones plateados en las sienes. Alice no sabía si aún lo quería, en algún lugar de las profundidades de su cuerpo, o si solo era que lo recordaba, lo que se sentía del mismo modo, como un tirón en el centro de su ser. Tommy sonrió.

—Raphael, ¿estás listo para venir y jugar conmigo un rato? ¿O quieres que converse primero con tus padres y ya luego jugamos? —Alice se había puesto su mejor collar, un regalo de Melinda. Estaba formado por unos diminutos cochecitos y aviones de juguete que colgaban como en un brazalete con dijes. Se agachó para mostrárselo al niño, y este estiró una mano para tocarlo y apoyó la otra con delicadeza en el antebrazo de Alice. Ella alzó la mirada y le dedicó un guiño a Tommy. Si admitían al niño en el colegio, entonces el equilibrio de poder cambiaría y ella simplemente sería alguien con quien Tommy había asistido a la escuela y que, por alguna razón, se había quedado encerrada en aquel lugar. Alguien que se había quedado atascada en el instituto para siempre. Solo que, en aquel preciso momento, era Alice quien se encontraba a cargo. Y aquello la hacía sentirse muy bien.

11

A Emily le encantó la historia sobre el restaurante. Le encantó que Alice hubiese dicho que no. Emily aún quería hacer feliz a todo el mundo, por lo que sus rupturas siempre eran eternas, unas tartas llenas de miseria y bañadas en lágrimas con un toque de discusiones por la acera esparcidas por encima.

—Es que… creo que es lo más salvaje que he oído en mi vida.

—Estaban fuera de la escuela, fumando—. Y no puedo creer lo buenísimo que está ese tío con el que fuiste al instituto. ¿Qué ha hecho todo este tiempo?

Había obtenido la información muy poco a poco, pues se la había sacado con cucharita como cuando se hablaba con y sobre un niño de cinco años. Se acababan de mudar de vuelta a Nueva York desde Los Ángeles, de donde venía Hannah. Rafe —así era como llamaban a su hijo— sufría de alergias, de las graves, y un médico de Nueva York, el mejor de su campo, lo estaba tratando. No habían vuelto a la ciudad para estar cerca de los padres de Tommy, pero los Joffey eran dueños de un pequeño piso en el edificio, por lo que se habían mudado allí. Hannah diseñaba joyas y producía cortos. Tommy dijo que era un filántropo, y, cuando lo hizo, Hannah le tocó el muslo con delicadeza en una suave caricia.

—¿Y qué carajos significa eso? —preguntó Emily, sacudiendo la ceniza de su cigarrillo.

—No tengo ni la menor idea —contestó Alice—. Lo último que supe yo es que estudió Derecho.

Cuando volvieron a su oficina, Melinda las estaba esperando.

—¿Nos vas a castigar? —preguntó Emily, antes de meterse un caramelo de menta en la boca. Eran casi las 05 p. m., y todos salvo los guardias de seguridad y el equipo de vóley de secundaria se habían marchado a casa.

Melinda negó con la cabeza.

—Sentaos —dijo, y ellas lo hicieron. Emily y Alice la miraron, a la expectativa, como músicos que esperaban la batuta de su director de orquesta.

—Me voy a jubilar al final del semestre. —Llevaba años hablando sobre el tema, una amenaza de palabras vacías que solía usar antes de las fiestas o durante la primavera, cuando los padres furiosos empezaban a quejarse porque no hubiesen admitido a sus retoños perfectos y especiales en el colegio—. Ya va siendo hora.

—¡Melinda! —exclamó Alice. Miró en derredor para asegurarse de que no hubiera nadie más en la planta de oficinas—. ¿Te han despedido? ¡Serán cabrones! Esto es discriminación por edad. ¿O sexismo? ¡Seguro que ambos!

Melinda chasqueó la lengua.

—No, no, cielo. Lo he decidido yo. Iba a hacerlo el año pasado, y el año anterior a ese, y el anterior al anterior, pero nunca parecía oportuno. —Todo en ella era tranquilizador. Los niños acudían a la oficina solo para saludarla y darle un abrazo. En los cumpleaños de Emily y Alice, Melinda les regalaba unos pastelillos muy elaborados de la panadería que tenían a la vuelta de la esquina y les escribía a mano unas postales con mensajes muy bonitos que siempre las hacían llorar.

—Pero no quiero que te vayas —dijo Alice.

—Tengo setenta años —repuso Melinda—. No pasará nada.

—Bueno —empezó Emily—, en primer lugar: que pena. Y en segundo: ¿esto significa que Alice es la jefa ahora? —preguntó, alzando los pulgares.

—Ay, ni siquiera había pensado en eso —contestó Alice, sonrojándose por la sorpresa. Sería un buen contrapeso por haber terminado su relación con Matt: un ascenso. Sintió que la recorría un escalofrío cuando pensó que pronto tendría más horas que llenar, pues ya no tendría que ir al hospital. Eso era lo que hacía la gente cuando estaba de luto, ¿verdad? ¿Obsesionarse con el trabajo? Podía imaginar algo así más de lo que podía imaginarse aprendiendo a tejer o descargando una app de meditación y comprometiéndose a ello de verdad.

Melinda carraspeó un poco.

—Eso sería maravilloso, pero no. El colegio piensa traer a la jefa de admisiones del instituto Spencer. —Hizo una pausa mientras pensaba cuánto debía contarles—. Me parece que pretenden cambiar un poco el rumbo de sus objetivos. —Emily giró sus pulgares hacia abajo, y Melinda le dio una palmadita en la rodilla.

—Ah —exclamó Alice—. Claro.

—Joder, qué putada —repuso Emily—. Perdona por los tacos, Melinda.

—Ay, niñas, parad ya —dijo Melinda—. No seamos dramáticas. Conozco a la mujer que piensan contratar. Es muy lista y competente. —Nada de lo que les estaba diciendo era tranquilizador, y ella lo sabía.

Si alguien se lo hubiese preguntado, Alice no habría dicho que tenía esperanzas de quedarse con el puesto de Melinda algún día. Melinda era irremplazable, una fuerza excepcional, y ¿cuán cualificada estaba ella para el puesto? Belvedere le había pagado algunos cursos de administración, pero no tenía un máster. No había pensado en trabajar de lo mismo en otra escuela. ¿Qué sabía ella sobre aquellas personas, sobre aquellos niños? La idea de que una persona muy profesional que proviniera del instituto Spencer fuese a trabajar con ellas le parecía totalmente incorrecto, como si el trabajo —seleccionar niños, formar clases, construir una comunidad— fuese una decisión de negocios. Alice estaba tan acostumbrada a Melinda, a hacerlo todo del modo en el que siempre lo habían hecho, que no conseguía imaginarse a sí misma sentada en aquella oficina con alguien más al mando. Emily no tendría problemas, aún era joven. Se iría pronto para hacer un máster en esto o aquello. Era lo que hacía la mayoría de las personas.

Cuando Alice acababa de terminar sus estudios en la escuela de arte, trabajar en Belvedere le había parecido divertido y poco convencional, como el final de un chiste. Belvedere solía contratar recién graduados para sus puestos de bajo nivel, una suave ola de nepotismo que nunca parecía hacer mucho daño porque nadie solía quedarse demasiado tiempo. Solo que ella sí se había quedado. Se había quedado en Nueva York, en el mismo piso y en Belvedere.

La estabilidad siempre había sido una de sus mejores cualidades, en su opinión. El ser alguien de confianza. La última vez que la habían ascendido había sido cuando habían contratado a Emily, hacía cuatro años. Antes de ello, había sido la única asistente de Melinda, y, antes de eso, la habían movido en la escuela de aquí para allá para suplir cualquier escasez de personal que hiciera falta. El tiempo había transcurrido muy rápido: cinco años, luego diez, y así sucesivamente. En la actualidad llevaba más años trabajando para el colegio de los que había pasado como estudiante, y algunos de sus compañeros de trabajo favoritos en algún momento habían sido sus profesores. Durante su primera década como trabajadora, Alice había sido como una tirita humana: ¿que alguien estaba de baja por maternidad o se rompía la pierna y no podía ir en metro? Alice estaba allí, como un rostro conocido en el que se podía confiar. Siempre había sido feliz en Belvedere, tanto como era posible. Si bien en ocasiones se sentía como una muñeca a la que habían dejado olvidada, con demasiado valor sentimental como para simplemente tirar a la basura, la mayoría de las veces sí que era feliz.

—Te caerá bien, Alice —le dijo Melinda—. Creo que será una buena mentora, de hecho. Mejor que yo. —Melinda ladeó la cabeza hacia un lado, y Alice pudo ver que tenía los ojos anegados en lágrimas—. Yo solo me limitaba a improvisar conforme pasaba el tiempo. —Alice y Emily se pusieron a llorar, y Melinda pasó la caja de pañuelos desechables de una a la otra, siempre lista.

12

Que tu cumpleaños cayera en sábado cuando eras adulto era un poco como cuando cumplías años durante el verano cuando eras niño. Claro que, cuando se tenía veintitantos era increíble, pues significaba que uno no tenía que estar con resaca durante las horas de oficina. Solo que, cuando los años pasaban, el atractivo moría un poco. Los cumpleaños en día de semana tenían celebraciones improvisadas en la oficina, quizás una polvorienta botella de champán que se descorchaba durante el almuerzo, si los ánimos daban para ello. No obstante, durante el fin de semana los adultos tenían menos probabilidades de contactar con sus compañeros de trabajo para desearles que tuvieran un feliz cumpleaños. Un mensaje de texto escueto o un comentario en alguna red social, hasta ahí llegaba todo. Alice se había sentido apenada de que su cumpleaños cayera en sábado, solo que entonces sentirse apenada por ello la hacía sentir patética, por lo que empujó su mesita contra la pared y puso un vídeo de diez minutos de una clase de yoga en YouTube, aunque lo abandonó a la mitad cuando la instructora empezó a respirar muy rápido por la nariz mientras hacía que su estómago se contrajera y se relajara como un gato a punto de vomitar.

Sonó el timbre. Una entrega: el paquete tenía la dirección de su madre en caso de que hubiera que devolverlo. Serena llevaba una década sin ir a Brooklyn y solo había visitado el piso de Alice una o dos veces en todo el tiempo en el que ella había vivido en Cheever Place. Pese a que no solía enviar regalos, aquel año era significativo, y, cuando Alice abrió la caja, no le sorprendió encontrar varios cristales grandes y un cuenco tibetano en el interior. Serena nunca se había encontrado con una modalidad de sanación que no le gustara, y Alice comprendía que aquellos regalos, y todos los demás que se le parecían y que había recibido, eran su forma particular de disculparse sin palabras; la única muestra de disculpa que recibiría.

Cuando Alice se había imaginado su cumpleaños número cuarenta, tanto como uno se podía imaginar algo así, no había sido de ese modo. Había asistido a un puñado de fiestas pretenciosas de gente que cumplía cuarenta años, reuniones con *catering* en casas de moda de Brooklyn Heights, y sabía que no iba a tener algo así: una fiesta con camareros que hubiera contratado para que sirvieran miniquiches. Quizás algún lugar como Peter Luger o algún otro restaurante antiquísimo de Nueva York en el que los camareros no fuesen jóvenes aspirantes a actores o modelos, sino señores mayores y refunfuñones que llevaban chalecos elegantes, un lugar que pareciera congelado en el tiempo con toda su antigüedad. Cuando Sam había cumplido los cuarenta hacía unos meses, su marido le había reservado una habitación de hotel en la que había pasado la noche a solas y en silencio. Los padres de Alice ya se habían separado para cuando su madre cumplió los cuarenta, y Serena había estado fuera de casa y en camino a su nueva vida. Su padre tenía tantos médicos que eran menores que ella… Personas que entraban en la habitación y le hablaban con confianza, con sus maestrías y doctorados y su experiencia profesional. Algunos incluso eran toda una década más joven que ella. Mientras ellos habían estado diseccionando cadáveres y memorizando nombres de huesos, ¿qué había estado haciendo ella? Su padre leía tres libros a la semana, y en ocasiones más, y respondía a cada carta que recibía de sus fans. Ella había intentado acostumbrarse a salir a correr. Se había apuntado a un grupo de mentoría durante un par de años, pero la chica menor a la que le habían asignado había empezado sus clases en la universidad y se habían distanciado.

Siempre resultaba complicado quedar para cenar con Sam, pues ella tenía hijos y vivía en Nueva Jersey, hechos que, de forma independiente, ya eran obstáculos difíciles de superar. Se suponía que se iban a encontrar en un restaurante en West Village, lo que no era conveniente para ninguna de las dos, pero implicaba que ambas tenían que desplazarse, por lo que al menos parecía justo. No obstante, una hora antes de la cena y poco antes de que Alice empezara a dirigirse hacia la parada del tren F, Sam la llamó para decirle que Leroy estaba con fiebre y que aún podía ir, solo que no podría quedarse mucho rato, y le preguntó si era posible que se encontraran cerca del Túnel Lincoln. El túnel terminaba en la calle 39, justo sobre el Centro Javits, lo que probablemente era el rincón de Manhattan menos acogedor.

—Claro —le contestó Alice, pues tenía ganas de celebrar y no le importaba dónde fuera, no del todo.

Acordaron verse en la planta baja de un centro comercial de lo más horrible que quedaba al sur del túnel. Ya que iban a rebajarse, ¿por qué no hacerlo del todo? No solo iban a ir a comer a un sitio con perritos calientes en la carta, sino que estos costaban unos veinte dólares. De camino, Alice se volvió a descargar un par de apps de citas y curioseó un poco. Lo bueno y lo malo de usar apps de citas era que le podías indicar a la app exactamente lo que estabas buscando, y, en cierta medida, aquello era lo que veía. ¿Hombres? ¿Mujeres? ¿De menos de treinta o más de cuarenta? Todos los hombres y mujeres que le aparecían eran guapos. Iban al gimnasio o tenían gatos. Eran unos pedantes respecto a la comida o a la música. Cerró la app y se guardó el teléfono en el bolsillo. En pantalla, todos le parecían igual de poco atractivos, incluso los que sí lo eran.

Cuando se bajó del tren, vio que tenía un mensaje de Sam: iba a llegar tarde. No le sorprendió. Cuando estaban en el instituto, Sam solía llegar una hora tarde, pues seguía holgazaneando en la casa que tenían sus padres en Morningside Heights por ser parte del profesorado de Columbia mientras Alice la esperaba junto a la cabina de teléfono fuera del Barnes & Noble que había entre Broadway y la calle 82 o en un restaurante en el que habían quedado para cenar y en el cual se negaba a pedir nada más que una taza de café infinita para hacer tiempo. El Hudson Yards, el gigantesco centro comercial que albergaba el restaurante, seguía abierto, por lo que Alice mató un poco de tiempo paseándose por algunas tiendas vacías. Les dedicaba un saludo con la cabeza a los vendedores, quienes le devolvían miradas desesperadas por interactuar, y entonces ella señalaba a su teléfono como si estuviese escuchando a alguien en una llamada. Emily le envió un mensaje y Melinda, un correo. Le tomó una foto a su mano haciendo el signo de la paz y la subió con un pie de foto que decía «4-0». Cuatro-cero. ¿Era eso cuatro victorias y cero derrotas? ¿O cero victorias y cuatro derrotas? No estaba segura. Una tienda llena de jerséis bonitos estaba de rebajas, y decidió probarse uno en el pasillo. Costaba doscientos dólares, incluso con el descuento, pero se lo compró de todos modos porque era su cumpleaños. Sam le envió un mensaje, por fin, para decirle que había encontrado dónde aparcar y que la vería en diez minutos.

Alice ya se había instalado en una mesa cuando Sam llegó con prisas y cargando con una enorme bolsa. Sam siempre estaba preciosa, incluso cuando parecía cansada y llevaba un chándal. Su cabello, el cual había llevado alisado en el instituto, aunque en la actualidad lo llevaba al natural, era una enorme mata de rizos que rodeaba su rostro como un halo. En ocasiones, cuando Alice se quejaba sobre sus patas de gallo o su cabello soso y sin vida, Sam se reía con delicadeza y le decía que el envejecer bien era el legado de una mujer negra y que lamentaba los problemas por los que Alice tenía que pasar.

—¡Hola, hola, hola! —exclamó Sam, rodeándole el cuello con los brazos—. Lo siento muchísimo, sé que esto es una pesadilla y que ni en un millón de años habrías querido pasar aquí tu cumpleaños y lo siento muchísimo. ¡Y hola! ¡Te he echado de menos! Cuéntamelo todo.

—Sam se dejó caer en el asiento frente a ella y empezó a quitarse prenda tras prenda que llevaba como abrigo.

—Hola, hola —la saludó Alice—. Ah, pues, ya sabes, lo mismo de siempre. Corté con Matt, no me ascendieron a un puesto que ni siquiera sabía que era posible para mí y mi padre se está muriendo. Todo bien.

—Ya, pero mira —dijo Sam—. Mira lo que te he comprado por tu cumpleaños. —Metió la mano en la bolsa que había traído y sacó una bonita caja con una cinta de seda envuelta a su alrededor. A su amiga siempre se le habían dado bien las manualidades. El teléfono de Sam vibró sobre la mesa—. Joder —exclamó, antes de cogerlo—. Leroy es nuestro tercer bebé y te juro que a veces parece que Josh es peor que una canguro adolescente. Me acaba de enviar un mensaje para preguntarme dónde guardamos el Apiretal, como si fuese a estar en algún lugar extraño como, no sé, el garaje o mi cajón de ropa interior.

—¿Puedo abrirlo? —preguntó Alice, deslizando la caja hacia ella.

—¡Sí, ábrelo! —exclamó Sam—. Yo necesito un buen copazo. Pero solo uno, o quizás dos, máximo, así puedo usar el extractor de leche cuando llegue a casa y tirarla. —Miró en derredor en busca de un camarero y le hizo una seña al primero que vio.

Alice retiró la cinta de la caja y quitó la tapa. Dentro había un tornado de papel de seda y escondida dentro del montón de papel se encontraba una diadema. Si bien los diamantes no eran de verdad, era pesada, no como las tonterías de plástico que daban en las despedidas de soltera.

—Sigue, sigue —la animó Sam, de modo que Alice se puso la diadema en la cabeza y retiró otro montoncito de papel de seda. En el fondo de la caja había un marco de fotos. Lo levantó con cuidado y vio que, en la foto, tanto ella como Sam llevaban diademas y camisón y pintalabios oscuro. Sam tenía una botella de cerveza en la mano, y Alice estaba dando una calada a un cigarrillo. Ambas miraban a la cámara con una expresión intensa.

—Éramos tan *grunge* —dijo Alice.

—No éramos *grunge* —la corrigió Sam—. Venga ya. Teníamos dieciséis, éramos unas divas. Esta foto es de tu cumpleaños, ¿recuerdas?

La fiesta había sido en Pomander Walk. Invitar gente era algo arriesgado, dado que Alice conocía a cada uno de sus vecinos, pero, del mismo modo que con el resto de los riesgos que había asumido en aquella época, había sido incapaz de prever ninguna consecuencia. Se había asegurado de cerrar todas las cortinas y solo había invitado a quince personas, por lo que, cuando se presentó casi el doble de esa cantidad, le pareció que no habría problema siempre y cuando la casa permaneciera en silencio. Leonard iba a pasar la noche en un hotel en el centro, en una convención de ciencia ficción y fantasía a la que asistía cada año y de la cual volvía a la noche siguiente. Alice podía recordar solo partes de la fiesta: la ropa interior de Calvin Klein que había llevado, el olor de las botellas de cerveza vacías que había sobre cada superficie de la casa, todos los tapones de las botellas llenos de cenizas de cigarro. Tanto ella como Sam habían vomitado aquella noche, pero solo después de que les hicieran aquella foto. Todos estuvieron de acuerdo en que la fiesta había sido una de las buenas. Alice había terminado la noche con el corazón partido y llorando. Hacía tanto tiempo de eso...

—Me encanta —le dijo Alice, y lo decía en serio. También hacía que se sintiera terriblemente triste. El camarero le trajo a Sam su copa grande de vino y otra más para Alice. Pidieron más entrantes de los que hacía falta: garbanzos fritos y coliflor asada, pan, queso, tortitas de jamón y unos vasitos diminutos de gazpacho.

—Pago yo —le dijo Sam—. Y quiero comer cosas que harían que mis hijos se escondieran debajo de la mesa. —Comieron pulpo y olivas y anchoas sobre pan tostado. Sam le preguntó por Leonard, y Alice se lo contó. No era que tuviese miedo de que muriera, pues sabía que estaba muriendo. Era que no sabía cuándo iba a pasar ni lo que iba a sentir cuando sucediera, y temía que fuese a sentirse aliviada o demasiado triste como para ir al trabajo o que nunca más fuese a tener novio por estar siempre demasiado triste como para salir con alguien. Y ya tenía cuarenta, había cumplido *los cuarenta*, lo que era muy distinto a tener treinta y nueve, pero entonces el teléfono de Sam empezó a vibrar y a vibrar y Leroy se había caído del sofá y se había dado un golpe en la cabeza y quizás iba a necesitar puntos. Josh no estaba seguro. Sam pagó por la cena, le dio a Alice un beso en ambas mejillas y luego en la frente y salió corriendo por la puerta antes incluso de haber terminado de ponerse el abrigo. La mesa seguía llena de comida, por lo que Alice comió todo lo que pudo y luego pidió que le pusieran los restos para llevar.

13

A ntes de que lo ingresaran en el hospital, Leonard solía llamarla unas cuantas veces a la semana. Hablaban de lo que fuera que estuviesen viendo en Netflix o de los libros que estuviesen leyendo o de lo que habían comido en el almuerzo. Leonard cocinaba de pena, por lo que solo era capaz de hervir agua para preparar pasta, perritos calientes o verduras congeladas. Del mismo modo que muchos neoyorkinos, Alice había aprendido a comer al llamar a un número de teléfono: al Ollie's cuando quería comida china, al Jackson Hole cuando quería hamburguesas, al Rancho cuando se le antojaba comida mexicana, al Carmine's para pasta con albóndigas y a la *delicatessen* para sándwiches de tocino, huevo y queso. En ocasiones hablaban de su madre, de si Serena creía en la existencia de los alienígenas (sí que lo hacía) o de si ella misma podría ser una alienígena (era posible). A Leonard le gustaba que le hablara de los niños del colegio. No era que ella y su padre no tuviesen conversaciones de verdad —sí lo hacían, tenían conversaciones incluso mejores de las que mucha gente tenía con sus padres, eso seguro—, sino que estas se limitaban a dar un repaso rápido sobre la superficie, como una piedra plana en un lago.

Leonard llevaba meses sufriendo, y, una vez que por fin había aceptado ir al hospital, las enfermeras de turno lo habían ayudado con el dolor al conectarlo a una bolsa de fluidos diluidos de los fuertes. Durante los minutos en los que Leonard empezaba a dejarse llevar por los medicamentos antes de quedarse dormido, ella y su padre empezaban a hablar en serio.

—¿Te acuerdas de Simon Rush? —le había preguntado Leonard. Aquello había sido cuando había estado en una habitación con vistas al grandioso río Hudson y al puente George Washington justo frente a su ventana. Alice veía pasar barcos de arriba abajo, e incluso motos de agua. ¿Dónde diablos compraban motos de agua en Nueva York?

—¿Tu amigo más famoso? Pues claro que me acuerdo. —Alice podía imaginarlo de pie en su entrada en Pomander y recordaba haberse cruzado con él y su padre alguna vez mientras estos fumaban un cigarrillo en la esquina de la calle 96 y la avenida West End mientras ella y algunos de sus amigos volvían de Riverside Park.

—Siempre tenía cosas como esta. Solía ser muy intenso para mí, pero en alguna ocasión las he probado. A veces nos colocábamos tanto que solo nos quedábamos sentados en su piso en la calle 79 y escuchábamos *Forever Changes* de Love en su tocadiscos. Tenía todos los discos del mundo, además de los mejores altavoces que el dinero podía comprar. —Leonard la había señalado con la mano—. ¿La tienes en tu teléfono? ¿Puedes ponerla?

Leonard nunca se había comprado un *smartphone*, pues no le parecían útiles. Aunque sí que le gustaba que Alice pudiese conjurar en un instante cualquier canción que él quisiera escuchar, como si fuese un acto de magia. Ella apretó un par de botones y entonces la música salió de los diminutos altavoces. Guitarras que bailaban. Leonard alzó una de sus delgadas manos y chasqueó los dedos con suavidad.

—De verdad es increíble lo perfecta que has sido siempre, Alice. Yo estaba en lo mío, como solía hacer, y tú siempre tan *sólida*. Como un bulldog. Con los pies en la tierra, ya me entiendes.

Alice se había echado a reír.

—Gracias por lo que me toca.

—¿Por qué? ¿No se supone que deba decir esas cosas? Era muy bueno cuando eras una niña, podíamos jugar y usar nuestra imaginación y crear historias… Pero, cuando llegaste a la pubertad, tendría que haber llamado a alguien que supiese lo que estaba haciendo. O mandarte a un internado. O hacer que te mudaras con Sam y sus padres. Solo que eras una niña tan buena que no parecías ni notarlo.

—Me dejabas fumar en mi habitación. —La habitación de Alice había compartido una pared y una salida de emergencia con la de su padre.

—Pero no fumabas, ¿verdad? No fumabas cigarrillos.

—Papá, fumaba una cajetilla al día cuando tenía catorce. —Puso los ojos en blanco. Habían fumado juntos en la mesa de la cocina mientras compartían un cenicero.

Él se había echado a reír.

—¿De verdad? Pero nunca te metiste en ningún lío. Tú y Sam y Tommy y todos tus amigos erais unos buenos chicos, muy graciosos.

—Cuando estaba en el instituto, me tratabas como si fuese una adulta. Por ende, pensaba que ya lo era. Solo que no una adulta, en plan, completa. Pensaba que era como Kate Moss o Leonardo DiCaprio o una de esas celebridades que siempre estaban entrando y saliendo de discotecas. Creo que ese era mi objetivo.

Leonard había asentido, mientras sus ojos empezaban a cerrarse.

—La próxima vez tendremos más reglas para los dos.

Era cierto, ella siempre había estado bien. Tan bien que nadie nunca se había tomado la molestia de ver qué era lo que sucedía más allá de la superficie. Había habido chicos con problemas: Heather, a quien habían mandado a rehabilitación por inyectarse entre los dedos de los pies como si estuviese en *Diario de un rebelde*, o Jasmine, quien solo comía cien calorías al día y había tenido que repetir un curso porque pasó cuatro meses ingresada mientras la alimentaban mediante un tubito. Alice no era así. Alice era divertida y normal. Ella y su padre eran como un dúo de comedia, y Alice era la que siempre se reía de forma más escandalosa. Si hubiese tenido reglas, una hora límite para volver a casa o un padre que la castigara cuando le encontrase drogas en lugar de quitárselas y ya, quizás habría podido ir a Yale, quizás habría podido sacar una nota lo suficientemente alta como para permitirse decir algo así sin que el consejero de la universidad se echara a reír en su cara. Tal vez se habría casado en otoño, con el pelo suelto, y habría dejado la ciudad para mudarse a Francia y habría hecho algo, lo que fuera. Podría haber hablado con el equipo médico de turno del hospital desde su casa en Montclair, mientras observaba cómo su marido y sus hijos chapoteaban en la piscina durante los últimos días de la temporada. Cuando Sam se emborrachaba demasiado de adolescente, iba a su casa en Pomander, y Leonard la dejaba dormir la mona en la cama de Alice. A lo mejor lo que debía suceder era que los padres hicieran de chivatos. Ella siempre había asumido que su padre lo sabía todo y que confiaba en ella lo suficiente como para que no se metiera en líos, pero quizás era que nunca le había prestado demasiada atención, como el resto del mundo. En la actualidad le costaba mucho más y tenía que hacerle la misma pregunta una y otra vez para enterarse. Aunque Leonard recordaba a Sam y a Tommy, era incapaz de nombrar a alguno de los compañeros de trabajo de Alice. Y ella lo entendía, aquel era el modo en el que pasaban esas cosas. Cuando era joven, había pensado que su padre era viejo, y, cuando los años habían pasado y se había hecho viejo de verdad, Alice se percató de lo joven que había sido. La perspectiva era algo muy injusto. Cuando Leonard se había quedado dormido de verdad, Alice se había marchado.

14

Alice tenía una bolsa grande en cada mano: su jersey caro en una y su bolsa de sobras en la otra. En todos sus años como neoyorkina, nunca había estado sola, de noche, en la zona más al oeste de la calle 30. Caminó hacia el este hasta llegar a la Octava avenida, donde acabó entre un gentío de personas con maletas con ruedecitas que se dirigían hacia la estación Pensilvania. No se sentía borracha, no de verdad, pero el mundo había adquirido un tinte ligeramente más gracioso, y Alice soltó una risita mientras se abría paso en medio de la corriente de cuerpos que había en la acera. Aunque el metro estaba cerca, no quería subirse aún: lo bonito de Nueva York era el caminar, la serendipia y los desconocidos, y seguía siendo su cumpleaños, por lo que pensaba seguir caminando y ya. Dobló una esquina y avanzó por la Octava avenida, más allá de las tiendas cutres para turistas que vendían imanes, llaveros, camisetas que decían «I ♥ NY» y dedos de espuma con forma de la Estatua de la Libertad. Había recorrido casi diez manzanas cuando se percató de que tenía un destino en mente.

Ella, Sam y sus amigos lo habían pasado pipa durante muchas muchas horas en bares cuando habían sido adolescentes: habían pasado noches enteras en el Dublin House, en la calle 79; en el Dive Bar, entre las calles 96 y la avenida Amsterdam, con su cartel de neón con forma de burbujas, solo que aquel quedaba demasiado cerca de casa como para que fuera seguro; y unos cuantos bares universitarios más lejos en la avenida Amsterdam, aquellos que tenían cubos de cerveza por veinte dólares y mesas de billar con arañazos. En ocasiones, habían llegado hasta algunos bares de la Universidad de Nueva York que quedaban en el centro, en la calle MacDougal, donde podían cruzar la calle para ir por un faláfel y luego volver al bar, como si se tratara de su oficina y estuviesen yendo a por el almuerzo a toda prisa. No obstante, su favorito era Matryoshka, un bar de temática rusa que quedaba en la estación de metro 1/9 de la calle 50. Antes había pasado por allí la línea 9, pero ya solo pasaba la 1. Las cosas siempre se encontraban en constante cambio, incluso cuando no les apetecía. Alice se preguntó si las personas no se sentirían tan viejas como en realidad eran porque envejecer sucedía de forma muy gradual, y uno solo era un día más lento y más rígido, y el mundo cambiaba tan poco a poco que, para cuando los coches pasaron de tener una forma cuadrada a una mucho más sinuosa, o para cuando los taxis verdes se habían sumado a los amarillos, o cuando las tarjetas del metro habían reemplazado a las fichas, uno ya se había acostumbrado. Todo el mundo hervía a fuego lento sin que se diese cuenta.

No había ningún bar que se pareciese al Matryoshka: las estaciones de metro solían tener unas bodegas diminutas del tamaño de guardarropas con agua embotellada, chocolatinas y revistas, y algunas más cerca del centro tenían zapaterías que también vendían paraguas y varios cachivaches más que la gente de negocios que iba y venía en transporte público podría necesitar o incluso unas cuantas barberías, pero no había nada similar. Si bien todos los bares estaban a oscuras —porque aquello era parte de su objetivo, claro—, el Matryoshka se encontraba literalmente bajo tierra, a la izquierda de los torniquetes, en el fondo de las escaleras que conducían de vuelta a la calle. Su entrada era una puerta negra con una M roja pintada a la altura de la vista y ninguna otra señal que se distinguiera. Hacía quince años que no iba. Sabía que seguía allí, pues era un lugar famoso. Un local subterráneo trascendental al que la revista *New York* le gustaba enviar periodistas y actores cuando estos buscaban un buen ambiente neoyorkino. Alice sacó su teléfono para enviarle un mensaje a Sam, pero entonces pensó en cómo sonaría: «Es mi cumpleaños y voy a terminar la noche yendo a un bar que está en una estación de metro. ¡Sola como la una!». Era un tuit que publicabas para sacar unas risas, una llamada de auxilio. Solo que Alice no quería auxilio, quería beberse una última copa en un lugar que le había encantado y luego se iría a casa y despertaría con sus cuarenta años y un día y podría empezar todo de nuevo.

Un montón de gente subía las escaleras de la estación, y, durante un instante, a Alice le preocupó que el Matryoshka se hubiese vuelto demasiado popular, que hubiese que hacer cola para entrar, una cola que estaba claro que ella no iba a hacer, pero entonces se percató de que solo se trataba de la gente que salía del metro. La puerta estaba abierta, y la oscuridad llena de vida del bar era exactamente como ella la recordaba. Incluso el taburete que estaba apoyado en la puerta para mantenerla abierta —negro, con el asiento de cuero rajado— parecía uno en el que ella hubiese pasado horas sentada, mientras sus delgaduchos codos de adolescente se apoyaban sobre la barra pegajosa del bar.

El bar estaba compuesto por dos habitaciones: el espacio angosto por el que entraban los clientes, el cual contenía el propio bar, y una pequeña área con sofás de cuero negro que tenían la apariencia de haber sido muy usados, abandonados en la acera y arrastrados por las escaleras del metro hasta llegar a su lugar de descanso eterno. Había un par de maquinitas de *pinball* en el extremo más alejado de la sala y una gramola que a Alice y a Sam siempre les había encantado. Le había sorprendido verla; cuando iba al instituto había habido gramolas por todos lados, en bares y restaurantes, en ocasiones unas diminutas y del tamaño de mesas individuales, solo que habían pasado años desde que había visto una tan alta que le llegaba hasta los hombros y de un porte descomunal, del tamaño de un armario pequeño. El barman la saludó con la cabeza, y Alice se sorprendió. Era el mismo hombre que había trabajado allí hacía tantísimos años —lo que era algo normal, claro, pues seguramente era el dueño—, pero tenía el mismo aspecto que ella recordaba. Por mucho que tuviera unas cuantas canas salpicadas por allí, no le parecía mucho mayor que ella, estaba segura. La oscuridad le jugaba a favor a todo el mundo.

Alice le devolvió el saludo y se dio una vuelta por el bar mientras se dirigía a la segunda sala, la más grande. Era allí donde ella y sus amigos habían pasado más tiempo, pues tenía más sofás y espacio para repantigarse, ligar y bailar. Un fotomatón ocupaba su lugar en un rincón del fondo, donde la gente se tomaba fotos en ocasiones, aunque mayormente servía como lugar para liarse, dado que la máquina solía estar estropeada, pero seguía teniendo una cortina y un banquito y la emocionante sensación de que de todos modos estaba haciendo fotos. Varios grupitos de gente se encontraban sentados mientras bebían y reían, con sus rodillas en dirección a los regazos de los demás, sus bocas abiertas y atractivas. No sabía si estaba buscando a alguien conocido o fingiendo que buscaba a alguien conocido o si solo trataba de buscar a medias donde estaba el baño. Volvió al bar y dejó sus enormes bolsas sobre el suelo, a su lado.

—¡Es mi cumpleaños! —le dijo al barman.

—Feliz cumpleaños —le dijo él. Puso dos vasos diminutos sobre la barra y los llenó de tequila—. ¿Cuántos cumples?

Alice se echó a reír.

—Cuarenta. Cumplo cuarenta tacos. Uf, no sé si me gusta cómo suena eso. —Aceptó el vasito que él le extendió sobre la barra y lo hizo chocar con el suyo, el cual el barman vació dentro de su boca sin mayor esfuerzo. El alcohol le quemó la garganta. Nunca le había gustado el alcohol de verdad, no en cantidad, como las amas de casa borrachas que salían en las películas, y tampoco por su calidad, como la gente con la que había ido a la universidad, quienes habían pasado a tener unos carritos de bar antiguos bien abastecidos y se las daban de mezcladores de cócteles novatos—. Vaya —exclamó—. Gracias.

Unas risas escandalosas provenían del rincón de la gramola. Un trío de mujeres jóvenes —más que ella e incluso más que Emily— se estaban haciendo fotos entre ellas antes de mostrarse los móviles las unas a las otras.

—Solía venir aquí cuando estaba en el instituto —le contó Alice al barman—. Tenía un carné falso que me hicieron en la calle 8 que decía que tenía veintitrés, porque me pareció que sería demasiado obvio si decía que tenía veintiuno. Pero, para cuando cumplí veintiuno de verdad, el carné decía que tenía casi treinta. Y ahora no puedo distinguir entre quienes tienen veintiuno y quienes tienen veintinueve, así que quizás no tenía mayor importancia.

—Invita la casa —le dijo el barman antes de servirle otro chupito—. Recuerdo cuando cumplí los cuarenta.

Aunque Alice quería preguntarle si había sido hacía un año, hacía una década o el día anterior, se contuvo.

—Vale —aceptó—. Pero este es el último. —El líquido le supo mejor aquella vez. Menos como a fuego y más como a un beso lleno de humo.

15

Pomander Walk le quedaba mucho más cerca que su piso, y además tenía una llave en algún lado. Eran las tres de la madrugada cuando el coche de Alice aparcó en la esquina entre la calle 94 y Broadway. Había abandonado sus sobras de comida en el bar, o quizás las había compartido con alguien, no estaba segura. En cualquier caso, solo le quedaba una bolsa y, en lugar de su nuevo jersey, llevaba el viejo, pues se había derramado una cerveza entera sobre el suyo y había tenido que ponerse el otro en el baño. Las chicas que se habían sentado en un extremo de la barra habían sido graciosísimas y, gracias al cielo, también fumaban, al menos del modo en que la madrugada hacía que prácticamente todas las personas fumaran. Le llevó diez minutos llegar a su casa en coche; podría haber ido en tren, claro, pero, dado que seguía siendo su cumpleaños, había llamado al coche más lujoso que había visto en su teléfono. Cuando entró, el conductor le echó un vistazo, algo despatarrada en el asiento de atrás de su Escalade nuevo, y Alice supo que el hombre pensaba que iba a vomitar. Solo que no lo haría.

Sí lo hizo en cuanto el coche se marchó, en la alcantarilla. Las aceras estaban vacías. Alice tiritó y buscó sus llaves en su bolso. Si bien siempre llevaba encima un juego de llaves de la casa de su padre, por si las moscas, hacía semanas que no se pasaba por allí. Solía ir para recoger las cartas o dar de comer a Ursula, pero, dado que le estaban pagando a una de las chicas que vivía en la misma calle para que fuera a alimentar y mimar a la gata un rato, Alice no se sentía demasiado culpable por mantenerse al margen. Tanteó el fondo de su bolso con los dedos en busca de las llaves. Tenían que estar en algún lado.

La entrada principal a Pomander se encontraba en la calle 94 y era una pequeña puerta enrejada situada al lado de una larga lista de nombres y timbres. En ocasiones, algunos turistas se plantaban en la puerta y esperaban a que los dejaran pasar. Durante el día no pasaba gran cosa. Pomander Walk debía figurar en alguna página web de viajes alemana o en alguna guía de viajes, porque siempre los visitaban alemanes y, de vez en cuando, algún británico. Nadie llamaba al timbre a las 03 a. m. El superintendente no vivía allí y el portero no estaba, pues solo trabajaba a media jornada y ayudaba a la gente a meter o sacar cosas de la cueva de almacenaje, un armario diminuto que tenía una lista de espera infinita. Si Alice no encontraba su llave, siempre podía llamar a Jim Roman, quien vivía en la casa número 12, la que se encontraba más cerca de la puerta. Si estaba despierto, al menos no tendría que caminar tanto, y, además, tenía una llave de la casa de su padre. Solo que la idea de despertar a Jim Roman no se le antojaba en absoluto, dado que Jim era un elegante viudo que debía tener más de ochenta años, y a quien ella conocía desde que era niña. Mostrarle su versión borracha y seguro que aún algo pegajosa resultaba demasiado deprimente para tolerarlo, de modo que decidió apoyarse contra la puerta para buscar a consciencia dentro de su bolso. Cuando apoyó su peso sobre ella, la enorme y pesada reja de hierro negro que una vez le había aplastado el tobillo con tanta fuerza que había necesitado que le hicieran una radiografía, se abrió.

—Ay, madre, gracias —dijo Alice. ¿Quién más tenía una llave para su piso en Brooklyn? Tenía una en el colegio, pero ¿esa de qué le servía? La propietaria del piso tenía una, y Matt también, a pesar del hecho de que nunca jamás la había usado para entrar en el piso. Iba a tener que pedirle que se la devolviera.

Alice subió los escalones hacia la calle en sí y luego se enderezó al llegar a la cima. Pomander Walk era el lugar más bonito en el que viviría nunca. Las casas parecían de muñecas, con detalles de galletitas de jengibre, como si las hubiesen sacado de alguna película navideña de Hallmark, solo que con el añadido de la banda sonora sempiterna de Nueva York de cláxones y obras. Dado que se encontraban en otoño, la gente ya tenía calabazas para adornar las puertas, unas bonitas que provenían de alguna granja al norte del estado, unas que eran demasiado caras como para ponerse a tallarlas. Siempre había suficientes niños en Pomander como para organizar una buena fiesta por *Halloween*: seres humanos diminutos y enfundados en disfraces que caminaban con dificultad de una casa a otra, mientras todos los adultos bebían vino o sidra con sus máscaras o sombreros graciosos. Su padre tenía montones de sombreros graciosos y unos cuantos bigotes falsos, y siempre lo habían pasado bien, tanto cuando era lo suficientemente pequeña como para ir a pedir caramelos como cuando creció y lo ayudaba a repartirlos.

Pero seguía sin encontrar su llave. Sabía que una de las ventanas estaba un poco floja, y quizás aquello fuese suficiente para abrirla desde fuera. Aunque también podía esperar unas cuantas horas, hasta que amaneciera propiamente, y entonces Jim Roman o el superintendente le abrirían la puerta. Aquello parecía una idea mejor. Alice se estaba sentando en los escalones frente a la casa de su padre cuando la caseta de vigilancia le llamó la atención. Era uno de los preciados dominios de su padre, del modo en que imaginaba que los hombres que vivían en las afueras de la ciudad se sentían respecto a sus garajes, como si fuese su propio reino de domesticidad y estuviese más ordenado que la propia casa. Le pertenecía a todos los que vivían en Pomander por igual, a quien fuera que necesitase tierra o una pala o una de las herramientas de uso común que había en su interior, pero era Leonard quien más disfrutaba de aquel espacio y quien más lo cuidaba.

De cerca, Alice se percató de que estaba casi vacía: había una escoba apoyada en una esquina y unas cuantas bolsas de tierra para jardinería cerradas y apoyadas contra la pared opuesta, pero, más allá de eso, aquella choza pequeñita se encontraba impecable. Cerró la puerta a sus espaldas y se sentó en el suelo. Unos minutos después, enrolló un poco la bolsa con su jersey sucio y la usó como almohada, tras apoyarla en las bolsas de tierra. No tardó en quedarse dormida, al tiempo que se imaginaba a sí misma como el conejito del libro de Richard Scarry, arrebujado en su árbol durante todo el invierno.

16

L a habitación estaba a oscuras, y Alice se sintió decrépita. Abrió los ojos y parpadeó. Le llevó varios segundos percatarse de dónde se encontraba. De algún modo, en medio de la noche, había conseguido llegar al interior de la casa y hasta la angosta cama que había usado durante su niñez. Leonard no era uno de esos padres que convertían la habitación de sus hijos en un almacén para equipamiento de deporte, aunque tampoco era que guardara las cosas de Alice con cariño. Si bien la mayoría de ellas seguía allí, una vez, durante una limpieza anual sobre la que no le había contado nada a ella, Leonard había tirado todas sus revistas *Sassy* al contenedor de reciclaje, y ella seguía enfadada por aquella transgresión. Estiró los brazos sobre su cabeza hasta que sus dedos rozaron la pared que tenía detrás.

No le dolía el cuerpo, pero tenía la boca seca, y sabía que un dolor de cabeza se encontraba en camino. Mantuvo los ojos casi cerrados mientras estiraba una mano hacia el suelo y tanteaba en busca de su bolso y su móvil. En su lugar, tocó con los dedos la gruesa y peluda moqueta, la cual no creía que hubiese sido aspirada nunca en la vida, y la superficie abarrotada de la mesita de noche.

—Joder —soltó, antes de incorporarse. El bolso tenía que estar en algún lugar cercano. Sin su móvil, no tenía cómo saber qué hora era. Estaba segura de que era por la mañana, por mucho que su habitación siguiese a oscuras. Las partes traseras de las casas en Pomander siempre estaban a oscuras, en especial durante las mañanas, y la ventana de su habitación daba a las ventanas traseras de los grandes edificios que delineaban el resto de la manzana, como un paisaje invertido de la ciudad con sus salidas de emergencia y ventanas escondidas hasta donde podía ver. Alice empezó a hacer una lista mental de todas las tarjetas de crédito que iba a tener que cancelar si no encontraba la cartera, y de todo lo demás que iba a tener que reemplazar. ¿Cómo hacía alguien para concertar una cita en la Apple Store para comprar un teléfono nuevo si una no tenía teléfono? Su portátil estaba en su piso. Respiró hondo.

Sacó las piernas de la cama y se puso de pie. Le daría de comer a Ursula y se las arreglaría para ir al metro sin tener su tarjeta de transporte. Tendría que haber algo de dinero en algún lugar de la casa, lo suficiente como para que pudiera volver a su piso, y la propietaria tenía una llave con la que podría abrir la puerta. Su habitación estaba hecha un caos: el suelo cubierto de montones de ropa, como si Leonard hubiese estado revisándola y decidiendo qué tirar antes de que lo hospitalizaran. Era un poco extraño, aunque se podía decir lo mismo de Leonard. Alice se limitó a darle con el pie a algunas cosas para abrirse camino hacia la puerta.

Llegó hasta el baño arrastrando los pies y no se molestó en cerrar la puerta. Tenía que orinar, así que cerró los ojos. Oyó un golpe en el salón y luego el sonido de Ursula recorriendo el pasillo. Su carita negra se asomó por el pasillo y no tardó nada en apoyarse contra las piernas de Alice.

—Qué gatita tan buena —le dijo ella. Solo entonces se echó un vistazo a su propio cuerpo. Llevaba unos pantalones cortos y una enorme camiseta amarilla de Crazy Eddie que cubría su regazo. Sus muslos, incluso aplastados contra el asiento del inodoro, le parecían más angostos, como si hubiese perdido peso de algún modo durante la noche. No recordaba haberse cambiado de ropa, e incluso si lo hubiera hecho, llevaba décadas sin ver aquella camiseta, pues era una reliquia de su niñez. Se levantó y se estiró la camiseta para contemplarla, como la muestra de la historia de Nueva York que era en realidad. El anuncio de la tele empezó a reproducirse en su mente. Pensaba volver a su piso con ella puesta, sin duda. Ursula se paseó por entre sus pies y entonces salió corriendo, seguro que para esperar junto a su platito a que le diera de comer. Oyó un ruido que provenía de la otra habitación: debía ser la adolescente que cuidaba de la gata. Cerró la puerta deprisa, pues no quería asustar a la chica.

El lavabo de Leonard era como una cápsula del tiempo. Quizás porque aún seguía yendo a la misma farmacia anticuada a la que había ido toda la vida o porque las marcas modernas no habían llegado al Upper West Side, pero todo lo que había en su baño —la pasta de dientes de Leonard, su espuma de afeitar, las toallas que en algún momento habían sido de color beis y ya siempre parecían sucias— tenía el mismo aspecto de siempre. Alice sacó un poquito de Colgate y se cepilló los dientes con su dedo. Tras escupir, se echó algo de agua en la cara y se secó con la toalla.

—Ya salgo —exclamó—. ¡Soy Alice! —Si bien los niños no solían sufrir de infartos, recordaba que durante su niñez en Pomander Walk, había habido muchos rumores sobre el peligro de los intrusos, y ella siempre había estado lista para liarse a golpes y mordiscos si hacía falta, como cualquier niña buena en la ciudad. Oyó una respuesta en voz baja, por lo que se acomodó la camiseta y salió hacia el pasillo. Era una adulta que trabajaba con niños y podía hablar con cualquier persona, incluso si vestía el tipo de pijama que había llevado cuando era una adolescente.

Ursula se había subido a su lugar de siempre, el lugar en el alféizar que se encontraba justo sobre la rejilla de la calefacción, y su pelaje negro estaba bañado por el sol. Era la gata más anciana del mundo, nadie sabía cuántos años tenía con exactitud, pero si ella tuviese que adivinar, diría que tenía veinticinco o que era inmortal. Tenía la misma apariencia llena de vida que siempre había tenido.

—Buenos días —saludó, al doblar la esquina del pasillo hacia la cocina—. Espero no haberte asustado.

—No das tanto miedo —le dijo su padre. Leonard Stern estaba sentado en su sitio a la mesa de la cocina. Había una taza de café a su lado y una lata abierta de Coca-Cola. A un lado de sus bebidas, Leonard tenía un plato con unas tostadas y unos huevos duros. A Alice le pareció ver una Oreo por ahí también. El reloj que había en la pared detrás de la mesa decía que eran las siete de la mañana. Leonard tenía buen aspecto, parecía sano. Más sano, de hecho, de lo que ella podía recordar. Parecía como si pudiese dar una vuelta a la manzana corriendo si quisiera, solo por diversión, como el tipo de padres que podía jugar a la pelota con sus hijos o enseñarles a patinar sobre hielo, a pesar de que él no era para nada así. Leonard parecía una estrella de cine, una versión de película de sí mismo: apuesto, joven y ágil. Incluso su pelo parecía lleno de vida, con sus rizos que le cubrían la cabeza y aquel tono castaño oscuro que había tenido cuando ella era niña. ¿Cuándo habían empezado a salirle canas? Alice no lo sabía. Leonard alzó la vista y la miró. Volvió la vista al reloj, luego de nuevo hacia su hija y meneó la cabeza—. Pero sí que te has levantado temprano. ¡Estás empezando de cero! Muy bien. —¿Qué estaba pasando? Cerró los ojos. ¡Quizás estaba alucinando! ¡Era posible! Tal vez se había emborrachado demasiado, tanto que, todas aquellas horas después, seguía más borracha de lo que había estado alguna vez en su vida y estaba teniendo alucinaciones. Quizás su padre había muerto, y aquel era su fantasma. Alice se puso a llorar y apoyó la mejilla contra la pared fría.

Su padre apartó la silla de la mesa y se dirigió hacia ella despacio. Alice no despegó la vista de él; temía que, si lo hacía, Leonard fuese a desaparecer.

—¿Qué te pasa, cumpleañera? —Leonard le sonrió. Sus dientes estaban muy blancos y rectos. Podía oler el café en su aliento.

—Es mi cumpleaños —le dijo.

—Ya sé que es tu cumpleaños —repuso Leonard—. Me has hecho ver *Dieciséis velas* un millón de veces para asegurarte de que este no pasara desapercibido. Pero no te he comprado un adolescente con un coche deportivo, que lo sepas.

—¿Qué? —preguntó ella. ¿Dónde estaba su cartera? ¿Y su móvil? Alice se pasó las manos por el cuerpo, en busca de algo que fuese suyo, cualquier cosa que tuviera sentido. Aplastó su enorme camiseta contra su cuerpo y notó su vientre plano, los huesos de sus caderas, su cuerpo.

—Cumples dieciséis, Al. —Leonard le dio un toquecito en la pierna con su pie. ¿Siempre había sido capaz de estirarse tanto? Hacía años que no se podía mover con tanta libertad. Se sentía del mismo modo que cuando volvía a ver a los hijos de sus amigos después de unos cuantos años y estos se habían convertido de pronto en personitas que podían ir en monopatín y le llegaban a la altura de los hombros, solo que al revés. Había visto a su padre cada día, y luego cada semana o así, durante toda su vida. Nunca había habido un lapso en el que hubiese podido verlo después de mucho tiempo. Había estado presente para la llegada de cada cana, por lo que era comprensible que no se hubiese percatado de en qué momento las cosas habían cambiado, de cuándo había pasado a tener más pelo blanco que castaño—. ¿Quieres una Oreo para desayunar?

PARTE DOS

17

Alice se quedó en la puerta de su habitación. El corazón le hacía cosas que no se suponía que los corazones debían hacer, como latir al ritmo de una canción de Gloria Estefan. Quería ir y sentarse junto a su padre, solo que también necesitaba comprender si estaba viva, si él estaba vivo, si estaba dormida o si, de hecho, tenía dieciséis años en lugar de cuarenta y estaba de pie en su habitación de la casa de su padre. No estaba segura de qué opción se le antojaba menos. Si estaba muerta, al menos no había sufrido. Si estaba dormida, iba a despertar. Si su padre estaba muerto y aquello era la respuesta de su cuerpo al trauma, pues bueno. La opción más lógica, más allá de que aquel fuera el sueño más lúcido que había tenido en toda su vida, era que hubiera sufrido alguna especie de colapso mental y que todo ello estuviera sucediendo en su cabeza. Si había viajado en el tiempo y su yo de cuarenta años estaba habitando el cuerpo de su yo adolescente y se encontraba en el año 1996 e iba al instituto, todo ello sumado suponía un gran problema. Si bien era poco probable que su habitación fuese a contener las respuestas a todas aquellas preguntas, los cuartos de las adolescentes solían estar llenos de secretos, por lo que no era algo imposible. Había crecido en compañía de dos hermanos imaginarios que podían viajar en el tiempo, al fin y al cabo.

Encendió la luz. Los montones de ropa que había apartado hacia un lado no eran las cosas de las que su padre se había estado deshaciendo, sino que eran sus propias montañas. La habitación se encontraba tal cual la recordaba, solo que peor. Olía a humo de cigarro y a Calyx, el perfume brillante y dulzón que se había puesto durante el instituto y al entrar a la universidad. Cerró la puerta a sus espaldas y caminó con cuidado por encima de las pilas de ropa hasta que cruzó la habitación y llegó a la cama, la misma en la que se había despertado.

Sus sábanas de diseñador con motivos florales estaban hechas un caos, como si un tornado hubiese caído exclusivamente en aquel lugar, sobre su amplio colchón. Alice se sentó y llevó su almohada más suavecita, la que tenía una funda de los Osos Amorosos, hasta su regazo. Su habitación era pequeña, y la cama ocupaba casi la mitad del lugar. Las paredes estaban cubiertas con fotos sacadas de revistas, un *collage* en el que ella había trabajado sin descanso desde que tenía unos diez años hasta el día en el que se había marchado a la universidad. Parecía un empapelado psicótico: una Courtney Love besando a Kurt Cobain en la mejilla en la portada de una revista *Sassy*; un James Dean subido en un tractor; un Morrissey sin camisa por aquí; un Keanu Reeves sin camisa por allá; una Drew Barrymore, también sin camisa, con las manos cubriéndose los pechos y unas margaritas que le adornaban el cabello. Había besos hechos con pintalabios de distintas marcas salpicados por doquier, donde Alice había apretado sus labios contra la pared en lugar de usar un pañuelo: Brindis de Nueva York, Pasas en ron, Cerezas en la nieve. La obra central era un póster gigante de *Bocados de realidad* que había comprado de una cesta del videoclub por diez dólares y tenía montones de cosas pegadas encima, salvo por la cara de Winona Ryder, la cual había quedado intacta. Había palabras escritas detrás de los actores —película, confianza, trabajo—, y Alice había añadido algunas de su propia cosecha: instituto, arte, besos. Alguien había plantado su firma sobre la cara de Ben Stiller, y Alice no tardó en recordar que había sido su amigo Andrew. Casi todos sus amigos del instituto habían tenido una firma y habían pretendido que hacían grafitis con ella, incluso si la mayoría de ellos se limitaban a hacerlos en las páginas de sus cuadernos, en lugar de sobre las paredes del metro. Se giró hacia su mesita de noche y abrió el pequeño y desvencijado cajón. En él encontró su diario, un mechero, una cajetilla de Newport Lights, unos caramelos de menta, unos cuantos bolis y coleteros, algunas monedas sueltas y un paquete de fotos. Era como si se hubiese despertado en un museo en el que ella fuese la única obra de arte. Todo lo que había en su habitación se encontraba de la misma forma que cuando había tenido dieciséis años.

Abrió el sobre y sacó el montón de fotos. No eran de ningún evento en particular, o al menos aquello era lo que le parecía. Estaba Sam sentada en su cama; Sam hablando en la cabina telefónica del colegio; unas cuantas fotos de sí misma que se había hecho en el espejo y un agujero negro en el que se veía la marca del *flash* de la cámara; Tommy en la sala de estudios de Belvedere, cubriéndose el rostro. Creía que era Tommy. Había habido muchísimos chicos en Belvedere que se vestían del mismo modo exacto: tejanos enormes y camisetas que habrían parecido de ricos de no ser porque eran tres tallas más grandes de lo que debían ser. Alice oyó cómo su padre encendió la radio en la cocina y se dispuso a lavar los platos.

—¡Papá, voy a darme una ducha! —exclamó. Había girado sobre sus talones y había huido, lo que debía haber parecido una conducta lo suficientemente propia de su yo de dieciséis años como para que Leonard se limitara a encogerse de hombros y volviese a sentarse para terminar de desayunar. ¿Cómo sonaría su voz? ¿Sería igual? Alice se miró en el espejo barato de cuerpo entero que colgaba en la parte de atrás de la puerta de su armario.

Cada segundo de su adolescencia había creído que era una más del montón. Apariencia del montón, cerebro del montón, cuerpo del montón. Podía dibujar mejor que la mayoría, aunque las matemáticas se le daban de pena. Cuando les tocaba correr durante la clase de educación física, tenía que pararse para caminar mientras se sujetaba un costado. Sin embargo, lo que vio en el espejo en aquel momento la hizo echarse a llorar. Claro que se había quejado por hacerse mayor, se había autocriticado de forma muy fea con Emily en sus cumpleaños, por ejemplo, y había notado el paso de los años en su espalda y en sus rodillas, además de en el contorno de sus ojos, aunque, por dentro, se había sentido exactamente de la misma forma que cuando era una adolescente. Qué equivocada había estado.

Se plantó frente al espejo y alzó un dedo hacia adelante, en plan E. T., para saludarse a sí misma. Llevaba la raya del pelo en el medio, y este le caía pasados los hombros. Tenía un pequeño grano que le estaba saliendo en el mentón y amenazaba con abrirse paso en su piel, pero, más allá de eso, la piel de Alice parecía sacada de un cuadro del Renacimiento. Era suave y cremosa, y sus ojos, grandes y brillantes. Sus pómulos eran tan rosas que no parecían de verdad.

—Joder, parezco un querubín —se susurró a sí misma. Se miró su propio vientre plano—. ¿Qué coño me pasaba? —Empezó a hiperventilar. Su radiocasete rosa se encontraba a los pies de su cama, con la antena extendida. Alice lo abrazó contra su pecho. El dial de la radio se encontraba apenas pasando el 100, en la Z100, 100.3, una emisora de radio terrible que había escuchado seguramente cada día cuando era joven. Les había grabado muchísimas canciones a los chicos por los que había estado coladita, chicos en los que no había pensado en décadas. También para Tommy Joffey y para Sam, así como para montones de personas más, y cada canción había sido un mensaje secreto, aunque al menos la mitad de ellas habrían sido de Mariah Carey, quien no era precisamente sutil con sus letras. La radio había pasado a ocupar un lugar en el baño durante un tiempo, donde Leonard a veces escuchaba música mientras se daba un baño, pero Alice llevaba sin verla más de una década. La apretó más contra su pecho, como si de ese modo pudiese escuchar cada canción que le había gustado en la vida.

Los hermanos del tiempo habían recorrido el continuo espacio-tiempo en un coche a toda velocidad. Marty McFly tenía su condensador de flujo. Bill y Ted tenían su cabina telefónica, además de a George Carlin. La chica buenorra de *Outlander* solo tenía que recorrer unas rocas antiguas. Jenna Rink tenía un polvo de hadas en el armario del sótano de casa de sus padres. En *Parentesco* y *La mujer del viajero en el tiempo* pasaba y ya, sin mayor explicación. Trató de pensar en cada escena que pudiese recordar. ¿Qué había habido en *La casa del lago*? ¿Un buzón mágico? Alice se había emborrachado y se había quedado dormida. Respiró hondo y observó cómo sus mejillas se hinchaban y se deshinchaban.

A sus pies, vio otro objeto que le parecía conocido: su teléfono de plástico transparente, con su cordón enroscado de más de dos metros que le permitía moverse por toda su habitación. Se lo habían regalado cuando había cumplido los quince: su propia línea de teléfono. Alice se dejó caer sobre el suelo y se puso el teléfono sobre el regazo. El tono de marcado le parecía tan familiar y reconfortante como los ronroneos de un gato. Sus dedos marcaron un número: el de Sam, de su teléfono rosa en su habitación rosa en el piso de sus padres. Seguía siendo muy temprano, y si bien la Sam adulta habría estado despierta y dándoles el desayuno a sus hijos mientras los sobornaba con dibujos en la tele, la Sam adolescente estaría durmiendo como un tronco, ajena al mundo. Pero Alice la llamó de todos modos.

Tras unos cuantos timbrazos, Sam contestó, en un gruñido:

—¿Qué?

—Soy Alice.

—Hola, Alice. ¿Por qué me llamas a estas horas intempestivas? ¿Estás bien? Ay, mierda, ¡que es tu cumpleaños! —Sam se aclaró la garganta—. Cumpleaaaaños feeeliiiz...

—Vale, vale, ya está, gracias. No tienes que ponerte a cantar. —Alice observó su reflejo mientras hablaba—. Solo te llamaba para comprobar una cosa. ¿Puedes venir? ¿Cuando estés lista? ¿O puedo ir yo para allá? Llámame cuando estés lista y ya. —Su mentón era tan afilado como un cuchillo. ¿Por qué nunca había escrito poemas sobre su barbilla o tomado fotos o pintado retratos?

—Vale, tirana cumpleañera. Lo que tú digas. Te quiero. —Sam cortó la llamada, y Alice también. Su armario compartía pared con el baño, y oyó que su padre entraba y le daba al interruptor de la luz y del ventilador de techo. El grifo empezó a sonar: se estaba lavando los dientes. No había oído que cerrara la puerta, lo que, al tener un pestillo de lo más chapucero, era el único modo que tenían para comunicarle al otro que necesitaban un poco de privacidad. Alice oyó a su padre lavarse, enjuagarse la boca, escupir el agua y darle golpecitos a su cepillo contra el borde del fregadero antes de devolverlo a su sitio en el vaso de cristal con un suave repiqueteo al chocar con el suyo. Había pasado tanto tiempo desde que había pensado en aquellos sonidos: la cafetera, el susurro de las zapatillas de andar por casa al recorrer el pasillo. Se quedó en el suelo de su habitación y en el armario hasta que encontró algo de ropa que oliera a limpio.

18

Leonard estaba sentado en su sitio de nuevo y leía un libro. Alice caminó con cuidado, como si se fuese a caer por una alcantarilla en cualquier momento. Su padre pasó una página y alzó la barbilla para dejar que Ursula frotara su cara contra la suya. Observó a Leonard de reojo mientras abría la nevera y sacaba la leche. Los cereales vivían en la alacena al lado de los platos y los vasos y eran una colección de cajas junto a los botes de crema de cacahuate y las latas de sopa y de salsa de tomate. Sacó una caja de cereales Grape-Nuts, los favoritos de su padre.

—¿Todo bien, papá? ¿Te encuentras bien? —Observó la expresión de Leonard en busca de alguna señal de que supiese lo que estaba ocurriendo, de que reconociera que algo iba mal. Pero lo que iba mal era su cara: unas arruguitas diminutas alrededor de sus ojos acompañadas de una barba poblada y una gran sonrisa. Era joven. Era joven. Era joven. Alice hizo el cálculo en su cabeza: si ella tenía dieciséis, eso quería decir que Leonard tenía cuarenta y nueve años. Menos de una década más de los que ella misma tenía. Estaba acostumbrada a pensar que la vida era una serie de mejoras; del bachillerato a la universidad, de la universidad a la adultez, de los veinte a los treinta. Todas esas le habían parecido vueltas en una carrera que no le iba tan mal, solo que ella sabía todas las miserias que le esperaban a su padre. Las visitas al hospital, las citas sin fin con los médicos una vez que había aceptado tenerlas. Los audífonos, tras años de gritar «¿Qué? ¿Cómo? ¿Qué dices?» desde el otro lado de la mesa en restaurantes.

—Sí, ¿por? —Leonard la miró con los ojos entrecerrados.

—Por nada. —Alice miró la caja de cereales—. No conozco a ninguna otra persona que compre esto —le dijo—. En toda mi vida, ninguna otra persona.

Leonard se encogió de hombros.

—Creo que tienes que conocer a más personas.

Alice soltó una carcajada, pero también se inclinó sobre su cuenco para que él no viera las lágrimas que le habían anegado los ojos. Parpadeó para apartarlas, terminó de prepararse sus cereales y finalmente se fue a sentar al lado de su padre.

Leonard tenía el *New York Times,* el *New Yorker,* la revista *New York* y una edición de la revista *People* de la boda de John F. Kennedy Jr. con Carolyn Bessette en la portada.

—Caray —dijo Alice—. Qué pena.

Leonard alzó la revista y la inspeccionó un poco.

—Sí, sí. Yo también creí que tendrías una oportunidad, una novia niña de esas de la vieja usanza. Habría sido tremendo. —Dejó la revista sobre la mesa y le dio un apretoncito a su brazo. Alice se quedó sin aliento. Se sentía real. La cocina parecía real, y su cuerpo también. Su padre le parecía real. Y el buenorro de Kennedy se acababa de casar y estaba vivo.

—No, me refiero a… Oh. —Alice dejó de hablar—. Nada. —Se metió una cucharada de Grape-Nuts en la boca—. Estos saben muy raro —le dijo—. Es como si fuesen los restos que quedaron cuando estaban haciendo los cereales buenos, las miguitas, y hubiesen decidido no desperdiciarlos y limitarse a ponerles otra etiqueta. —Cuando había estado sentada al lado de su padre en el hospital y había deseado con todas sus fuerzas que abriera los ojos y se pusiera a hablar con ella, no se le había pasado por la cabeza que su primer tema de conversación fuese a ser los Grape-Nuts.

—Ingeniosos y deliciosos también —dijo él, tras chasquear los dedos—. Bueno, ¿qué planes tienes para hoy? Tienes tu clase de preparación para la uni a las diez, luego pasarás el rato haciendo lo que sea y cenaremos con Sam, ¿verdad? Y entonces me iré al hotel de la convención y volveré mañana por la noche, después de mi panel. ¿Estás segura de que no te molesta?

Alice apoyó los codos sobre la mesa. Ser un crío era algo de otro mundo: le correspondía a alguien más comprar la leche y los cereales, asegurarse de que hubiese pasta de dientes y productos de limpieza para el baño y comida para el gato, pero todo lo que uno hacía (como asistir a una clase de preparación para la universidad los sábados o ir al instituto) era en aras de un futuro ambiguo y poco definido. Ursula pasó por encima del periódico abierto y la olisqueó. Como en el caso de muchos gatos negros, los ojos de Ursula en ocasiones eran verdes y, en otras, amarillos. Se acercó para refregarse contra ella, y Alice le acercó el rostro en respuesta.

—¿Cuántos años tiene Ursula? —preguntó. La gata olisqueó sus cereales y luego se bajó de un salto de vuelta al suelo.

—No es posible asignarle una edad a semejante criatura —contestó Leonard—. No estuve presente cuando nació, de modo que lo único que puedo hacer es adivinar como un simple mortal. Ya era una gata adulta cuando la encontramos. Estaba frente al número ocho, ¿recuerdas? Cuando la trajimos a casa, pensé que alguien la iba a echar de menos. Uno no deja ir a una gata tan buena así sin más.

—Sí, me acuerdo —asintió ella. Quizás Ursula también hubiese viajado desde algún momento en el futuro en el que los gatos vivían para siempre. O quizás es que había una nueva Ursula cada año—. ¿Dónde era la clase de preparación?

—En la escuela. En el mismo sitio que la semana pasada.

—¿En Belvedere?

Leonard dobló su periódico por la mitad, con mucho cuidado. ¿Por qué la gente hacía los periódicos de ese tamaño tan grande de modo que uno tuviese que sostenerlos así?

—Sí. —Su padre ladeó la cabeza—. ¿Estás bien? ¿Tienes fiebre de cumpleaños? —La parte trasera del periódico tenía la guía de programación, y Leonard había encerrado en un círculo las cosas que quería ver para no olvidarlas. Echarían una maratón de Hitchcock y el nuevo episodio de *Edición anterior*.

—Supongo —contestó ella. Le parecía bien la idea de ir al colegio, al edificio al que había ido, el edificio original, como si fuese a cruzar la puerta y simplemente encontrarse con Emily y Melinda y pedirles que la llevaran directo al hospital para que le hicieran una evaluación psicológica.

—Sabes que no importan, ¿verdad? Los resultados que obtengas en el examen de admisión. —Leonard había asistido a la Universidad de Michigan, la cual se encontraba en su pueblo natal y no le había costado prácticamente nada a sus padres, razón por la que no había tenido siquiera la oportunidad de postular a ninguna otra universidad. Alice ya lo sabía, pero, cuando había estado en Belvedere, siempre se había sentido presionada. Le parecía que formaba parte de aquella presión en su vida adulta, pues los padres que llevaban a sus hijos a su oficina tenían que contarle dónde habían estudiado, como si aquello tuviese algo que ver con la vida de sus hijos, fuera que hubiesen ido a Harvard, a una universidad simplona o no hubiesen ido a la universidad y ya. Ser padre parecía una putada, la verdad: para cuando uno era lo suficiente mayor y sabio como para comprender los errores que había cometido, no existía ninguna probabilidad de que los hijos hicieran caso. Cada uno tenía que cometer sus propios errores. Alice había sido una de las estudiantes más jóvenes de su clase, algunos de sus compañeros habían sido un año entero mayores que ella. Cuando habían empezado el bachillerato, algunos de sus amigos ya habían tenido claro dónde querían estudiar: Sam quería ir a Harvard y Tommy ya había postulado a Princeton, donde toda su familia había estudiado, al menos desde hacía tres generaciones, aunque él juraba que prefería morir antes que estudiar allí. Alice no había estado segura ni por aquel entonces, e, incluso décadas después, creía que podría haber escogido un centenar de cosas distintas a las que dedicarse y vivir cien vidas diferentes. En ocasiones, le parecía que todas las personas que conocía ya se habían convertido en lo que iban a convertirse, y que ella seguía a la espera.

—Sí, ya —contestó. Su estómago rugió un poco; seguía con hambre. La clase de preparación para la universidad había sido una total pérdida de tiempo, ya lo recordaba. O una parte de ella lo hacía. Alice fue consciente de sus pensamientos simultáneos, como cuando uno hacía un viaje por carretera para cruzar el país y las emisoras de radio de la zona se conectaban y se desconectaban por quedarse fuera de cobertura. Aunque su visión era clara, provenía de dos fuentes diferentes. Era ella misma, solo su propia persona, pero era tanto la Alice del pasado como la del presente. Tenía cuarenta y dieciséis años. De pronto fue capaz de ver a Tommy reclinado en su silla, mordisqueando un lápiz, y el estómago se le empezó a llenar de mariposas. No era el cóctel de emociones que había sentido cuando Tommy había llevado a su hijo a Belvedere, una mezcla de nerviosismo y vergüenza. Eran los sentimientos antiguos: una lujuria devastadora y delirante—. ¿De qué va tu panel en la convención de mañana?

—Oh —soltó Leonard—. Es un homenaje a la serie de *Los hermanos del tiempo*. Alguien me va a hacer preguntas. Tony y Barry también irán, todos tienen muchas ganas de verlos. —Su expresión estaba tensa. Los actores nunca le habían caído bien, en especial Barry—. Estoy seguro de que Tony tendrá unas anécdotas fascinantes de cuando compartió set de rodaje con Tom Hanks. —Tony había tenido un papel diminuto en la parte de *Forrest Gump* de los años setenta, como si ningún director de reparto hubiese sabido en qué momento del tiempo situarlo. Alice creía que aquella podía haber sido la razón por la que el joven había dejado de actuar del todo y había dedicado sus días a los caballos, quienes solo sabían de él en el presente, mientras les entregaba una manzana sobre la palma de su mano.

—¿Tienes que ir? —Ursula volvió a subir de un salto a la mesa y empezó a lamer los restos de leche que quedaban en el cuenco de Alice.

—Todos tienen muchas ganas de verlos. Hace que vendan entradas y libros y podamos comprar Grape-Nuts. No pasa nada. —Leonard hizo un ademán con la mano para restarle importancia a la preocupación de su hija—. ¿A dónde quieres ir a cenar?

—Pero si aún estamos con el desayuno —dijo ella, mientras acariciaba a Ursula—. Déjame pensarlo. —Su padre bebió un sorbo de su café. Sus brazos parecían fuertes. Si Alice estaba alucinando, lo estaba haciendo de maravilla. Se produjo un fuerte sonido, y ella pensó: «Ah, esa debe ser mi alarma, seguro que me despierto en cualquier momento». Solo que no, se trataba de su teléfono, que sonaba a todo volumen desde su habitación.

—¿No vas a contestar? —le preguntó Leonard—. Normalmente cuando suena tu teléfono, te conviertes en un rayo que cruza el cielo. Como si fueses una mancha humana.

—Debe ser Sam, le devolveré la llamada en un ratito. —Fuera, en Pomander, los Headrick estaban barriendo. A Alice siempre le habían caído bien: eran el tipo de vecinos que le recordaban a uno que debía apartar el coche cuando tocaba barrer la calle o que dejaban entrar a los del gas o que ayudaban a retirar las hojas de las canaletas. Tenían todas las herramientas del mundo, a pesar de que su casa era tan pequeñita como las de los demás y carecía de espacio suficiente para guardar cosas. Kenneth Headrick llevaba puesta una gorra de los New York Mets y unos pantalones caqui y alzó una mano para saludarla cuando vio que ella tenía la mirada fija en él a través de la ventana.

—Madre mía. ¿Es esto madurez, Al? —Leonard meneó la cabeza—. Quizás los dieciséis sí que son diferentes.

19

S am volvió a llamar y le dijo que la vería en Pomander para ir a clase juntas. Diez minutos después, Alice la llamó para preguntarle qué pensaba ponerse. Media hora más tarde, Sam la llamó para decirle que iba con retraso, y que era mejor que Alice fuese sin ella. Era como intercambiar mensajes, solo que con sus voces. Llevaba más de una década siendo imposible hablar con Sam por teléfono con semejante facilidad. La única vez que Sam no contestó aquella mañana, su contestadora sí que lo hizo y le indicó con voz amortiguada que podía «encontrarla en su busca». Alice lo recordaba a la perfección: *911 si era una emergencia, *143 para decir «te quiero», *187 para decir «te mataré como no me devuelvas la llamada en este mismo instante». Quiso seguir llamando, solo para escuchar la voz de su amiga contestando el teléfono cada vez.

20

lice le pidió a Leonard que la acompañara hasta su clase de preparación para la universidad. No necesitaba que lo hiciera, claro. Podría haber llegado hasta allí con los ojos cerrados, que quizás era lo que estaba pasando en realidad, aunque lo que fuera que estuviese sucediendo empezaba a parecerle bastante real. Había ido al baño, algo que nunca había hecho en un sueño; se había dado una ducha; y había comido tres veces seguidas una tras otra, dos de las cuales había sido de pie y frente a la nevera abierta. La clase solo duraba treinta minutos y ver a Sam en persona como adolescente le resultaba irresistible, de modo que, si bien tenía algo de miedo de dejar que su padre se apartara de su vista, decidió que asistiría de todos modos. Aunque solo si Leonard la acompañaba hasta allí.

Belvedere estaba cerca, a solo doce manzanas y media. Por Broadway hasta llegar a la calle 85, luego a la izquierda y cuesta arriba, o también se podía ir en zigzag y esquivar el tráfico. Alice siempre se había sentido orgullosa de su forma de andar y de su velocidad al caminar. No existía nada tan satisfactorio como pisar una acera justo cuando un coche pasaba a toda velocidad, como el *ballet* cotidiano de alguien que cruzaba la calle en rojo en el momento justo. Aquel era el deporte en el que Alice era una absoluta profesional. Leonard era de los lentos, para ser que era neoyorkino, pero no podía creer lo rápido que su padre se movía en aquellos momentos, prácticamente bailando por Pomander Walk como Cary Grant con un paraguas. La última vez que lo había visto caminar por la calle había sido en junio. Habían quedado para cenar en Jackson Hole, un restaurante que era poco más que una cafetería que quedaba al final de la calle del colegio Belvedere, entre la calle 85 y la plaza Columbus, y que era el lugar perfecto para que ella quedara justo después del trabajo y antes de subirse al tren y volver hasta Brooklyn. A Leonard le encantaba comer en Jackson Hole porque las hamburguesas eran enormes, como discos de hockey para gigantes, y los aros de cebolla también. Alice había llegado primera y se había sentado a una mesa cerca de la ventana, por donde había visto a su padre sufrir un poco al andar rápido por la calle y evitar por los pelos que el autobús M11 se lo llevara por delante. Desde entonces, lo había visto caminar de aquí para allá en pasillos de hospital y luego nada en absoluto.

Leonard llevaba una chaqueta tejana, como había hecho la mayoría de los días desde que ella había nacido.

—No puedo creer que hayas cumplido los dieciséis, Al. —Había llevado una lata de Coca-Cola para el camino, la cual abrió en aquel momento con el satisfactorio estallido de las burbujas azucaradas. Mientras salían, Alice le había echado un vistazo a la caseta de seguridad, la cual parecía estar llena de cosas, como siempre. El final de la noche anterior era borroso salvo por el vómito, muy rosa y muy asqueroso. ¿En qué otro lugar había estado? Intentó atar cabos, como si estuviese resolviendo un complicado problema matemático del revés.

—Yo tampoco —le contestó a su padre.

Tras hablar con Sam, Alice había encontrado lo que le había sugerido en el suelo de su armario: un par de pantalones negros de tiro alto y pierna ancha que tenían un montón de botoncitos y una cinta en la parte de atrás, además de una blusa de seda que en algún momento había sido una prenda interior, por aquellos tiempos en los que la gente se ponía capas de ropa extra sin ninguna razón y los sujetadores con relleno no existían.

—Cuando te vas a pasear, ¿a dónde vas?

Ya era tan alta como su padre. Serena era la más alta de los dos por unos pocos centímetros, y Alice terminaría siendo un par de centímetros más alta que Leonard, aunque aquello aún no había sucedido. Si bien su madre no había llamado para desearle un feliz cumpleaños, todavía era temprano en la Costa Oeste, y quién podía asegurar lo que la luna estuviese indicando, o el resto de los planetas. Estos controlaban muchas de las interacciones que Serena tenía con el mundo. El aire era frío. El cambio climático había hecho que Alice se acostumbrara a llevar camisetas en pleno octubre, pero por aquel entonces hacía frío. ¿Ya habría pasado la tormenta de nieve? Pese a que no podía recordarlo, sí podía ver las ventiscas de nieve en su mente y la gruesa capa blanca que había paralizado a la ciudad durante unos cuantos días.

—Voy a todos lados —contestó Leonard—. Voy al norte de la ciudad y al sur. Una vez la recorrí entera: toda la isla de Manhattan. ¿Lo sabías? ¿Por qué lo preguntas?

Alice intentó encogerse de hombros.

—Por curiosidad, supongo. —Estaba pensando en Simon Rush y en el resto de los amigos de su padre: unos frikis muy cultos todos ellos, incluso los que eran ricos y famosos. Tenía muy pocos recuerdos de su padre durante el día que no fuesen en Pomander Walk. Los Stern nunca habían ido de escalada ni de campamento; no les gustaba la playa ni las reservas naturales ni lo que fuera que hiciesen las familias normales. Lo único que habían hecho había sido aquello: hablar. Pasear por su barrio, como si este fuese su diminuto reino. Aquello era lo que quería aprovechar más, lo que quería absorber tanto como fuese posible. ¿Qué se sentía al hacer que sus pasos coincidieran, al tener que apresurarse porque un taxi los iba a arrollar en la carretera? ¿Qué se sentía al tener a su padre junto a ella, al oírlo refunfuñar y tararear y hacer aquellos sonidos que no llegaban a ser articulados? ¿Qué se sentía al verlo y no tener que preocuparse por que fuese a ser la última vez que lo hacía?

—Eso está muy bien —dijo Leonard, apoyando una mano sobre su hombro.

Alice no lo había tocado hasta aquel momento. Había querido abrazarlo en cuanto había entrado en la cocina, pero no eran una familia demasiado afectuosa precisamente, y estaba segura de que, en el mejor de los casos, olía a tierra, y, en el peor, a tierra y a alcohol. De modo que se había apresurado de vuelta a su habitación, aterrorizada

100

por que uno de los dos fuese a desaparecer de pronto o a convertirse en un montoncito de polvo. Así que apoyó su mano sobre la de su padre. Ni siquiera recordaba que hubiese sido más joven de lo que era en aquel momento.

—¿A qué edad crees que fui la mejor? —Alice apartó la mano y se quedó mirando hacia el suelo—. Quiero decir, si tuvieses que escoger que me quedase con una edad para siempre, ¿qué edad sería?

Leonard se echó a reír.

—A ver, pensemos. De bebé eras terrible. Llorabas el día entero. A tu madre y a mí nos preocupaba que los vecinos fuesen a llamar a la policía. Después de eso, te pusiste muy mona para compensar, digamos de tres a cinco. Esos años fueron buenos. Pero... no, diría que ahora. Puedo decir todas las palabrotas que quiera, y tú ya no necesitas canguro. Eso y que eres buena compañía. —Cada manzana que recorrían tenía algo que a Alice le había encantado y que había olvidado: los vestidos de fiesta de licra en Fowad y en Mandee; el jalá rodeado de lucecitas en Hot & Crusty; la tienda bohemia para mujeres ricas Liberty House, donde ella se había gastado toda su paga comprando camisetas con estampados de la India y pendientes largos. Tasti D-lite era su favorita. ¿Seguirían existiendo aquellas heladerías? Una vez, cuando tenía veintipocos, Alice había visto a Lou Reed y a Laurie Anderson en un Tasti D-lite, ambos con unos vasitos pequeñitos y sin chispitas de colores. Quiso contárselo a su padre, pero se detuvo. La única canción suya que había comprado se encontraba en la banda sonora de *Trainspotting*, y ni siquiera estaba segura de que hubiese estrenado aún. Sin internet, ¿cómo se suponía que lo iba a comprobar? La voz de Mr. Moviefone, el servicio de listado de películas, apareció en sus oídos, como un recuerdo robótico en el que no había pensado desde hacía una década, y Alice se echó a reír. Era otro siglo. No lo había parecido mientras lo vivía, pero lo había sido. Era algo que Nueva York hacía sin cesar, claro, como una serpiente que mudaba piel a trozos, con tanta lentitud que, para cuando la serpiente tenía una piel completamente nueva, nadie se daba cuenta.

—Gracias —le dijo a su padre. Quizás era por eso. Quizás tenía razón y aquella era su mejor yo, e incluso si aquella versión de su padre no la había visto graduarse a duras penas de la escuela de artes ni echarse un novio gilipollas tras otro ni llegar a hacer arte de verdad y seguir trabajando en Belvedere después de todos esos años, él sabía que aquel había sido su mejor momento.

Leonard la aferró del brazo y la hizo subir de vuelta a la acera. Un sedán gris y con forma cuadrada pasó cerca de ellos a toda velocidad y dobló la curva sin frenar y a lo loco.

—Ojo —le dijo. Siguieron caminando hasta que llegaron a French Roast, la cafetería que abría las veinticuatro horas del día, y entonces giraron hacia la izquierda, hacia el parque.

21

H abía unas cuantas personas de pie fuera de Belvedere. Alice estaba tan acostumbrada a la ruta, a las calles —las cuales apenas habían cambiado, salvo por el salón de belleza que se había convertido en una peluquería para perros y la tienda de marcos de foto que había pasado a ser un estudio de pilates—, que no se sintió nada nerviosa hasta que su padre y ella se encontraron lo suficientemente cerca como para reconocer a quienes se habían reunido en la acera. Alice se quedó de piedra. Había pensado que iba a volver a ver a Sam, quien seguía siendo Sam Wood y ya, sin su apellido de casada, pero no había caído en cuenta de que iba a ver a todos los demás. Su vida se encontraba tan llena de Belvedere que no había pensado en todas las personas que habían desaparecido de ella. Leonard lanzó su cigarrillo a la acera y lo aplastó con el pie.

—¿Qué pasa? —preguntó, aunque él nunca había necesitado una razón para evitar a la gente.

Allí estaba Garth Ellis, quien jugaba al fútbol y tenía el trasero más bonito y redondeado de todos. Alice lo había besado una vez, en tercero de secundaria, y luego había hecho como si nada hubiera pasado. También estaba Jessica Yanker, quien se rizaba el flequillo cada mañana. Alice y Sam la habían llamado muchas veces para gastarle bromas telefónicas en las que pretendían ser representantes de una empresa de fijador para pelo, pero entonces la opción de devolver la llamada había llegado a los teléfonos y ya no se podían arriesgar. Por

103

allí estaba Jordan Epstein-Roth, quien siempre tenía la lengua ligeramente asomada fuera de sus labios; Rachel Hymowitz, cuyo apellido se parecía mucho a la palabra «himen» como para que no se burlaran de ella. Todos eran guapos y larguiruchos y parecían ligeramente crudos, como si los hubiesen sacado del horno antes de tiempo, incluso aquellos críos a los que nunca les había prestado mucha atención, como Kenji Morris, quien cursaba la clase de preparación para la universidad con un año de antelación, como si fuese Doogie Howser o alguien así. Los brazos y piernas de algunos de ellos parecían demasiado largos, mientras que algunas narices parecían demasiado adultas. Eran personas en las que no había pensado en veinte años y en quienes ni siquiera en su adolescencia había reparado demasiado. Hizo una mueca al pensar en lo que aquellos compañeros de clase olvidados pensarían de ella en la actualidad, aún en Belvedere a los cuarenta, aún sola y rara. Alzó la vista hacia el edificio y hacia la ventana de su oficina. Leonard se apoyó en un coche aparcado y se encendió otro cigarrillo.

—Cosas de instituto, supongo —contestó ella. No era lo que sucedía en *Los hermanos del tiempo* lo que le estaba pasando, ni tampoco lo de *Regreso al futuro*. Le estaba pasando como en *Peggy Sue se casó*. Trató de recordar la trama. ¿La protagonista se había desmayado? No, todo había sido un sueño, ¿verdad? O la mayor parte. Kathleen Turner se había despertado en el hospital, todavía casada con Nicolas Cage.

La puerta principal se abrió, y Alice vio cómo su jefa, Melinda, ponía el ganchito metálico en el lado del edificio para que la puerta se sostuviera abierta. Entonces contuvo la respiración del mismo modo que había hecho cuando había visto a su padre en la mesa de la cocina. Conocía a Melinda desde hacía tantos años que no había pensado que hubiese cambiado —siempre con la misma apariencia y la misma ropa—, pero sí que lo había hecho. Melinda, del mismo modo que su padre, había sido joven. Solo que la propia Alice había sido demasiado joven como para percatarse de ello.

Los jóvenes empezaron a acumularse en la puerta para entrar. Alice se acercó a su padre y se apoyó a su lado.

—Si pudieses volver en el tiempo, ¿qué harías? —le preguntó—. Al instituto, quiero decir. O a la universidad.

—Oh, paso, gracias. No querría cambiar demasiado porque entonces no habrías nacido. Y si no piensas cambiarlo, entonces no quieres verlo. De verdad. —Leonard le dio un ligero codazo.

—Ajá. —Alice tenía que volver a Matryoshka, aunque era probable que no abrieran hasta las cinco de la tarde. No se le ocurría nada que pudiese echar a perder, nada que fuese a echar en falta, pero tampoco quería vivir su vida toda de nuevo desde los dieciséis años. Tenía que averiguar cómo había acabado allí y cómo despertar de aquella situación.

—Feliz cumpleaños, Al —dijo alguien a sus espaldas, y ella se giró.

Tommy tenía las manos en los bolsillos. Llevaba una camiseta de cuello redondeado y un cordón sencillo de color marrón atado alrededor del cuello, como una gargantilla hecha en casa. Si bien la mayoría de los chicos en Belvedere ya había dejado atrás la moda inspirada en Jordan Catalano, Tommy no. Llevaba el pelo largo y se lo acomodaba detrás de las orejas. Estaba en su último año y seguía intentando obtener mejores resultados en sus pruebas de ingreso a la universidad, a pesar de que las notas que había obtenido eran casi perfectas. Los padres en Belvedere seguían siendo así, dispuestos a gastar dinero y tiempo al centrarse en el *casi* en lugar de en el *perfecto*. Estaba más guapo de lo que lo recordaba, y lo que Alice recordaba era para morirse. El estómago se le apretujó de un modo que no había hecho como adulta, y fue como si hubiese dos versiones de ella; la adolescente y la adulta, que compartían una única vivienda: su cuerpo.

—Gracias —dijo ella. Tommy no la tocaría frente a su padre.

—Ey, Tommy —lo saludó Leonard, con un ademán de la cabeza.

—Hola, Leonard —contestó Tommy—. He leído el libro ese que me dijiste, el de monstruos. Cthulhu.

—¿Y? ¿Qué te ha parecido? —Leonard soltó su cigarrillo y lo aplastó con el pie. Se apartó del coche y dio un par de pasos en dirección a Tommy, de modo que se encontraran todos en un pequeño círculo.

—Mola —dijo Tommy—. Mola mazo.

Alice se echó a reír. Presenciar la jerga que uno había usado como adolescente era algo humillante, e hizo que ver a Tommy de esa forma fuese más fácil.

Tommy se dio la vuelta y empezó a subir las escaleras.

—Nos vemos más tarde, Alice —le dijo—. Esta noche.

Era la noche de su fiesta. Alice lo había olvidado. La de la foto que le había dado Sam, en la que salían ambas borrachas como una cuba. Aquello era esa noche.

22

Eran las 09:50 a. m. cuando un taxi aparcó frente al colegio y Sam bajó de un salto desde el asiento trasero, con su madre pisándole los talones. Lorraine, la madre de Sam, daba clases en el Departamento de Estudios Afroamericanos en la Universidad de Barnard y siempre llevaba unos pendientes de perlas y unos pañuelos atados de forma elaborada bajo su cabello cortado al ras.

—¡Feliz cumple! ¡Feliz cumple! —estaba canturreando Sam, y, antes de que Alice pudiera responder, su amiga ya le había rodeado el cuello con los brazos en un agarre férreo. Estaba jugueteando, como cuando eran niñas. Algo que ella sabía que eran, aunque no se lo había parecido así mientras habían vivido aquella etapa. Sam llevaba un polo enorme y unos tejanos holgados, lo que hacía que pareciera que su cuerpo diminuto nadaba dentro de su ropa, además de un collar de conchas marinas ajustado contra su piel. Alice le dio un beso en una mejilla a Sam, y luego en la otra, como siempre hacían, quién sabe por qué. Habían tenido tantas costumbres, tantos códigos, tantos hábitos... Los esqueletos de las adolescentes estaban hechos la mitad de huesos y la otra mitad de secretos que solo conocían otras adolescentes. Sam fumaba marihuana de un cuenco de cristal que escondía en un libro falso que tenía en su estantería; libro que había sido parte de un set de magia que sus padres le habían regalado cuando había cumplido diez años.

—Hola, Leonard, Alice... —Lorraine hizo un gesto hacia la puerta—. ¿Puedes asegurarte de que entre? Tengo que salir pitando a una reunión en el centro.

—Claro —asintió Leonard, antes de tirar otro cigarrillo al suelo. Lorraine era una yogui vegetariana, una mujer seria, pero ni siquiera ella era inmune al encanto de *Los hermanos del tiempo* y Leonard le caía bastante bien. Lo suficientemente bien como para dejar que Sam se quedara a dormir tantas veces como quisiera, a pesar de que sabía a la perfección que Leonard jamás le había dado ni una verdura a su hija.

Lorraine se volvió a meter al taxi y se despidió con la mano mientras el vehículo se alejaba. Sam empezó a dar saltitos y a bailotear.

—Bueno, os dejaré ya, jóvenes estudiantes —dijo Leonard—. Solo asegúrate de volver cuando acabe la clase, ¿vale, Al?

—Vale —asintió ella—. No tardaré.

—¡Lenny! ¡Venga ya! Es el cumple de nuestra nena. ¡Por fin! Me parece que he cumplidos los dieciséis hace como mil años. —Sam había cumplido dieciséis hacía cinco meses, lo cual había sucedido justo al final del curso anterior, a inicios de un verano completo, lo que sí que parecía hacía toda una vida. Leonard asintió y comenzó a marcharse. Alice se quedó unos segundos en la acera, pues no quería que se marchara, como cuando estaba en preescolar y había llorado y se había aferrado a sus piernas hasta que la profesora había tenido que arrancarla para liberarla con un agarre férreo.

»Vamos —le dijo Sam, antes de entrelazar su brazo con el suyo y entrar al colegio.

Si Alice hubiese tenido que adivinar cuánto había cambiado Belvedere desde que ella había asistido al instituto, habría dicho que prácticamente nada: quizás algún suelo renovado por aquí y por allá o habrían reemplazado algunas sillas de clase, pero, en su mayoría, el lugar le había parecido tal cual había sido siempre. Sin embargo, al cruzar la puerta principal se dio cuenta de lo equivocada que estaba. El vestíbulo de la escuela estaba pintado de un melocotón muy pálido, a juego con una moqueta de cachemira, sin duda vestigio de los años ochenta. La oficina de la recepcionista estaba amurallada por unos ladrillos cuadrados de cristal, y Alice se detuvo para observarlo todo, hasta que Sam la agarró de la mano y le dio un tirón.

—Venga —le dijo—. Tengo que ir al váter antes de que empiece la clase.

Sam la condujo por el pasillo en dirección al baño que se encontraba justo antes de las puertas batientes del gimnasio, donde Alice ya podía ver que se había montado todo para la clase de preparación para la universidad. Había varias filas de sillas y una gran pizarra que habían empujado hasta la mitad del campo.

—¿Crees que lo han hecho para enfatizar la idea de que los exámenes estandarizados son un juego del que debemos salir victoriosos o solo porque no querían que estuviésemos correteando por la planta de arriba como si fuésemos unos animalitos salvajes sueltos un sábado en medio de la escuela? —preguntó Sam. Abrió la puerta del baño, y Alice la siguió hacia el interior.

Era el baño más grande del colegio, con tres cabinas y una ducha, y era el que los equipos visitantes usaban como vestuario. Sarah T. y Sara N., dos chicas de tercero que eran mejores amigas, se encontraban frente al espejo mientras se volvían a poner el pintalabios, y había alguien más en una de las cabinas.

—Hola, Sarah —la saludó Alice. Sarah era guapa y tenía muchísimas pecas, además del cabello rizado cortado tan corto que se le escapaba cuando se lo acomodaba detrás de las orejas. Siempre llevaba tampones extra en el bolso y había muerto de leucemia antes de cumplir los treinta. No habían sido amigas salvo del modo en que todos eran amigos cuando había que hablar sobre los deberes de Biología. Había sido la segunda de su curso en morir, tras Melody Johnson, quien había fallecido en un accidente de esquí durante las vacaciones de primavera de su último año. Madre mía, Melody también estaría dando vueltas por ahí. Alice se preguntó si podría advertirle al respecto, decirle que había tenido una premonición, contarle lo del accidente de Sonny Bono o pedirle que le insistiera a su familia para que se fueran de vacaciones a la playa. Solo que no había nada que Alice le pudiera decir a Sarah, quien le sonreía desde el espejo.

—Hola, Al. Qué palo da toda esta mierda, ¿verdad? Estoy hartísima de hablar de la universidad y ni siquiera he postulado aún. Ayer mi madre me soltó una perorata de diez minutos sobre cómo las universidades femeninas no son solo para lesbianas, pero mira tú por dónde: ¡todas son lesbianas! —Sarah también era lesbiana, como sin duda su madre sospechaba, del mismo modo que otras tantas chicas de su curso, solo que nadie lo admitiría hasta que estuvieran en la universidad o algunos años después.

—Pero bueno, ¿a qué hora es tu fiesta de esta noche? —preguntó Sara.

—Pues... ¿por la noche? —Alice miró a Sam.

—Deberíamos terminar de cenar a eso de las ocho y media —asumió Sam—. Así que podemos decirle a la gente que se pase por ahí sobre las... ¿nueve? Parece razonable.

Sarah y Sara se guardaron sus pintalabios en sus mochilas.

—Chachi. Nos vemos luego.

Alguien tiró de la cadena en la cabina ocupada. Alice empujó a Sam dentro de la ducha y cerró la cortina.

—¿Quieres mear aquí? —le preguntó Sam en un susurro, y Alice negó con la cabeza. No sabía cómo explicárselo ni por dónde empezar.

De pronto, alguien abrió la cortina de un tirón.

—Ya me había parecido oír a mis chicas. —Phoebe Oldham-O'Neill llevaba unos tejanos tan largos y acampanados que parecía que no tenía pies. Si bien Alice era la más alta de entre sus amigas, a ella le pasaba igual: sus pantalones eran tan largos que los arrastraba por el suelo y tenía el dobladillo cubierto de todo tipo de mugre. Phoebe les dio un beso en cada mejilla al tiempo que su gran chaqueta de nailon hacía un escándalo cada vez que movía los brazos. Su aliento olía a cigarrillos Newport, y el resto de ella, a la primera planta de la tienda Macy's, como si una botella entera de perfume CK One surgiera de sus poros. A Alice le encantó saber cuántos de sus amigos fumaban, lo adultos que habían parecido y se habían sentido. Cómo los cigarrillos habían sido unas señales fluorescentes gigantes para sí mismos y para los demás. No se podía confiar en alguien que fumara

110

Marlboro Light, lo cual era la Coca Cola sin azúcar de los cigarrillos, pues esos eran solo para las chicas que llevaban pintalabios paliduchos y cejas desplumadas, las chicas que quizás también jugaban al vóley y se acostaban con sus novios en sus camas que aún estaban cubiertas de peluches. Las chicas que fumaban cigarrillos Parliament eran neutrales: era lo más cerca que se podía estar de no fumar, solo que, aun así, se podía sacar uno de la cajetilla y ofrecérselo a cualquier persona, como los donantes de sangre universales, pero con cigarrillos. Las que fumaban Marlboro Red eran salvajes, chicas que no le tenían miedo a nada, y en todo Belvedere solo había una: una chica menudita de cabello castaño y ondulado que le llegaba hasta la cintura y cuyos padres habían sido parte de un culto antes de escapar. Las chicas Newport eran igual de duras, solo que escuchaban hip hop, y esas, como Phoebe, llevaban pintalabios y esmalte del color de la sangre de vampiro, intenso y púrpura. Las que fumaban Newport Light eran iguales, solo que vírgenes. Las de American Spirit iban más allá: eran adultas y tenían llave de la casa del novio. A Alice le hacían gracia los recovecos secretos de su cerebro, donde vivía aquella información y había permanecido dormida. Ella había sido de las que fumaba Newport Light y sí, había sido virgen.

Sam le dedicó una mirada a Phoebe.

—¿Las tienes? —le preguntó, pestañeando con inocencia.

—Sí. Mi hermano se puso muy rácano, pero al final cedió. —El hermano mayor de Phoebe, Will, acababa de empezar a estudiar en la Universidad de Nueva York y era la fuente principal de Belvedere para obtener drogas que no fuesen marihuana.

—¿Y qué te dio? —preguntó Alice, a pesar de que ya lo sabía. Le pareció que debía taparse las orejas, como si fuese una profesora que acabase de pillar a unas adolescentes, y, si quisiera, podría hacer que las expulsaran. No deberían estar hablando de esas cosas frente a ella. En ocasiones, en su vida real, Alice caminaba hacia la esquina y veía a algunos chicos del instituto fumando un porro, por lo que se daba la vuelta y cambiaba de rumbo.

—Sorpresa de cumpleaños —dijo Sam, y le dio un beso al aire—. Gracias, Pheebs. Te veremos fuera, ¿vale?

Phoebe asintió, seria como un soldado. La iban a expulsar del colegio en la primavera, y desaparecía durante una década antes de volver a materializarse en las montañas Catskills como una alfarera que cargaba sus cristales con la luz de la luna.

Cuando la puerta se cerró con un chasquido, Alice respiró hondo.

—¿Qué pasa? ¿Has hablado con Tommy? Viene esta noche, ¿no? —le preguntó Sam. Salieron de la ducha y se dirigieron a los lavabos. Alice negó con la cabeza poco a poco—. No puedo creer que tengamos que venir a esta clase de mierda, menudo coñazo. ¡Y en tu cumple!

—¿Puedo contarte algo que es muy muy raro y que va a parecer como que me lo estoy inventando? —preguntó Alice.

—Pues claro —contestó Sam, encogiéndose de hombros.

Alice observó sus reflejos. Incluso bajo la despiadada luz fluorescente del baño, tanto ella como Sam estaban guapísimas.

—Vengo del futuro. —No despegó la mirada de Sam mientras lo dijo.

—Ya, claro —asintió su amiga, mientras esperaba que le contara el resto. Una vez, mientras compartían un pack de seis Zimas, Alice le había dicho a Sam que tenía la sensación de que su cabeza no estaba conectada con el resto de su cuerpo, como si fuesen dos organismos completamente diferentes que compartían una habitación de pura casualidad. En otra ocasión, en una excursión que habían hecho al parque de atracciones Rye Playland, Sam le había dicho a Alice que a veces soñaba que había tenido una hermana gemela, pero que se la había comido cuando eran pequeñas. Era importante tener amigos que pudiesen escuchar lo que uno tuviera que decir sin estallar en carcajadas.

—O sea, no del futuro distante. No como doscientos años en el futuro. Lo que pasa es que ayer, cuando me fui a dormir, era la noche antes de que cumpliera los cuarenta, pero entonces me desperté en Pomander Walk y estaba así. —Alice se mordisqueó una uña—. Ya sabes, como Peggy Sue.

Sam se apoyó en la pared y activó el secador de manos automático.

—¡Joder! —soltó, y se acomodó para quedar con la espalda apoyada contra el bordillo del lavabo.

—Sé que parece una locura y sí que lo es, pero es lo que ha pasado. Así que soy yo, solo que mi yo adolescente. —Alice se llevó las manos a la cara—. Ya sé, no tiene sentido.

Sam se cruzó de brazos.

—Alice Stern, ¿te has fumado algo y no me lo has contado?

—No, Sam. —Negó con la cabeza—. Ya sé cómo suena, pero es lo que ha pasado. Al menos eso creo. O sea, no estoy segura. Pensé que podía estar dormida, solo que ha pasado un buen rato ya y pues, no creo que lo esté. O sea que estoy aquí, ¿sabes? Y tú eres real, ¿no? Así que tengo que averiguar qué carajos está pasando. Y cómo volver a mi vida normal, si es que existe aún. Porque he visto suficientes episodios de *Los hermanos del tiempo* como para saber que toda esta mierda no se supone que debe durar mucho.

—O como en *Regreso al futuro*, podrías borrarte a ti misma. —Sam asentía ante sus palabras. Alzó un dedo hasta sus labios y se empezó a dar toquecitos mientras pensaba.

—Bueno, yo creo que eso pasó porque Michael J. Fox estaba interfiriendo con la relación de sus padres, lo que hizo que fuera posible que tanto él como sus hermanos dejaran de existir, lo que no es lo mismo, aunque vale, lo pillo.

Sam se volvió a cruzar de brazos.

—Alice, ¿me estás vacilando? ¿Hay alguna cámara oculta? Porque me estás asustando un poco, la verdad.

—Ya, te entiendo —dijo ella, tras pensárselo un poco. Cuando los hermanos del tiempo iban de aquí para allá, nunca habían tenido que contárselo a nadie. Aparecían de pronto con su coche que podía viajar en el tiempo y ayudaban a amas de casa de los años cincuenta o a princesas medievales o a mujeres del espacio en el futuro que vivían en una colonia en la luna. Nunca volvían dos décadas y media en el pasado y tenían que mirar a la cara a sus amigos y familia y decir: «Oye, ¡mira lo que podemos hacer!». Siendo racionales, sonaba muy descabellado.

Sam asintió.

—Pero bueno, si eso es lo que estamos haciendo hoy, pues vale. Aunque no puedo decir que me creo todo lo que estás diciendo, quiero apoyarte. Sobre todo porque parece que tú tampoco terminas de creértelo del todo. ¿Te parece una solución razonable para todo esto?

—Sí —soltó Alice, con ganas de ponerse a llorar.

—Joder, ¿y aun así has venido a clase? —Sam puso los ojos en blanco—. Si yo pensara que quizás hubiese viajado en el tiempo, creo que me saltaría esta clase. O sea, quizás incluso el examen y todo. ¿Tienes hijos? ¿Estás casada? ¿Yo estoy casada? Ay, madre, no quiero saberlo. ¿O sí? —Se apoyó las manos en la barriga—. ¿Estoy guapa? ¿Soy feliz? Seguimos siendo amigas, ¿verdad? Después de tanto tiempo —Se apresuró a acortar la distancia que las separaba y le dio un fuerte abrazo—. Aún no te creo del todo, pero por si acaso.

—Claro —contestó ella—. Por eso te lo he contado. Y sí, estás casada y tienes hijos y eres feliz y somos amigas. Pero no entraré en detalles, ¿vale? No quiero hacerte la de Michael J. Fox ni a ti ni a tu preciosa familia. Aun así, ¿me ayudarás? —Sintió que los ojos se le llenaban de lágrimas—. Es que… ya sabes, hace mucho que no tengo dieciséis años y no sé muy bien cómo va todo esto. Así que necesito que me eches un cable. —Sam olía como siempre, a perfume de adolescente, cacao para los labios y champú Herbal Essences.

Sam le sujetó ambas manos.

—Prometo intentar ayudarte. Incluso si eso implica llevarte a hablar con alguien. Alguien como un médico, ya me entiendes.

23

odos ya se habían acomodado en sus sillas para cuando Sam y Alice volvieron al gimnasio, de modo que todos se volvieron hacia ellas cuando la puerta chirrió al abrirse. Había unas cuantas sillas vacías en la última fila, y ambas se apresuraron a sentarse allí. Jane, quien había sido la consejera universitaria de Belvedere cuando Alice había sido estudiante, se encontraba al frente mientras cargaba con lo que parecían ser quinientas hojas sueltas de papel, las que no cabía duda de que pensaba distribuir entre los alumnos, los cuales estaban aburridos, nerviosos o ambos al mismo tiempo. Jane no había sido muy popular en Belvedere por muchas razones, aunque la principal era que solía decirles a los alumnos que las universidades con las que habían soñado toda la vida estaban fuera de su alcance y se pasaba la mayor parte de sus sesiones preguntándoles sobre la situación económica de sus padres. En retrospectiva, Alice la entendía. Jane era práctica y entendía cómo funcionaba el sistema.

—No recuerdo nada de esto —le dijo a Sam en un susurro—. Apenas recuerdo haber dado el examen en sí, pero desde luego esto no lo recuerdo ni un poco.

Jane le entregó la montaña de papeles a la chica que se encontraba sentada en la esquina de la primera fila —Jessica Yanker, con su flequillo rizado—, quien se quedó con unas cuantas hojas y pasó el resto a la persona que tenía al lado. Tommy se encontraba una fila por delante de Alice y se reclinaba tanto en su silla que parecía que la ropa se le iba a derretir sobre el suelo. De pronto, a Alice le pareció que no podía respirar.

—Voy a por un poco de agua. Guárdame unas cuantas de lo que sea que se estén pasando, ¿vale? —Sam asintió, y Alice se agazapó y salió corriendo en dirección a la puerta del gimnasio.

Había una fuente de agua en la segunda planta, en el fondo del pasillo de lo que ella consideraba su oficina, aunque en aquellos momentos no lo era, claro. Estar en el colegio en un sábado siempre parecía transgresivo, incluso de adulta. A diferencia de la primera planta, la segunda parecía encontrarse prácticamente igual a la última vez que había estado allí como adulta. El suelo de madera era el mismo, así como los marcos adornados de las puertas, el único elemento del edificio que aún parecía ser de la arenisca que había conformado aquel lugar. Había alguien conversando y riéndose en las oficinas. Alice habría reconocido la risa estruendosa y grave de Melinda en cualquier lado, pues le hacía recordar a un roble en flor, feliz, enorme y bañado en luz solar. Empezó a recorrer el pasillo, pero no tardó en tropezarse con un banco situado justo fuera de la oficina de orientación universitaria.

—Mierda —soltó, llevándose una mano a la espinilla—. Mierda, mierda, mierda.

Al final del pasillo, Melinda asomó la cabeza por el marco de la puerta.

—¿Va todo bien? —le preguntó.

—Hola, sí —contestó Alice, enderezándose y acomodándose el pelo detrás de las orejas—. No pasa nada, es que me he tropezado.

—¿Necesitas una tirita? ¿Un poco de hielo? —Melinda tenía un esposo agradable, hijos adultos que no parecían ser asesinos desquiciados y unos nietos adorables que le hacían esculturas de cerámica llenas de grumos. En 1996, aún no tendría nietos, pero sus hijos ya serían mayores que Alice, quizás incluso habrían terminado la universidad, no estaba segura. La adultez era muy larga, en comparación con lo rápido que se acababa la infancia y la adolescencia. Tendría que haber habido más etapas: la idiotez de entrar en los veinte, cuando se esperaba que uno supiera cómo hacer cosas de adulto; las parejas formadas en un arrebato de pánico en la segunda mitad de los veinte, cuando se producían matrimonios a la misma velocidad que un juego del pilla pilla; la etapa de madre de *sitcom*, cuando por fin se tenía suficiente comida en la nevera como para sobrevivir el mes si era necesario; la etapa de directora de escuela, cuando una dejaba de ser mujer y pasaba a ser una figura de autoridad difusa y fastidiosa. Si una tenía suerte, tenía un periodo en una edad más avanzada cuando pasabas a ser una señora Robinson sexy y tardía o una Meryl Streep triunfante y poderosa, seguido, cómo no, de aproximadamente dos décadas en las que se convertía en una vieja decrépita, como la anciana que salía al final de *Titanic*. Nunca se había puesto a pensar en cómo Melinda habría querido estar a su alrededor y el de todos los estudiantes en parte porque resultaba agradable pasar el rato con gente joven. En Belvedere lo notaba. No era justo llamarlo una fuente de juventud, pues nada podía hacerte sentir más vieja y acabada que una palabra cruel de un adolescente, pero, incluso así, estar cerca de gente joven hacía que el corazón se mantuviese sano, y la mente, abierta.

—No hace falta, estoy bien —contestó Alice. Se acercó, incapaz de no asomarse a la oficina que consideraba suya, aunque en aquellos momentos le pertenecía a Melinda.

—¿Necesitas algo? —le preguntó ella. Se volvió a sentar en su enorme y acolchada silla de oficina con ruedecitas frente a un ordenador de sobremesa del tamaño de un Fiat.

—¿Se puede enviar correos electrónicos con eso? —preguntó Alice. El ordenador parecía… de la prehistoria. No sabía cómo explicarle a Melinda cómo se estaba sintiendo, no sin decirle que había llegado hasta la puerta a base de una memoria muscular que se había desarrollado por la costumbre de acudir a aquella oficina durante años que aún no habían pasado.

—¿Quieres decir AOL? —Melinda echó un vistazo a su escritorio hasta que dio con un CD—. Aún no lo he instalado, ya lo tengo en casa. ¿Lo quieres?

Alice cerró los ojos e intentó imaginar su vida sin una cantidad ingente de mensajes por leer en su bandeja de entrada.

—No, gracias —contestó. No recordaba haber acudido a aquella oficina como estudiante, no en realidad, y no se le ocurría ninguna razón que pudiese sacarse de la manga para estar allí, pero también sabía que Melinda no la presionaría si no se le ocurría nada. Solía ser imposible hacer que los niños de cualquier edad quisieran hablar de algo de forma directa, de modo que todos los trabajadores de la escuela estaban acostumbrados a sumirse en una conversación que era una especie de baile indirecto—. Es solo que... ¿ha venido para asegurarse de que los chicos, quiero decir, nosotros, no dejemos todo hecho un desastre?

—Algo así. Pero me gusta venir en sábado. Los colegios son bestias escandalosas, así que a veces es agradable ser la ama y señora del lugar. —Melinda llevaba un collar que Alice reconoció: un cordón grueso con frutas que colgaban. Había un montón de papeles en el escritorio largo, y se alegró al ver la letra conocida de Melinda, decidida e inclinada hacia la derecha, en unas notas adhesivas pegadas al monitor de su ordenador. Melinda le hizo un ademán hacia el sofá que había en la oficina, el cual muchos estudiantes usaban como una enfermería donde se podía socializar un poco más, un lugar en el que pasar el rato. Alice avanzó un poco, más allá del espacio en el que solía sentarse o en el que se sentaba Emily, y se dirigió al sofá, donde se sentó con delicadeza.

Melinda cruzó los tobillos y separó un poco las rodillas, de modo que la tela parda de su falda de pana se estiró un poco. Alice se frotó las manos una contra la otra y pensó en cómo poner en palabras el miedo que sentía de estar teniendo una crisis, el miedo de haber viajado en el tiempo y de que quizás tuviera que vivir toda su vida de nuevo, desde aquel momento.

—Lo que pasa es que... —empezó a decir—. Abajo... Supongo que no sé bien cuál es mi plan, ¿sabe? Mi plan de vida. —La luz de la sala le resultaba muy conocida, los rayos de luz solar que cortaban el aire y caían sobre los monitores, con lo cual era imposible leer nada. Lo que quería preguntar en realidad era: «¿Es de locos si intento vivir mi vida de un modo completamente diferente? ¿Y la de mi padre también? ¿Puedo hacer que las cosas cambien para mejor si empiezo ahora?».

Melinda asintió.

—Te gusta el arte, ¿verdad?

Alice no quiso poner los ojos en blanco, pero no pudo evitarlo.

—Pues... no sé. ¿Supongo que sí?

—¿Qué clase de arte te interesa? —Melinda entrelazó los dedos. Tenía la misma apariencia que cuando hablaba con niños de cinco años: tranquila, paciente y amable. Alice ya había visto aquella escena, a su jefa tranquilizar a un adolescente en crisis. Terminaba enviándolo de vuelta a clases, pero antes los escuchaba.

—Ni idea. Antes me gustaba pintar, supongo que aún me gusta.

—Alice frunció el ceño. No podía preguntar lo que quería, lo cual era qué carajos estaba pasando y por qué. Todos los que habían leído un libro o visto una película sobre viajes en el tiempo sabían que nunca sucedía sin una razón. A veces era para enamorarte de alguien que había nacido en otro siglo y otras para hacer los deberes de historia. No tenía ni idea de por qué había despertado en Pomander Walk ni qué se suponía que tenía que hacer en aquellos momentos—. O sea, creo que lo que quiero preguntar es cómo sabemos qué decisiones importan y cuáles son tonterías.

—Me temo que eso es complicado —contestó Melinda—. Decidir en qué universidad estudiar y qué carrera, sí que importa un poco, aunque tampoco es como si te hicieras un tatuaje en la cara. Siempre puedes cambiar de idea. Cambiar de universidad. Empezar de cero. Yo también estudié arte —confesó, y aquello era algo que Alice no había sabido. El cabello de Melinda era grueso y oscuro, recogido hacia atrás en una trenza francesa. Tenía la misma edad que su padre, más o menos, pero Melinda siempre le había parecido muchísimo mayor, mucho más suave que su padre—. Estudié pintura y dibujo. Y, tras graduarme de la universidad, me mudé a Nueva York y trabajé en algunas galerías, solo que entonces necesité un trabajo que me ofreciera un seguro sanitario, y por eso empecé a trabajar aquí. Y eso me hizo más feliz que todo lo demás, porque podía seguir trabajando en mi arte y podía hacer arte con los niños. Eso y que no tuve que pagar por mis dos cesáreas.

—Entonces ir a la universidad sí que importa.

—Todo importa —dijo Melinda—. Pero puedes cambiar de opinión. Casi siempre.

Alice asintió. Echó un vistazo en derredor por la oficina, en busca de alguna razón para quedarse.

—Debería volver a clase, pero muchas gracias.

—Claro —asintió Melinda—. Y no es nada.

De camino hacia la puerta, Alice pasó una mano por el escritorio, con algo de esperanza de encontrar un botón secreto que pudiese apretar. Al no encontrarlo, se detuvo en el marco de la puerta.

—¿Puedo volver otro día?

—Ya te he dicho que sí, ¡por supuesto! Sea en primavera, verano, otoño o invierno —contestó Melinda, con otra de sus frases favoritas—. Solo que debo decirte: no necesitas un plan de vida en sí. Ese es mi consejo. Se trata de la vida real, tu vida real. Los planes no sirven de nada, así que haz lo que quieras hacer.

Quiso quedarse, darle un abrazo a Melinda, contarle lo que le estaba sucediendo, pero, a cuantas más personas se lo contara, más descabellado sonaría todo. Melinda llamaría a Leonard para contarle lo que le había dicho (y con razón). En la vida real, en su tiempo real, Melinda era su amiga, solo que en aquellos momentos Melinda era una adulta y Alice tenía dieciséis años. Alguien hizo chirriar el suelo de madera del pasillo, y Alice se giró para ver quién era. Sam había ido a por ella y se encontraba en el otro extremo del pasillo, haciéndole señas.

—Vale —dijo—. Volveré otro día.

24

La clase de preparación para la universidad era imposiblemente larga. Sam se encontraba encorvada sobre su papel, haciendo anotaciones como si le fuese la vida en ello. Alice se volvió a sentar en su silla y echó un vistazo en derredor. Captó la mirada de Tommy, y este le dedicó su clásico gesto con la cabeza, un gesto que siempre conseguía hacer que el corazón le diera un vuelco. La hoja era una página llena de problemas de matemáticas con opciones múltiples: trigonometría. Alice apenas se las había ingeniado para aprobar trigonometría en el instituto, por lo que en aquel momento los conceptos de senos y cosenos se encontraban tan lejos de su consciencia como Plutón. El cual ya no era un planeta. ¿Solo que quizás en aquel momento sí? Se llevó una mano al bolsillo en busca de su teléfono, el cual, por supuesto, no estaba allí, y luego le echó un vistazo al reloj en su muñeca. La clase solo iba por la mitad. Trató de prestar atención, pero la voz de Jane era tan monótona y el gimnasio estaba tan cálido que Alice empezó a notar que le entraba sueño. Apoyó la mejilla sobre su palma y se percató de que se le cerraban los párpados. Entonces sacudió la cabeza para despertarse, preocupada de que, si se quedaba dormida, fuese a desaparecer de Belvedere en una nube de humo y a despertar con cuarenta años de nuevo. Si bien pensó que aquello era lo que quería, no lo quería de ese modo: tenía que volver con su padre. Quería ir a cenar con él a Gray's Papaya y hacer que dejara de fumar. Quería que aprendiera a cocinar verduras, ¡pues ella había aprendido cómo hacerlo! ¡Podía enseñarle! Empezó a hacer una lista de cosas que sabía preparar en la parte trasera de su hoja, y, antes de que se diera cuenta, las sillas se arrastraron por el suelo, y la gente empezó a meter papeles en sus mochilas y Tommy se encontraba de pie frente a ella.

—¿Quieres un cigarro? —le preguntó. Se pasó una mano por el pelo, y este no tardó ni un segundo en volver a su sitio. Aunque cada neurona del cerebro de Alice le dijo que se negara, que fuera a por Sam y volviera a casa como le había dicho a su padre que iba a hacer, lo que salió de su boca fue:

—Vale. —Sam parecía fastidiada, pero Alice no pudo contenerse—. Te aviso por el busca —le dijo a su amiga, mientras empujaba la puerta con Tommy y salía hacia la luz solar.

Corrieron por la zona oeste de Central Park, cruzaron la calle en rojo, y Tommy la aferró de la mano para darle un tirón y evitar que la atropellaran. Caminaron en dirección a un pequeño parque infantil, uno que solo tenía unos pocos columpios monos. Dado que era sábado, había padres con niños pequeños por doquier y una fila de carritos aparcados a las afueras de la reja de hierro de la zona infantil.

—Por aquí —dijo Tommy, mientras señalaba con la barbilla a una zona más allá del camino. Belvedere solía usar el parque con frecuencia: para visitar los campos de béisbol que había en la gran zona verde de Central Park, para su excursión anual de invierno a la pista de hielo Lasker y para las clases de educación física cuando hacía buen tiempo y todos estaban contentos porque hubiese llegado la primavera y, ya que tenían que saltar a la comba, al menos lo podían hacer fuera. Varios miembros del profesorado y trabajadores de la escuela también lo usaban como gimnasio, pues llevaban ropa de deporte en la mochila y se iban a correr antes o después de clase. Pero Alice no.

Central Park no estaba hecho para hacer ejercicio, sino para aquello: para arrebujarse bajo una arboleda a la que apenas le llegaba el sol y sentarse en un banco. Estaba hecho para hablar en voz baja y contar secretos. Las dimensiones del parque —unas 340 hectáreas, según había tenido que memorizar para un proyecto del instituto— no parecían ser el lugar apropiado para propiciar la intimidad, pero eso era lo que era: íntimo. Había rinconcitos secretos por doquier, tantos espacios privados y tranquilos como personas patinando o haciendo *breakdance* delante de turistas. A ella le encantaba aquel parque, le encantaba el hecho de que algo así de magnífico, tan infinito en apariencia, le perteneciera a ella tanto como a cualquier otra persona.

Tommy se dejó caer sobre la hierba y apoyó la espalda en un árbol. Sacó una cajetilla de Parliament del bolsillo de su chaqueta y empezó a darle golpes contra su palma.

—¿Por qué la gente siempre está dándoles golpes a las cosas? —preguntó Alice—. Cigarrillos, botellas de zumo, es muy raro. —Se sentó en el suelo al lado de Tommy y se abrazó las rodillas. Le parecía que su cuerpo estaba hecho de goma, como si pudiese pasarse una pierna por encima de la cabeza si quisiese o hacer el pino. No había tenido su primer orgasmo hasta que había estado en la universidad y había tenido su primer novio de verdad, pero aquello no importaba, no cuando estaba tan cómoda en su cuerpo todos los días. El solo hecho de ver a Tommy, de sentarse tan cerca de él, hacía que su cuerpo entero se sintiera como si estuviese hecho de una corriente eléctrica. Aún podía sentir su mano entre las suyas de cuando habían cruzado la calle corriendo, a pesar de que él la había soltado nada más llegar a la otra acera. Alice había olvidado lo mucho que había estado en contacto con los cuerpos de sus amigos, lo mucho que ella y Sam se la habían pasado sentadas en el regazo de la otra y tocándose la cara mutuamente.

—Sí, es un poco chungo —dijo Tommy, antes de detenerse—. No sé, supongo que me gusta o algo así. —Quitó la envoltura de plástico y la tiró al suelo.

—Espera, espera —lo detuvo Alice—. No seamos marranos. —Recogió la envoltura y se la metió en el bolsillo.

—Oye, ¿todo bien? —le preguntó él—. Te he visto hacer eso como mil veces.

—Ah, sí, claro —contestó ella. Se sentía como si fuese una impostora, como si llevase un disfraz hecho de su propia cara. El viento agitó una pila de hojas que había cerca y las hizo girar en un pequeño torbellino. Alice se las quedó mirando. Quizás ella se había soltado de algún sitio o se había colado por alguna rendija. Había un episodio de *Los hermanos del tiempo* en el que Jeff se había caído por un portal en medio del puente Golden Gate, y Scott había tenido que ir a buscarlo, por lo que había hecho un viaje en el tiempo en un viaje en el tiempo. Aquello era lo que pasaba cuando los guionistas se aburrían de resolver los mismos problemas una y otra vez. Alice quizás estaba perdida o atrapada, o quizás perdida y atrapada a la vez. De lo único de lo que estaba segura, por fin, era de que, fuera lo que fuese que le estaba sucediendo, le estaba pasando de verdad. Lo notaba en los nervios en su estómago, como cuando se subía a una montaña rusa; en lo extremadamente consciente que era de todo lo que la rodeaba. Se sentía como si fuese Spider-Man, solo que sus superpoderes se limitaban a ser una adolescente.

Tommy era su amigo. Nunca habían sido una pareja ni nada que se le pareciera. Había unas cuantas parejas consolidadas en Belvedere: Andrew y Morgan, Rachel Gurewich y Matt Boerealis, Rachel Humphrey y Matt Paggioni, Brigid y Danny o Ashanti y Stephen. Siempre los había considerado como si se encontrasen muchos niveles por encima de ella en términos de desarrollo humano. Se morreaban en los pasillos, a sabiendas de que todo el mundo podía verlos. Iban de la mano en público, junto al campo de fútbol durante los partidos. Se volvían locos durante los bailes del instituto, apretujados uno contra el otro como los extras de *Dirty Dancing*, y nadie decía ni mu. Alice había tenido unos cuantos novios, pero ninguno de ellos le había durado más de un mes, y todos habían sido variedades distintas de la farsa del novio canadiense, solo que, en lugar de humanos ficticios en Canadá, todos eran humanos reales de su clase de Matemáticas a quienes apenas conocía. Lo único que hacía falta era varias semanas de negociaciones entre distintos lugartenientes y luego una incómoda llamada telefónica. Era más o menos como cuando estaban en sexto de primaria, solo que, a veces, muy de vez en cuando, ella y un chico terminaban a solas y tanteaban con torpeza dentro de los pantalones del otro.

Solo que Alice y Tommy eran diferentes. Él a veces tenía novias. Algunas chicas de cursos superiores, quienes no eran vírgenes. Era el chico más guapo de su clase, por lo que, cuando las chicas mayores se aburrían de sus opciones, todas lo escogían a él. Incluso había llegado a salir con chicas de otros colegios, chicas que cruzaban el parque con su uniforme para recogerlo, chicas que vivían en la Cuarta avenida y cuyos padres eran dueños de islas enteras. Alice era su amiga y estaba enamorada de él. En ocasiones él se quedaba a dormir en su casa y se quedaban abrazados toda la noche y ella no pegaba ojo, sino que se quedaba escuchándolo respirar. Y a veces, solo a veces, en mitad de la noche, se besaban un poco y Alice pensaba: «Ay, es real. Por fin va a ser mío», solo que, por la mañana, él siempre actuaba como si no hubiese pasado nada y, por tanto, nada cambiaba. No era tan diferente a todos los hombres que había conocido en bares durante sus veinte y en apps de citas en sus treinta.

Tommy alzó la cajetilla, y Alice sacó un cigarrillo.

—Gracias.

—Y ¿qué tal? —le preguntó él—. ¿Quién viene a la fiesta?

—No tengo ni idea —contestó ella, con sinceridad—. Sam está al mando.

Había cosas que recordaba sobre su fiesta de cumpleaños: recordaba haber ayudado a Sam a vomitar y recoger sin muchas ganas el desastre de la gente cuando la fiesta aún no había acabado. Recordaba a Tommy sentado en una esquina del sofá, con la cabeza echada hacia atrás y los ojos cerrados. Recordaba haberse metido lo que fuera que el hermano de Phoebe les había conseguido, unas pastillitas diminutas que parecían aspirinas, y que se había sentado en el regazo de Tommy y que él había metido las manos por debajo de su camiseta. Recordaba que Danny se había asomado tanto por una ventana que se había caído desde una altura de casi metro y medio y se había fracturado la muñeca. Recordaba haber cerrado las cortinas para que Jim y Cindy Roman no llamasen a la policía, y luego haber deseado que lo hicieran.

—¿Te he contado que voy a escribir un guion? —le dijo Tommy—. Lo estuve hablando con Brian ayer. Vamos a escribir un guion, en plan *Kids: vidas perdidas*, solo que no irá solo sobre *skaters*, ya sabes, y será menos deprimente, y también seremos los protagonistas y la dirigiremos.

—¿Y la universidad? —Tommy había estudiado en Princeton, como sus padres.

—Ni loco —dijo él, antes de dar una calada—. No voy a hacer lo que mis padres quieren que haga. Ni de coña. —Algo vibró, y Tommy desabrochó su busca de su cinturón—. Es Sam, está en la cabina telefónica de la escuela.

—Volveré en un ratito. ¿Qué querías preguntarme?

—¿Lizzie va a ir? A tu fiesta. —Lizzie era una chica de último curso, para nada su amiga salvo por aquella vez en la que las había acompañado a ella y a Sam a comprar marihuana a una tienda que no era exactamente una tienda. Tommy y Lizzie iban a follar en su fiesta de cumpleaños, justo en su cama, y, tras ello, Tommy y Alice no iban a volver a dirigirse la palabra hasta que él entrara en su oficina con su mujer y su hijo.

—No tengo ni idea —contestó. Se puso de pie y se sacudió los pantalones—. Volvamos.

25

Sam estaba en la cabina telefónica de Belvedere, mordiéndose las uñas. La cabina se encontraba en el primer piso, al lado de la sala de profesores en la parte de atrás del edificio, y su madera estaba tallada con décadas de iniciales de alumnos y varios mensajes obscenos. La puerta estaba cerrada, pero, cuando Sam vislumbró a su amiga a través del cristal arañado, la abrió, y Alice se apretujó en el interior de la cabina.

—¿Y qué quería el guapito de cara? ¿Que lo contemples un rato?

—Saber si Lizzie va a ir a la fiesta.

Sam puso los ojos en blanco.

—¿Eso te ha preguntado en tu cumple? Será capullo. Lo siento.

—La verdad es que tengo cosas más importantes en las que pensar en estos momentos. —Alice descolgó el teléfono y se lo quedó mirando—. Ay, ¿cómo se llama al servicio de información?

Sam le enseñó a hacerlo y le devolvió el teléfono.

—Hola —dijo Alice—. ¿Me podría dar el número del bar Matryoshka? El que está en la estación de metro. —Tras completar la llamada y volver a colgar el teléfono, se giró hacia Sam, quien estaba pálida.

—Estás hablando en serio, ¿verdad?

—Me temo que sí. —Alice notó que los ojos se le llenaban de lágrimas.

—Joder —soltó Sam—. Entonces, ¿eres vieja?

—¡No soy vieja! —contestó—. Tengo cuarenta.

Sam se echó a reír.

—Tía, todo el respeto del mundo por pensar que hay alguna diferencia.

—Es que todo es relativo. Por ejemplo, mi padre... —No estaba segura de cómo explicar lo joven que era su padre aquel mismo día, en 1996. Aunque sí que tenía que admitir que Sam tenía razón, tener cuarenta años de pronto parecía una eternidad. Veinticinco parecía bastante, y cuarenta simplemente demasiado para su comprensión. Veinticinco era un tipo que podía flirtear contigo en un bar, y ambos se quedarían complacidos y horrorizados a partes iguales. Cuarenta entraba en territorio parental. Figura de autoridad. El presidente.

—¿Es que te ha hecho la de *Los hermanos del tiempo* para traerte aquí? —Sam hizo un movimiento con la mano para simular un coche yendo a toda velocidad por el espacio. En los créditos, los cuales eran algo muy ridículo, Barry y Tony conducían por delante de un fondo de asteroides, y su sedán de color oxidado rebotaba por las estrellas.

—No —le aseguró. Recordó a Leonard en su cama de hospital—. Ni nada parecido, vaya. Pero vamos, que tengo una idea.

—Espera —la detuvo Sam—. Solo dime una cosa, ¿vale? Dime una cosa para que sepa que no te estás inventando todo esto. Ya sabes que odio las bromas pesadas.

Alice se lo pensó. A Sam no le importarían los resultados de partidos ni qué celebridad resultaba ser gay. Le importaría demasiado su propia boda, y aquello era peligroso, pues no quería que les pasara lo de *Regreso al futuro*.

—El asunto de tu padre —le dijo por fin. No lo habían hablado hasta que ambas habían estado en la universidad, a kilómetros la una de la otra, y habían dependido del teléfono para mantenerse en contacto. Walt siempre había viajado mucho por trabajo: hasta Washington D. C. y de vuelta, una y otra vez, y solía quedarse allí algunas noches. Lorraine había terminado divorciándose de él cuando Sam había entrado a la universidad, y solo entonces le habían contado que él tenía otra mujer. Otra vida. Sam lo había sospechado durante años, aunque nunca se lo había contado a Alice—. Es cierto. Lo siento mucho, pero es lo que sospechas.

Sam tragó en seco.

—Hostia. Pensaba que me ibas a decir algo como que Arnold Schwarzenegger iba a ser presidente o una mierda así.

Alice atrajo a su amiga para darle un abrazo.

—Lo siento. De verdad lo siento mucho. —Sam se puso a llorar contra su camiseta, pero, cuando se apartó de ella, estaba sonriendo.

—Joder, es que lo sabía —soltó—. Pero bueno, vamos ya.

Pese a que Matryoshka no abría hasta las 05 p. m., el chico que le contestó el teléfono le dijo que, si solo estaba buscando algo que había perdido, podía ir en cualquier momento. Alice estaba segura de que había pasado en el bar: a oscuras, bajo tierra y con los suelos siempre un poco pegajosos. Si había algún pasaje secreto que conectara el pasado con el futuro, tenía sentido que se encontrase bajo tierra, cerca de los túneles del tren 2/3, lugares a los que no iba nadie que no quisiese desaparecer de un modo u otro.

Había leído que había personas sin hogar que vivían en los túneles y también sabía que había estaciones de trenes abandonadas. Una se encontraba en la calle 91 y se podía ver desde el tren 1/9 si se prestaba atención. Tenía que haber sido aquello: alguien que había cavado muy hondo y había cruzado algún límite y había metido la pata. Deseó haber prestado atención cuando su padre y sus amigos hablaban sobre novelas de ciencia ficción en lugar de limitarse a burlarse de ellos por ser adultos que dedicaban todo su tiempo a hablar de universos paralelos.

—Y bueno, ¿cómo es eso de ser una adulta? —le preguntó Sam.

—Mola, supongo. Puedo hacer lo que me dé la gana e ir donde me plazca.

—Y nada se compara contigo... —empezó a cantar Sam.

Alice se echó a reír.

—Sí, pero no puedo evitar pensar que, si hubiese tomado decisiones distintas, todo habría terminado de otra forma. Y tampoco es que pase nada, ¿sabes? No estoy muerta ni en la cárcel. Es solo que me pregunto si todo podría ser mejor. —Pensó en Leonard y en todos sus tubos y máquinas y en los médicos con el ceño fruncido.

Según Sam, solo habían ido a aquel bar una o dos veces, por lo que todas las veces que Alice recordaba haber estado allí debían haber sucedido más adelante de lo que ella recordaba. El verano después de su graduación, quizás, o incluso durante la universidad, cuando ambas habían vuelto a la ciudad por el Día de Acción de Gracias y para ver a sus amigos. Alice pensó que eran demasiado jóvenes como para pasarse por allí sin más, en especial a plena luz del día, por lo que iban a tener que inventarse algo.

—¿Qué estamos buscando? —preguntó Sam en un susurro.

—Algo —contestó Alice—. Buscamos algo. Un portal, un túnel. ¿Un interruptor? Ni idea, supongo que lo sabremos cuando lo encontremos, si es que lo encontramos. Solo piensa en cualquier libro o película sobre viajes en el tiempo que conozcas, ¿vale?

—Vale —asintió Sam—. O sea, lo intentaré, al menos. —Su dinámica ya había cambiado, lo notaba. No era que Sam no confiara en ella, pues estaba claro que lo hacía. Solo que Sam sabía que la Alice con la que estaba hablando no era solo su Alice, sino que era como una Alice supervisora, una canguro. Y eso que ni siquiera le había contado que trabajaba en Belvedere. Entonces sería Alice la coordinadora administrativa, y eso no molaba en absoluto.

La puerta de Matryoshka estaba abierta, y ambas entraron poco a poco, a la espera de que sus ojos se adaptaran a la oscuridad. Estaba vacío, tenía filas de botellas alineadas en la barra y una persona a la que solo podían ver a medias y que se encontraba al otro lado de la barra, contando. Sam la sujetó del codo, claramente en pánico. Alice la entendía; los poderes de su amiga salían a la luz en situaciones que podía controlar u organizar, como estudiar para los exámenes o casarse con un chico que la adoraba.

—¿Hola? —llamó Alice, antes de aferrarse al brazo de Sam con fuerza.

El barman se irguió, el mismo que le había servido más alcohol de la cuenta de una forma tan amigable la noche anterior.

—¡Ay, hola! —soltó ella, relajándose un poco—. Qué tal, me alegro de verte de nuevo.

—Qué tal, niñas —dijo el barman, tanto para saludar como para dejar claro que había notado su edad. No dio ninguna señal de haber reconocido a Alice.

—He perdido algo aquí, creo —siguió, antes de carraspear un poco—. He llamado hace un rato. ¿Podemos buscarlo rapidito? No vamos a beber nada.

El barman empezó a mover botellas de vuelta a los estantes que había detrás de la barra. El lugar apestaba, como si se hubiese acumulado la peste del arrepentimiento de mil desconocidos con una dosis de vómito y desinfectante.

—Vale —dijo él, mientras seguía trabajando.

Alice llevó a Sam hacia el rincón de la gramola.

—Bueno, pues yo estaba aquí y él también y le dije que era mi cumple, y me dio un montón de chupitos gratis, y entonces me emborraché y me derramé algo sobre el jersey y creo que les di unas tapas a unas universitarias.

—¿Y esto cuándo fue? —preguntó Sam. Sus narices prácticamente se tocaban, y su piel parecía naranja por la luz de las bombillas diminutas que había detrás de las canciones de la gramola.

—Anoche. Pero anoche para mí.

—Vale, vale. Así que estamos buscando algo... ¿raro? En plan... una puerta o un pasillo medio terrorífico. —Sam echó un vistazo a su alrededor: una maquinita de *pinball* de la época de la carreta, un sofá espachurrado que probablemente contenía ADN para resolver media docena de delitos, la gramola.

—¡El fotomatón! —exclamó Alice. Tomó a Sam de la mano y tiró de ella por delante de la barra y hacia la otra sala.

La cortina del fotomatón estaba abierta, y el asiento, vacío. Alice se apretujó en el interior, y Sam se deslizó a su lado.

—A mí me parece normal —dijo su amiga.

—A mí también —dijo ella—. Me gustaría poder buscarlo en Google y ya.

—¿Me estás hablando de cosas futurísticas? —Sam hizo un mohín—. Porque si vas a hacer eso, entonces quiero saber más sobre con quién me voy a casar y si es Brad Pitt o Denzel Washington.

—Son demasiado mayores para ti. Incluso para tu yo adulta. Pero vale, vale. Sé que te he dicho que no lo iba a hacer, pero, en el futuro, hay una cosa que se llama Google, y puedes escribir algo y te suelta una barbaridad de respuestas como si nada. Y hay una página web llamada Wikipedia que hace lo mismo, prácticamente. Y de verdad me gustaría poder escribir «porfa ayuda viaje en el tiempo» y obtener algunas respuestas.

—Entonces, ¿solo escribes cualquier cosa y ya? ¿Y te dice todo lo que quieres saber? ¿Es que ya no hay nadie que haga los deberes por sí mismo? —quiso saber Sam.

—No lo creo —contestó Alice. Pasó un dedo por las instrucciones que decían cómo hacer funcionar la máquina y sobre la ranura para pagar. Se puso de pie, sacó su cartera del bolsillo trasero de sus pantalones y luego un arrugado billete de un dólar de esta. Lo metió en la máquina, y la luz empezó a brillar. Alice y Sam posaron una, dos, tres y cuatro veces, y entonces los mecanismos del interior del fotomatón empezaron a crujir y ambas salieron.

Mientras esperaban a que las fotos se revelaran, Alice recorrió ambas salas, toqueteó las paredes cutres y rebuscó detrás de los cuadros que nadie había movido en décadas. No había nada extraño o, al menos, nada más raro que ver un local nocturno durante el día, la versión a la inversa de estar en la escuela a deshoras. Al cabo de un rato, la máquina escupió las fotos, ambas se acercaron corriendo y alzaron la tira de fotos por sus bordes que seguían húmedos.

—Ah, clásicas —dijo Sam, con un gesto de aprobación. Poniendo morritos, con la lengua afuera, con los abiertos y con los ojos cerrados.

—Me encantan —dijo Alice. Podía verse a sí misma en aquellas fotos; a la Alice de dieciséis años, claro, pero al resto de ella también. Era algo en sus iris, en la tensión de su boca. No era la misma foto que Sam le había regalado al cumplir los cuarenta, pero estaba bastante cerca, como si fuesen mellizas en lugar de gemelas.

—Quédatelas —le dijo Sam—. Es mi regalo de cumpleaños.

Alice se sintió ligeramente derrotada.

—Volvamos a Pomander. Quiero pasar todo el tiempo que pueda con mi padre.

—Vale —aceptó Sam. Se despidieron con la mano del confuso barman y volvieron a pasar por los torniquetes mientras mostraban sus pases escolares. Se deslizaron hasta el final de una fila de asientos vacíos.

—Cuéntame algo más —le pidió su amiga—. Algo interesante.

—Te mudarás a Nueva Jersey —le dijo Alice, sonriendo.

Sam le dio un puñetazo de mentira.

—Me estás vacilando.

Alice asintió. A veces costaba aceptar la verdad.

26

Leonard no estaba en casa cuando llegaron a Pomander, pero Ursula se paseó entre sus piernas mientras Alice y Sam recorrían la casa y volvían a su habitación. Tenía una nota adhesiva pegada a su puerta que decía: «Vuelvo pronto. Papá».

—Entonces, ¿qué hacemos? —preguntó Sam, tumbándose sobre la cama de Alice. Se inclinó para recoger una revista *Seventeen*—. No me creo que te hayas suscrito a esta mierda.

—¿Esta noche? ¿O con mi vida? —Alice se sentó a su lado.

—¿No es como lo mismo?

—Sí, supongo. Si me lo preguntas, esta noche quiero pasarlo mejor en la fiesta de lo que lo hice la primera vez. Quiero averiguar cómo volver a mi vida. A mi otra vida. Quiero pasar tiempo con mi padre. —Le parecía vergonzoso admitirlo así, tan a la ligera. Los chicos de Belvedere de su presente eran como heridas abiertas de vulnerabilidad expuesta. Cambiaban de orientación sexual y de género, experimentaban con sus pronombres. Eran tan maduros que sabían que seguían madurando. Cuando ella había sido adolescente, el objetivo principal de su vida había sido pretender que nada le afectaba en absoluto. De hecho, aún no conseguía obligarse a contarle a Sam la verdad: que, si podía, quería asegurarse de que Leonard no terminase como lo había dejado. Quería salvarle la vida, tan simple como aquello. En aquel momento, Alice oyó que la puerta de la casa se abría y se cerraba, y Ursula bajó de un salto de algún lugar en lo alto (quizás la estantería o la parte superior de la nevera) y corrió hacia la puerta.

—¿Al? ¿Estás en casa? —la llamó Leonard.

—¡Sí, aquí! ¡Estoy con Sam! —gritó ella de vuelta. Vio cómo Sam pasaba las páginas de la revista: todos los anuncios de colores pasteles de la máscara para pestañas Great Lash de Maybelline y relojes Swatch y brillo de labios Bonne Bell y organizadores de bisutería y cosméticos. Había creído de verdad que las revistas la iban a preparar para el futuro, que *Sensación de vivir* era un espejo, solo que con vestidos más cortos y gente que se ponía sombreros para ir a la escuela. Todo lo que consumía le decía que era una adulta. Quería sacudir a Sam de los hombros y decirle que seguían siendo un par de niñas y que nadie las conocía, como si hubiesen estado disfrazadas con una gabardina, una subida sobre los hombros de la otra, y la gente se lo creyese. Solo que Sam ya lo sabía, porque ella se metía en líos cuando volvía tarde a casa. Su madre la había castigado cuando había encontrado los restos de un porro en su habitación. Le habían quitado su busca durante dos semanas cuando a Lorraine la habían llamado del colegio para contarle que habían pillado a su hija besándose con un chico —Noah Carmello— en las escaleras de detrás del edificio durante horas de clase. Una de las peores partes de ser una adolescente era darse cuenta de que la vida no era la misma para todos, y Alice lo había sabido en aquel entonces. Lo que le había llevado décadas era darse cuenta de que tantas cosas que ella había creído que eran ventajas en su vida en su lugar habían sido todo lo contrario.

—¿Vas a volver a casa antes de la fiesta? —le preguntó a su amiga.

—No, ¿para qué? Me pondré algo tuyo y ya —contestó Sam. Alice había olvidado la calidad transitoria de la ropa de las adolescentes, el no ser capaz de distinguir qué era de quién. Ella y Sam llevaban la misma talla, prácticamente, al menos lo suficiente como para compartir toda su ropa.

En la foto que Sam le había dado por su cumpleaños, habían llevado diademas y camisón, como reinas de belleza a las que obligaban a hacer un desfile en mitad de la noche.

—Pongámonos ropa normalita —decidió—. Nada extravagante.

—Es tu cumple. —Sam se encogió de hombros.

El teléfono empezó a sonar, y a Alice le llevó un minuto encontrarlo bajo una pila de ropa.

—¿Hola?

—*Feliz cumpleaños, Allie* —le dijo su madre, usando el mote que a Alice nunca le había gustado. Era como si Serena hubiese estado hablando con otra persona, lo cual en parte era cierto. Serena siempre hablaba con una versión de Alice que creía que quería saber de ella o que se sentiría satisfecha con llamadas telefónicas esporádicas y cuidados mediocres—. *Te he enviado unas cosas, ¿te han llegado?*

—Hola, mamá —la saludó, y Sam devolvió su atención a su revista.

—Niñas, ¿queréis algo de comer? —las llamó Leonard, a lo que ambas contestaron: «¡Sí!».

*

27

Gray's Papaya era el mejor restaurante de Nueva York porque solo servía una cosa: perritos calientes. Perritos calientes con kétchup, perritos calientes con mostaza, perritos calientes con chucrut, perritos calientes con salsa de pepinillos. Detrás del mostrador, había varios contenedores de zumos de colores brillantes que se revolvían, pero, si pedías algo que no fuese zumo de papaya, eras un rarito. No había dónde sentarse, más allá de unas mesas altas que daban hacia las ventanas tanto de la calle 72 como Broadway, el lugar perfecto para ver a la gente pasar. Alice y Sam se apresuraron para hacerse con un lugar en el mostrador que daba hacia Broadway mientras Leonard pedía su comida.

—¿Se lo has contado? —preguntó Sam en un susurro.

Alice negó con la cabeza.

—Pero si él está enterado sobre el tema —insistió su amiga.

—¿A qué te refieres? En plan, ¿a *Los hermanos del tiempo?* Sam, eso es un libro. Es ficción. Y, la verdad, ficción tonta. Literal va sobre unos hermanos que viajan en el tiempo para resolver crímenes de poca monta.

—Pero quizás… ¿eso ha sido lo que ha hecho que pase todo esto? ¿Tienes un coche oxidado en algún lado? —Sam abrió mucho los ojos—. Quizás el coche se ha disfrazado de… no sé, tu baño.

—¿De qué estás hablando?

—Ah, vale, ahora soy yo la que dice locuras, ya —dijo Sam, antes de poner los ojos en blanco.

Leonard se apretujó para pasar detrás de las personas que estaban en la cola a sus espaldas y dejó cuatro perritos calientes: dos con kétchup y mostaza y dos con chucrut y cebolla.

—Mis verduras favoritas —dijo él.

—Papá, no te he visto comer nada verde que no lleve colorante azul y amarillo mezclado —le dijo Alice, y su padre se dio la vuelta para volver al mostrador y buscar las bebidas.

—Pregúntale y ya —insistió Sam, hablando entre dientes.

—Aún no —contestó Alice, antes de dedicarle una sonrisa a su padre al tiempo que él apoyaba los codos sobre el otro lado del mostrador. Le dio un bocado a su perrito caliente, y este le supo exactamente a lo mismo de siempre, de maravilla. Leonard cerró los ojos mientras masticaba, claramente disfrutando de su comida tanto como lo hacía ella. Quizás aquella era la clave de la vida: darse cuenta de todos los momentos diminutos del día en los que todo dejaba de existir y, por una milésima de segundo o quizás unos poquitos, no se tenía ninguna preocupación, sino el más puro deleite y gratitud por lo que se tenía delante. Meditación trascendental, quizás, solo que con perritos calientes y el conocimiento de que todo iba a cambiar, lo bueno y lo malo, por lo que al menos se podía apreciar todo lo bueno.

Cuando acabaron de comer, fueron por la avenida Amsterdam hacia Emack & Bolio's para ir a por helados, mientras esquivaban grupitos de familias y turistas que volvían del Museo de Historia Natural que se encontraba calle arriba. Era una celebración de cumpleaños que Alice podría haber tenido al cumplir cinco años o diez o de adulta. Los taxis maniobraban para recoger pasajeros de las esquinas, y el resto de los coches tocaba el claxon en grandes coros de amargura, como si no entendieran la forma en la que todo ello funcionaba. Todos los que iban por la acera miraban hacia adelante o hacia sus amigos o hacia las nubes de palomas que descendían para deleitarse con algo de basura especialmente deliciosa que se encontrara en medio del cruce de peatones, cuando a alguien se le hubiese caído el almuerzo.

Dentro de la heladería vacía, Alice y Sam observaron los mostradores de cristal y escogieron sus elaboradas combinaciones: bolas de menta con trozos de chocolate y más chocolate con sirope (también de chocolate) y grageas de colores para Alice, bolas de pistacho y fresa con nata batida para Sam y una tarrina grande sabor galleta para Leonard. Se sentaron a una mesita redonda, con las rodillas apretujadas entre ellas bajo la mesa.

—¿Qué es lo que sueles escribir por las noches? —le preguntó Alice a su padre. Clavó su cuchara en la montaña enorme de azúcar que tenía frente a ella. Los sonidos que hacía su padre mientras trabajaba (guitarras rasgando a través de los altavoces, sus pasos con sus zapatillas de andar por casa mientras iba por el pasillo, sus dedos en el teclado) le resultaban tan reconfortantes como una máquina de ruido blanco. Significaba que estaba allí, que estaba escribiendo y que era feliz, a su modo.

—¿Quién? ¿Yo? —preguntó Leonard.

—Sí, tú —contestó ella. Su sirope de chocolate caliente se había endurecido hasta formar una lava que se deslizaba con lentitud y se pegaba a la endeble cuchara de plástico.

—Historias, ideas, de todo.

Alice asintió. Allí era donde siempre lo había dejado, antes de que Leonard se pusiera incómodo, antes de que ella empezara a preguntar demasiado.

—¿Y por qué no publicarlas? Está claro que cualquier editor en Nueva York las compraría. Incluso si fuesen una porquería.

Leonard se llevó una mano al pecho.

—Qué hiriente.

—No digo que sean una porquería, papá. Digo que es como muy obvio. Alguien las compraría y las publicaría y te daría montones de dinero. Así que ¿por qué no lo haces? —Se sonrojó.

—Creo que lo que Alice está intentando preguntar, Leonard —empezó a decir Sam—, es si tienes pensado hacer *Las hermanas del tiempo*. Ya sabes, la misma idea en general, solo que con chicas en lugar de chicos, porque las chicas somos mucho más listas en todos los sentidos.

Leonard asintió.

—Ya veo. Y gracias, Sam, por lo que sin duda es una idea que me haría rico y que debería haber tenido hace años. Pero ¿qué gracia tiene hacer lo mismo otra vez? Si volviese a escribir el mismo libro, solo que con personajes diferentes, ¿no os parecería aburrido?

Alice y Sam se encogieron de hombros.

—Es un poco como *Spider-Man*, si me permitís la comparación. Cuando tienes un libro exitoso, tienes el poder de publicar otro, solo que el hecho de que el primer libro haya tenido tanto éxito es lo que crea una especie de responsabilidad con tus lectores; a ellos les gustó esto y por eso tengo lo otro, y así sucesivamente. Hay algunos autores que escriben el mismo libro una y otra vez, una vez al año, durante décadas, porque sus lectores lo disfrutan y ellos pueden hacerlo y lo hacen muy bien y pues fin del asunto. Y también hay otros autores, como yo —Leonard esbozó una sonrisa—, a quienes la idea nos parece tan imposible que preferimos ver *La ruleta de la fortuna* con nuestras hijas adolescentes y limitarnos a escribir lo que queremos escribir sin preocuparnos porque alguien más lo vaya a leer nunca.

—*La ruleta de la fortuna* está muy bien, lo entiendo —asintió Sam.

Pero Alice no creía que Sam lo entendiera. Su amiga tenía más ambición académica e intelectual en un dedo del pie que la mayoría de las personas en el cuerpo entero, como su madre. Sam había pasado directo de la carrera a la especialización en Derecho en un pispás, sin siquiera pararse a respirar. Aun con todo, Alice lo entendía. Lo veía mucho en Belvedere: los padres que iban con raquetas de tenis tenían hijos que iban con raquetas de tenis. Los padres con problemas con la bebida y muebles bar bien abastecidos solían ser a quienes llamaba el consejero de la escuela para informar sobre la botella de licor de malta de un litro que se había encontrado en la taquilla de su retoño. Los científicos tenían minicientíficos; los machistas tenían minimachistas. Alice siempre había creído que su vida profesional era opuesta a la de su padre —él había tenido un éxito incomparable y ella, ninguno, sino que se había aferrado a algo estable como un caballito de mar con su colita atada a un alga—, pero en aquellos momentos creía que se había equivocado. Él también había tenido miedo y se había contentado con permanecer cerca de aquello que le había funcionado, en lugar de arriesgarlo todo y hacer algo nuevo.

—Lo siento, papá —le dijo—. Sé cómo te sientes.

Leonard le apoyó la mano en la mejilla y le dio una suave palmadita.

—Siempre lo has hecho, ¿sabes? Era de lo más extraño. Incluso cuando eras pequeñita y te hacía una pregunta, siempre te sabías las respuestas. Era como si alguien hubiese estado escondido en los arbustos y fuese a salir de un salto en cualquier momento para decir «¡Ja! ¡Te creíste que esta niña iba a saber la diferencia entre un marsupial y un mamífero, pero solo tiene tres años!», solo que nadie lo hizo nunca. Tú lo sabías y ya.

—Pero sí que deberías hacerlo, papá. Lo que ha dicho Sam. Sería increíble, lo sabes, ¿verdad? A la gente le encantaría. Solo porque *Los hermanos del tiempo* fuera un éxito mundial no significa que cualquier otro que escribas vaya a ser un completo fracaso o algo así. No es razón para no intentarlo.

Leonard clavó su cuchara en el fondo de su tarrina de helado.

—¿Cuándo os habéis vuelto tan sabias, eh? —Ellas ya habían terminado sus cantidades ingentes de helado, por lo que Leonard se puso de pie, recogió sus desperdicios y lo tiró todo a la papelera. Luego recogió con la mano todas las grageas de colores que se habían desperdigado por la mesa y también las tiró. Sam miró a Alice e inclinó la cabeza hacia un lado.

—Tengo una idea —le dijo—. Tengo que ir a casa a buscar algo, pero os veré en Pomander, ¿vale? Escríbeme al busca si me necesitas. Gracias por el helado, Lenny.

—No hay de qué —dijo Leonard, haciéndole una pequeña reverencia.

Sam se escabulló en dirección a la puerta mientras se despedía con la mano. Le lanzó un beso a Alice, quien lo atrapó al vuelo, y de pronto se sintió demasiado nerviosa al encontrarse a solas con la verdad.

—¿Te has hecho demasiado mayor para ir a ver la ballena? —le preguntó Leonard.

28

Aunque el museo siempre estaba abarrotado los sábados, sin importar la gente que hubiese, montones de grupos se apretujaban en las exposiciones de dinosaurios que había en las plantas superiores, a las que Alice no les había hecho mucho caso desde que había cumplido cinco años. No era allí adonde querían ir. Leonard mostró su carné de miembro en la entrada y no tardaron en girar hacia la izquierda, pasar por delante de un Teddy Roosevelt de bronce y unos cuantos dioramas que sin duda restaban importancia a la tensión que había habido entre los pueblos indígenas de la zona y los colonizadores peregrinos. Pasaron por una puerta que los condujo a una sala que parecía una selva, con todo y un tigre a tamaño real y una almeja tan grande que parecía ser capaz de devorar al tigre entero. Así era como Alice sabía que se encontraban cerca.

Pese a que tenía un nombre real, el Milstein Hall, nadie lo llamaba así. ¿Cómo iban a hacerlo cuando había una ballena del tamaño de un bus turístico nadando sobre su cabeza y los oscuros sonidos del océano alrededor? Estar en esa habitación era como sentarse en el fondo del mar y ser intocable para lo que fuera que estuviera sucediendo en la superficie. El balcón de más arriba tenía cangrejos araña y medusas, además de todo tipo de criaturas que delineaban las paredes, pero lo bueno se encontraba en la planta inferior, bajo la ballena, rodeado de dioramas enormes y pintados a mano. El manatí, que flotaba dormido como si lo estuviesen viendo en medio de un sueño eterno. Los delfines, presumidos con sus saltos. La foca, a la que una gigantesca morsa acababa de machacar hasta la muerte. En un rincón, prácticamente escondido por los peces y el coral, se encontraba un buscador de perlas. Padre e hija bajaron las escaleras despacio, sin hablar. Aquella sala exigía silencio del mismo modo que un cine o una iglesia.

El problema de la adultez era que uno tenía la sensación de que todo tenía un tiempo limitado: una cena con Sam duraba máximo dos horas y, con otros amigos, casi ni eso. Estaba el tiempo en que se esperaba una mesa, una noche en un bar, una fiesta que había terminado más tarde de lo esperado, pero incluso eso solo era pasar juntos unas pocas horas. La mayoría de las amistades que Alice tenía como adulta parecían virtuales, como los amigos con los que se mandaba cartas en su juventud. Era muy fácil pasar años sin ver a una persona, mantenerse al corriente sobre sus vidas solo gracias a las fotos que publicaban de sus perros o sus hijos o su comida. Nunca sucedía lo que le estaba pasando en aquel momento: un día dedicado a flotar de una actividad a otra. Así se había imaginado ella que sería el matrimonio y la familia; siempre con alguien con quien flotar a lo largo del día, alguien con quien no hiciesen falta tres correos electrónicos y seis mensajes de texto y un cambio de reserva a último minuto para quedar. Todos tenían eso cuando eran niños, pero solo los afortunados de verdad lo mantenían hasta la adultez. La gente con hermanos solía tener ventaja, aunque no siempre. Había dos chicos de Belvedere, mejores amigos desde preescolar, que habían crecido y se habían casado con un par de hermanas, y años después enviaban a sus cuatro niños a Belvedere en un solo coche que llevaba una madre u otra. Aquello era otro nivel de amistad, el asegurar a una persona por medio del matrimonio. Parecía algo muy medieval, como cuando uno se daba cuenta de que todas las familias reales del mundo estaban emparentadas de un modo u otro. Incluso el simple concepto de los primos era algo presuntuoso, como decir «mirad a toda esta gente que me pertenece». Ella nunca había sentido como si le perteneciera a alguien —o como si alguien le perteneciera— salvo por Leonard.

Este había caminado hasta el centro de la sala y se había situado en el suelo. Alice vio cómo se tumbaba boca arriba y cómo sus desgastadas deportivas se salían por los lados. Y no era el único, una familia con un bebé pequeñito también se había tumbado y observaban la vasta extensión del estómago de la ballena. Alice se arrodilló junto a su padre.

—¿Recuerdas cuando solíamos venir a cada rato? —le preguntó a Leonard. Habían ido al museo cada semana cuando era niña, o quizás más; incluso recordaba haber estado allí con su madre, quien había preferido la sala de joyas y minerales. Alice se frotó los muslos con las manos. Sus pantalones eran oscuros y estaban un poco tiesos. Se los había comprado en Alice Underground, su tienda favorita, y no solo porque compartieran nombre. Aún le parecía muy extraño ver su propio cuerpo, aquella versión joven que apenas podía recordar porque se había pasado la vida viéndolo como algo que no era.

—El único sitio en toda Nueva York en el que dejabas de llorar —dijo Leonard, con una amplia sonrisa. Dio unas palmaditas a su lado—. Ven, túmbate aquí.

Alice se tumbó sobre su espalda. Algunos de los drogatas de Belvedere iban al espectáculo de luces que había en el planetario que tenían cerca —el de Pink Floyd, con los cerdos voladores— cuando se colocaban, pero ella no entendía cómo era que alguien podía querer ir a cualquier otro lugar que no fuese aquel.

—No sé por qué ya no suelo venir —dijo—. Me parece que mi presión arterial acaba de bajar.

—¿Desde cuándo te preocupas por tu presión arterial? Jolín, tener dieciséis años ya no es lo que era. —Leonard movió sus manos para apoyarlas sobre su estómago, y Alice observó cómo estas subían y bajaban al ritmo de su respiración.

Pensó en decirle algo en aquel momento. Aunque había familias que llevaban a sus hijos en carritos y turistas que arrastraban bolsas por todos lados, la sala estaba tranquila, y fuera lo que fuese que Alice dijera, su padre sería el único que la oiría.

Era obvio que Leonard había reflexionado más que la gente normal sobre los viajes en el tiempo. A pesar de que solía burlarse de las novelas cutres de ciencia ficción, así como de las películas y las series de televisión, incluso aquellas que sus amigos habían hecho, ella sabía que le encantaban. Lo imposible se volvía posible. Los límites de la realidad se empujaban más allá de lo que la ciencia podía explicar. Era una metáfora, claro, un tema, un género, pero también era algo divertido. Nadie —al menos nadie que a Leonard le cayera bien— escribía ciencia ficción porque fuese una herramienta. Aquello era para los pedantes. De todos los escritores del mundo, los menos favoritos de su padre eran los presumidos, los que acudían a programas de maestría reconocidos o que celebraban entregas de premios en las que había que vestir de etiqueta, quienes descendían de forma breve a la tierra para robarles algo a los géneros —quizás zombis o alguna especie de apocalipsis— antes de volver a los cielos con ellos entre sus garras. A Leonard le gustaban los frikis, los que llevaban la ciencia ficción en la sangre. Algunos de aquellos escritores presumidos eran frikis muy en el fondo, y esos no le molestaban a su padre. Solo que Alice no creía que pudiese empezar una conversación sobre frikis o ciencia ficción o viajes en el tiempo, no sin delatarse a sí misma, y aún no estaba lista para hacer eso. No sería como contárselo a Sam, estaba segura, quien aún la miraba con una ceja alzada, como un agnóstico que creía en algo, si bien no necesariamente en Dios. Leonard siempre había confiado en ella: sobre qué niña la había empujado del tobogán en preescolar, qué niño la estaba molestando, qué profesor la calificaba injustamente. No le preocupaba que no fuese a creerle. Le preocupaba lo que podría suceder después, pues Leonard le creería de inmediato y sin dudarlo ni un segundo.

La ballena abarcaba la extensión de toda la sala, con su nariz que apuntaba hacia abajo, como si fuese a sumergirse en las oscuras profundidades. La gran cola parecía que iba a impulsarse hacia arriba, quizás incluso a través del techo, para ayudar a que el gigantesco animal se sumergiera. Alice cerró los ojos y se concentró en lo sólido que le parecía el suelo bajo su espalda.

—¿Alguna vez te he contado la historia de cuando Simon y yo fuimos a ver a los Grateful Dead al Beacon Theatre?

Sí que lo había hecho.

—Cuéntame —le dijo, antes de esbozar una sonrisa. Conocía todas y cada una de las palabras que iban a salir de su boca.

—Era 1976 —empezó Leonard—. Jerry tenía una guitarra blanca. Conozco a un montón de gente que ha visto a los Dead mil veces, pero yo solo los vi esa vez. El Beacon puede parecer muy pequeño, depende de dónde te sientes, y Simon había conseguido entradas de su agente, quien era todo un pez gordo, así que de algún modo terminamos en tercera fila. Imagínate, ¡en tercera fila! Y todas las chicas que habían ido eran preciosas y fue como estar en otro planeta durante cuatro horas.

Aquello era lo que Alice había echado de menos. No solo las respuestas a las preguntas que nunca se había atrevido a hacer, ni tampoco las historias familiares que nadie más sabía, ni los vistazos a su propio pasado a través de los ojos de su padre, sino aquello: las anécdotas vergonzosas que había escuchado mil veces y que no iba a volver a escuchar. Podía imaginar todo el concierto, el rostro sonriente y sudoroso de su padre antes de que se casara, antes de que fuese padre, antes de publicar un libro. Podía verlo con la misma claridad con la que veía la ballena, incluso con los ojos cerrados.

29

Cuando volvieron a Pomander, el teléfono sonaba. Leonard se apartó del camino y le hizo un ademán a Alice para que contestara.

—Es para ti —le dijo.

—¿Cómo lo sabes? —preguntó ella, antes de contestar.

—*Dios, he estado llamando cada diez minutos desde hace horas, caray* —soltó Sam.

—Lo siento, soy Alice, no Dios. —Alice se enroscó el cable del teléfono en torno al dedo. ¿Por qué creía la gente que tener móvil era estar menos amarrado? Había estado flotando en el espacio todo el día, sin posibilidades de contactarla, y finalmente había vuelto.

—*Ay, calla, abuela. ¿A dónde quieres ir a cenar? Os veré allí.*

—¿Dónde deberíamos ir a cenar, papá? —le preguntó a Leonard. Este se encontraba cerca de la mesa de la cocina, mientras hojeaba un montón de cartas y revistas y Dios sabía qué más.

—Vayamos a V&T, así Sam puede llegar andando. ¿Te parece?

—Claro. Sam, ¿has oído eso? Cenaremos pizza viscosa. V&T a las seis. —Se giró para darle la espalda a su padre—. ¿Algo más?

—*Sí* —contestó Sam, casi sin aliento, como si se hubiese pasado horas corriendo en su sitio en lugar de tratando de llamarla—. *Creo que he resuelto el misterio. Quizás. A lo mejor. Te lo cuento cuando nos veamos.* —Alice sintió una llama encenderse en su barriga, un rayo de esperanza o de ansiedad que se anidó entre sus costillas.

—Vale —dijo ella, y luego colgó.

Leonard volvió a dejar el montón de cartas sobre la mesa.

—¿Por qué siempre es todo correo basura y nada más? —se quejó.

El televisor se encontraba en un sitio un tanto incómodo: encaramado sobre la encimera de la cocina, desde donde se podía girar hacia un lado para verlo desde la mesa de la cocina y hacia el otro para verlo desde el sofá. Si bien la mesa se encontraba entre la tele y el sofá, no había mucho espacio en el piso y, de todos modos, ellos ya estaban acostumbrados. El VHS estaba debajo de la tele, con todos sus cables colgando desde la encimera. Si hubiesen tenido un gato distinto, uno normal y no Ursula, aquellos cables habrían sido toda una tentación problemática, solo que a Ursula esas cosas le daban igual. Tenían horas que matar antes de la cena, por lo que Alice abrió y cerró todos los compartimentos de la alacena hasta que dio con las palomitas de microondas. Las sacudió para mostrárselas a su padre.

—¿Quieres ver una peli?

Leonard abrió el armario, el cual era el lugar en el que vivían las cintas de VHS, y comenzó a nombrar títulos.

—¿*El mago de Oz*? ¿*Rebeca*? ¿*Chitty Chitty Bang Bang*? ¿*La bruja novata*? ¿*Mary Poppins*? ¿*Cuenta conmigo*? ¿*Dirty Dancing*? ¿*Regreso al futuro*? ¿*Cabeza borradora*? ¿*Ábrete de orejas*? ¿*Peggy Sue se casó*?

—*Peggy Sue* —contestó, y rodeó la puerta del armario para poder verlo. Su padre sacó la cinta de su caja y se la entregó.

—Tachán —dijo—. Pero bueno, ¿será que somos los dos más listos del planeta o qué? Otros salen a correr para pasárselo bien, y nosotros vemos una película a plena luz del día.

La película fue tan buena como siempre, solo que a Alice la puso de los nervios ver lo poco que Peggy Sue parecía fijarse en sus padres. ¿A quién le importaban sus amigos patéticos y su novio idiota? Tendría que haberse follado a todos tan rápido como fuese posible y luego quedarse en casa. ¿Y sus abuelos? Peggy Sue tenía una vida afortunada. Se casó y tuvo hijos y sus padres seguían vivos y todo en su vida era perfecto, salvo por el hecho de que quizás quería divorciarse. No era un viaje en el tiempo en absoluto, no de verdad. Peggy Sue se desmayaba y soñaba. Parecía una de esas películas para las que se preparaban tres finales distintos porque al público de prueba no le había

149

gustado el que le habían mostrado. Alice quería ver el final en el que Kathleen Turner se arrastraba por el suelo de un bar mientras buscaba sin éxito una madriguera de conejo y se quedaba atrapada para siempre, condenada a cometer los mismos errores una y otra vez. Quería ver la versión de terror. Solo que, quizás, estuviera a punto de vivirla, por lo que no tenía que verla.

Leonard la sacudió un poquito. Se había quedado dormida, con la cabeza apoyada contra el brazo del sofá como si este fuese la parte de abajo de un balancín. Con su cuerpo de mujer de cuarenta años, habría quedado con el cuello dolorido durante días, pero, con el que tenía en aquellos momentos, solo se limitó a incorporarse.

—Es hora de la pizza —le informó Leonard.

V&T se encontraba en la esquina de la calle 110 y la avenida Amsterdam, justo delante de la catedral de San Juan el Divino, adonde Leonard había llevado a su hija cada año en el Día de San Francisco de Asís, cuando abrían las enormes puertas principales y dejaban que un elefante entrara. Como familia, los Stern no solían celebrar ninguna fiesta religiosa, aunque sí montones de fiestas de Nueva York: además de la de San Francisco de Asís con los elefantes tenían el desfile de Acción de Gracias de Macy's, para el que iban a ver cómo inflaban los globos la noche anterior; veían los escaparates navideños en las tiendas para ricos de la Quinta avenida; también estaba la celebración de San Jenaro y el Año Nuevo Chino, en los que comían *cannoli* y *jiaozi*; el desfile por el Día de Puerto Rico, en el que todo el centro se inundaba de reguetón; y el del Día de San Patricio, el cual era igual de escandaloso, solo que con gaitas.

La pizza no era la mejor de la ciudad, aunque sí la más viscosa. Era como si el horno tuviese una pequeña inclinación en el centro, de modo que cada pizza tenía un centro líquido y derretido, como el vórtice de un remolino. El queso se deslizaba hacia un lado o hacia otro, y la primera persona en escoger una tajada se acababa llevando todo el queso pegajoso de las tajadas colindantes y tenía que acomodar el resto de la pizza con los dedos o un cuchillito. A Alice le encantaba. Cuando ella y su padre llegaron a la esquina, Sam ya estaba caminando de un lado para otro frente al restaurante.

—Hola —los saludó, antes de aferrar el brazo de Alice—. Ven a hacer pis conmigo.

Leonard les hizo un ademán para que se marcharan.

El baño era pequeño y no había nadie. Sam tiró de la cadena y abrió el grifo.

—No te burles, ¿vale? —le dijo, mientras se cruzaba de brazos.

—Está claro que ahora mismo no soy quién para burlarme de nadie, ¡y jamás lo haría! —dijo Alice—. Venga, cuéntame. —El baño olía a desinfectante y salsa de tomate.

—Vale. Pues sabes que a mi madre le encanta *Los hermanos del tiempo*, ¿no? Total, que estaba hojeándolo y he empezado a revisar otros libros que tiene y resulta que, para ser que es profesora, esta mujer tiene montones de libros sobre viajes en el tiempo. —Estaba claro que Sam estaba llena de palabras que quería soltar de sopetón—. Creo que hay dos opciones, basándonos en lo que está pasando. No opciones para ti, sino... teorías.

—Vale... —dijo Alice. Sam no había cambiado, gracias al cielo. Seguía siendo considerada e inteligente y dispuesta a todo. Quiso decirle que eran precisamente aquellas cualidades lo que la hacían ser una madre estupenda, pero se contuvo.

—Pues eso, creo que o estás atrapada aquí o no. Scott y Jeff tienen su coche, ¿verdad? Y el coche los lleva a todos lados, como a Marty McFly, ¿cierto? Pues no es tu caso. Y el hecho de que estés dentro de tu propio cuerpo parece una mala señal, sin ofender. O sea, si hubiese dos Alice y te estuvieses viendo hacer cosas, como en *Regreso al futuro II*, entonces sería obvio que podrías volver, porque de otro modo siempre habría dos Alice. ¿Me entiendes?

—¿Quizá?

—Creo que es un agujero de gusano. Scott y Jeff pasaron por uno una vez, ¿te acuerdas? No está en el libro, sino en la serie; ¿recuerdas el episodio que te digo? Cuando estaban en la granja de la familia de Scott en Wisconsin y era como «blablablá, supongo que no viajaremos en el tiempo esta vez», como si estuviesen de vacaciones o algo, y luego Scott estaba ayudando a su abuela a limpiar un establo viejo y de pronto era 1970 y Scott era un bebé. Y se pasó todo el día como un bebé. Pero como estaba con su abuela, el público pudo ver cómo moría su madre. Y al día siguiente era él mismo, solo que diferente. Creo que podría ser así. En plan que entraste en el establo.

—Y ahora soy una bebé.

—Sí, solo que sabes que eres una bebé.

Alguien llamó a la puerta del baño, pues era el único del restaurante. Alice cerró el grifo antes de exclamar:

—¡Ya salimos! —Intercambió una mirada con Sam en el espejo—. Aun así, no sé qué hacer.

Sam se encogió de hombros.

—Empecemos con la pizza.

Cuando volvieron a la mesa, Leonard ya les había pedido Coca-Colas, y una triste ensalada de lechuga iceberg y tomates paliduchos se encontraba en el centro del mantel rojo a cuadros. Las ensaladas patéticas de las pizzerías eran las únicas ensaladas que a Leonard le gustaban. Ellas se acomodaron en sus sillas frente a Leonard y cada una bebió un largo trago de su refresco. Sam tenía prohibido beber refrescos en casa, por lo que bebía montones cuando estaba con Alice y Leonard.

—¿Seguro que tienes que ir a la conferencia esta noche? —preguntó Alice.

Leonard alzó una ceja.

—¿Pepperoni? ¿Champiñones? ¿Salchichas y pimientos? ¿Y acaso no tenéis algo planeado ya para esta noche?

Sam ahogó un grito.

—¡Leonard! ¡Se supone que no tienes que enterarte!

—No pasa nada, montad vuestra fiestecita. —Sonrió. El camarero trajo una copa de vino tinto, y Leonard le dio las gracias—. Confío en vosotras.

Había llevado su bolso con él; un morral desgastado de la tienda de excedentes militares que en aquellos momentos colgaba del respaldo de su silla. Después de la cena se iba a ir directo al hotel en el centro para la convención. Alice había estado tan centrada en sí misma que ni se había dado cuenta.

—¿De verdad te vas a ir? —insistió ella.

—Ah, venga ya. No me queréis por aquí. Pasadlo bien. Te llamaré mañana por la mañana para ver cómo estás, pero tienes el número del hotel si me necesitas. Está en la nevera. —Leonard bebió un gran sorbo de su copa e hizo una mueca—. Sabe a... vinagre. Pero me encanta el vinagre. Feliz cumpleaños, nena. —Alzó su copa.

Alice soltó un gruñido en contra de su voluntad.

—Papá —se quejó.

—Feliz cumpleaños, Alice —se corrigió él.

Alice asintió.

—Así mejor. Gracias.

Una hora más tarde, Leonard se colgó su morral en el hombro y salió de la pizzería despidiéndose con la mano mientras sonaba una campanilla que había sobre la puerta. Aún no eran las ocho de la noche. Alice no conseguía recordar qué era lo que había sucedido después de ello la primera vez que lo vivió.

30

L a casa de Pomander parecía más pequeña de noche. Por alguna razón, la falta de luz solar, por escasa que fuese durante el día de todos modos debido a los altos edificios que rodeaban su angosta calle, hacía que el lugar pareciese incluso más pequeño. Alice y Sam habían llenado la nevera de cerveza y también habían puesto cuencos con patatas sobre la mesa de la cocina. Alice fumaba, nerviosa. Sam estaba rebuscando en su armario para escoger distintas opciones.

—Cuéntame algo escandaloso —le pidió Sam.

Alice dio una calada y pensó en lo que podría haberle sorprendido más en su decimosexto cumpleaños.

—He follado con un montón de gente.

Sam se detuvo y se llevó un puñado de vestidos contra su pecho.

—¿Cuántos son un montón?

Alice no sabía la cantidad exacta. La universidad había sido algo difuso, del mismo modo que grandes tramos antes de cumplir los treinta. ¿Contaban las mamadas o las veces en las que había empezado a acostarse con alguien y los habían interrumpido y habían terminado dejándolo?

—¿Unos treinta o así? —Pese a que había habido muchos años en los que solo se había acostado con una persona, y otros en los que había pasado seis meses sin siquiera besar a nadie, también había muchos años con montones de gente en medio de todos esos.

La expresión con la que Sam la estaba mirando era mitad asombro y mitad espanto, peor que cuando Alice le había dicho que iba a acabar mudándose a Nueva Jersey, aunque no tardó en recomponerse.

—Vale —dijo—. Dime algo que necesite saber que no sepa ahora. —Tanto Sam como Alice eran vírgenes y seguirían siéndolo hasta que estuvieran en la universidad. Sam iba a tener dos novios antes que Josh. Tres personas en total conformaban su lista, dentro de lo que sabía Alice. Recordaba cómo se había sentido aquella idea de que nunca jamás iban a acostarse con nadie y que iban a seguir siendo vírgenes hasta que se volvieran viejas y arrugadas. Había olvidado esa preocupación, el hecho de que no había sabido qué hacer con su cuerpo, que no sabía cómo darse placer a sí misma o a alguien más, pero en aquel momento la sintió, el pánico y el miedo y el deseo, todo dándole vueltas en las tripas.

—Madre mía —soltó Alice—. Muchas cosas, creo yo. Para empezar, cómo funciona el clítoris. —Era más sencillo imaginar a un adolescente en Belvedere siendo capaz de acabar con el hambre en el mundo que a uno capaz de situar o estimular el clítoris en 1996.

El rostro de Sam se puso de todos los colores.

—La virgen —soltó—. Vale. Mejor olvídalo. Tengo la impresión de que voy a recibir una clase de educación sexual de primera mano y creo que eso es lo único más horrible que recibir una clase de educación sexual normal.

Oyeron el timbre, y Alice empezó a entrar en pánico.

—Tendría que haber cancelado la fiesta.

Tras tomarse todo el tiempo del mundo en salir a trompicones del armario, Sam se dirigió de puntillas hasta la cama, donde dejó una montaña de ropa.

—Ya abro yo, tú vístete. Y si la fiesta da asco, los echamos a todos y nos ponemos a ver *La chica de rosa*. Haremos lo que quieras.

Todo ya era diferente, tenía que serlo. ¿Era posible que alguien hiciese todo de la misma forma dos veces, incluso si lo estuviese intentando? Si ni siquiera podía recordar lo que había comido el día anterior, ¿cómo iba a recordar todo lo que había pasado en su decimosexto cumpleaños? Había dos cervezas abiertas en su mesita de noche, y Alice se bebió la primera tan rápido como le fue posible y luego la segunda. El objetivo era volver a su tiempo, ¿verdad? ¿O descifrar qué carajos estaba sucediendo? ¿O no vomitar ni dejar que Tommy le rompiera el corazón ni vivir como siempre lo había hecho? ¿Podría ser asegurarse de que Leonard empezara a salir a correr en lugar de beber montones de Coca-Cola como su forma de ejercicio favorito? Los cumpleaños eran algo decepcionante por naturaleza, siempre lo habían sido. No recordaba que hubiese tenido un cumpleaños que hubiese disfrutado de verdad. Aquel era un modo en el que las redes sociales habían llevado los niveles de depresión por los cielos a nivel mundial: era sencillo ver lo mucho que la gente se divertía en sus cumpleaños, los regalos elaborados que recibían de sus parejas, las fiestas que les organizaban, y ¡sorpresa! Alice no quería una fiesta sorpresa, pero de todos modos le molestaba. Más que el hecho de no querer una fiesta descomunal, lo que no quería era sentirse como si no la mereciera. Aquella era la última gran fiesta que iba a tener, la última con personas a las que no habían invitado entrando y saliendo de su campo de vista.

Si había algo que Alice había sentido que había hecho mal en la vida era ser demasiado pasiva. No había dejado de trabajar en Belvedere como había hecho todo el mundo, no había terminado su relación con personas que sabía que no eran para ella, no se había mudado nunca ni había hecho nada sorprendente. Se limitaba a flotar, como un caballito de mar.

Los caballitos de mar eran el animal preferido de Leonard. Eric Carle tenía un libro sobre los padres caballito de mar, quienes cargaban con sus hijos, y ella creía que era por eso que le gustaban tanto. Criar a un hijo demandaba tener muchas conversaciones sobre animales y sobre cuáles eran sus favoritos, de modo que cada padre debía tener una respuesta, y mucho mejor si esta se encontraba en exhibición en un museo cerca de casa. No había demasiados animales en la naturaleza cuyas madres los trataran como la madre de Alice había hecho con ella. Montones de madres abandonaban a sus crías al nacer:

serpientes, lagartijas, cucos, solo que no era eso lo que había hecho Serena. Se había quedado con ella el tiempo suficiente para que su partida le doliera, y, tras ello, Leonard había cargado con su hija. Había buenas y malas razones para hacer las cosas. Su padre había flotado a propósito, sosteniéndola sin alejarse demasiado, y luego Alice había terminado haciendo lo mismo por accidente. Era lo peor de ser padre: lo que uno hacía importaba muchísimo más que lo que uno decía.

Alice se apoyó para ponerse de pie. Si bien no estaba borracha, sí que estaba de camino a ello. Se dirigió a la puerta de su habitación para ver qué estaba sucediendo en el resto de la casa. Ya había media docena de personas de pie en su salón, y cada una de ellas tenía en la mano una enorme botella de cerveza. Sarah y Sara, Phoebe, Hannah y Jenn, Jessica y Helen. Salvo por Sarah, todas ellas seguían presentes en la vida de la Alice adulta, más o menos, pues sabía al menos a grandes rasgos dónde vivían y en qué andaban. Sara y Hannah eran médicas y se pasaban el día en Facebook, subiendo fotos de sus hijos patinando sobre hielo. Phoebe subía fotos de cosas que hacía con cerámica y de atardeceres. Jessica se había mudado a California y había empezado a hacer surf; aunque todas sus fotos eran viejas, tenía al menos dos hijos, quizás más, y un marido buenorro al que se le marcaba la tableta. Helen vivía colina arriba de donde vivía Alice en Park Slope y había tenido un montón de trabajos glamurosos que pagaban poco, pero aquello daba igual porque el bisabuelo de Helen había inventado alguna parte de una máquina que se usaba para fabricar zapatos deportivos y por tanto ella podría haber dedicado el resto de su vida a hacer manoplas y venderlas a cincuenta céntimos y aun así habría podido comprarse zapatos caros. Una o dos veces al año, Alice y Helen se encontraban en la calle y se abrazaban y se daban besos en la mejilla y juraban que quedarían para cenar, pese a que ninguna de las dos cumplía su palabra.

—Alice Stern, solo hay chicas en tu fiesta —le informó Helen al acercarse a ella y darle un beso en la mejilla. Su aliento olía a vodka.

Quizás era por eso que todos habían terminado vomitando: sus amigas habían llegado borrachas a la fiesta. Alice oyó el timbre y se excusó para ir a abrir la puerta.

Los chicos llegaron en un grupo compacto, como un bosque o un banco de peces. Sus cuerpos ocupaban prácticamente el espacio entero entre una acera y otra de Pomander Walk. El chico que se encontraba al frente, Matt B., se llevó una mano al lateral de la boca y exclamó: «¡Venimos en manada!», lo que imaginaba que tenía que sonar muy macho, pero que en realidad lo hacía parecer un monitor de campamento de verano que había conducido a su rebaño de un lado de la calle a otro. Alice se hizo a un lado, y los chicos entraron en fila. Había algunos que no conocía; los chicos siempre tenían primos o amigos de otros colegios, lo que daba igual, solo que los chicos de otros colegios existían en algún lugar fuera de su vida real, como si fuesen actores de fondo en una película. Cada uno le dio un beso en la mejilla al pasar, incluso aquellos que no conocía, como si aquel fuese el precio de admisión. Tommy se encontraba en el centro de la manada, lo que significaba que tenía que aceptar su beso y luego quedarse allí mientras unos desconocidos la besaban y se metían en su casa. Cerró la puerta cuando entró el último: Kenji Morris, el chico alto de segundo que era lo suficientemente guapo y callado como para que los chicos mayores lo aceptaran y cuya cortina de cabello oscuro cubría uno de sus ojos tristes. A pesar de que Alice conocía a la mayoría desde que estaba en quinto de primaria, solo le venían a la cabeza detalles sueltos sobre ellos: se suponía que Matt B. tenía el pene torcido, James había vomitado en el bus escolar de camino a una excursión cuando estaban en primero de secundaria, el padre de Kenji había muerto, David le había grabado un casete con tantas canciones de musicales que Alice había comprendido que era gay.

Alguien había puesto música. Su funda de discos estaba abierta sobre la encimera de la cocina, al lado de la minicadena. Daba igual que, cuando estaba sola, Alice escuchara todo tipo de música: Green Day, Liz Phair, Oasis, Mary J. Blige e incluso Sheryl Crow si la ponían por la radio y no había nadie cerca para burlarse. En las fiestas lo único que se escuchaba era Biggie, Method Man, The Fugees y A Tribe

Called Quest. No era que todos los chicos blancos de las escuelas privadas estuviesen pretendiendo ser negros, sino que pensaban que el ser de Nueva York significaba que podían adjudicarse la cultura negra de un modo que otros blanquitos no podían hacer, incluso si vivían en un piso carísimo con vistas a Central Park. Habían puesto la versión de Method Man y Mary J. Blige de *You're All I Need to Get By* y todas las chicas de la fiesta estaban cantando mientras los chicos se limitaban a mover ligeramente la cabeza y pretender que no se daban cuenta de nada ni de nadie. Phoebe se abrió paso entre la multitud, agarró a Sam y a Alice de la muñeca y tiró de ellas hacia el baño.

—¡Tachán! —exclamó, después de sacar tres pastillas de su bolsillo.

—¿Qué son? —preguntó Alice, a pesar de que ya sabía la respuesta. Sam parecía nerviosa.

—Phoebe dijo que su hermano le dijo que son como éxtasis, pero que no están hechas de químicos, sino, en plan, natural.

No era nada natural. Eran químicos puros. Eran drogas de verdad, compradas de un traficante de drogas de verdad y que en aquel momento se encontraban en su baño, en la palma de la mano de su amiga.

—No tenemos que hacerlo —le dijo Sam—. De hecho, creo que no deberíamos. —Había dicho eso la primera vez, también. Sam era más lista que Alice, siempre lo había sido.

Pensó en lo que de verdad recordaba sobre aquella noche, en las partes que se habían solidificado con el tiempo hasta convertirse en hechos: lo mucho que le había afectado que Tommy hubiese dejado de mirarla para centrarse en Lizzie, cómo los había visto escabullirse hacia su habitación y cómo su esperanza de haber encontrado el amor verdadero se había prendido en llamas, y en su cumpleaños, para colmo. Tras ello, Alice se había dejado consumir por la ira, como la mujer de un mafioso en una película de los ochenta. Si hubiese tenido ropa que tirar por la ventana y prenderle fuego, lo habría hecho. Si Tommy no la quería, alguien más lo haría. Alice había querido besar a alguien, a quien fuera, por lo que había pasado de un chico a otro y los había besado a todos, cada boca menos agradable que la anterior, pues solo eran babas y dientes y asco. Pero aquello no importaba, por lo que había seguido. Iba a morir virgen, y Tommy nunca había sido suyo. Kenji, quien se encontraba fuera del baño y era la única persona sobria de la fiesta, le había dicho: «Sabes que no tienes por qué hacer eso, ¿no?», y aquel había sido el momento en el que Sam había empezado a vomitar y había necesitado su ayuda. Tras un rato, todos los demás se habían marchado y solo quedaron ellas, Helen y Jessica, y las cuatro se habían quedado dormidas en la habitación de Alice hasta el mediodía del día siguiente. Para entonces, todos aquellos que no habían asistido a la fiesta ya se habían enterado de la orgía de la cumpleañera y de la relación de Tommy y Lizzie y, desde entonces, aquello se convirtió en lo que Alice hacía: morreos, morreos y más morreos, y rozar por los pelos la categoría de puta porque no llegaba a acostarse con nadie, aunque tampoco era la novia de nadie.

No lo había entendido en aquel entonces: la diferencia que había entre ella y Sam, la diferencia entre ella y Lizzie, la diferencia entre querer que alguien se enamorara de ella y entre querer que quien fuera se enamorara de ella. Sam nunca había tenido tiempo para los chicos de Belvedere; estos no la merecían, era obvio, y fin del asunto. Podía esperar. Lizzie, así como el resto de las chicas como ella, comprendían que todo el mundo estaba igual de aterrados que ellas y que lo único que hacía falta para ser alguien en el instituto era tener confianza en uno mismo.

—No las necesito —sentenció Alice—. Me encantaría, pero esta noche no. —Morrearse con un montón de gente sonaba maravilloso, solo que hacerlo con un hatajo de adolescentes parecía asqueroso, como si fuese a ser atacada por un montón de ranas gigantescas. Los chicos de la fiesta, todos los que la rodeaban, no le parecían jóvenes, no del modo en que lo hacían los estudiantes de Belvedere como adulta, sino que le parecían atractivos y sofisticados y completamente maduros, como siempre había sido. Alice se percató de que no los estaba viendo como una mujer de cuarenta años, sino como lo que era en aquellos momentos, o, en realidad, lo que había sido. Pese a que parte de su cerebro tenía cuarenta tacos, otra parte tenía dieciséis. Alice estaba dentro de sí misma y estaba formada por sí misma. Todo lo que había vivido estaba en su interior (¿o era lo que iba a vivir?), pero no la hacía sentir como una depravada ni como una chivata.

—Vale —dijo Phoebe—. Sarah y Sara dijeron que ellas lo harían si vosotras no queríais hacerlo. —Salió del baño y, una vez se marchó, Alice se apoyó contra la puerta y las toallas que había colgadas allí.

—Bueno, de perdidos al río. Quizás no debería, pero voy a hacerlo de todos modos —Alice cerró los ojos con fuerza e hizo un mohín de concentración, como si aquello fuese a impedir que el sentido común de Sam intentara desanimarla.

—¿Qué vas a hacer? —Sam se cruzó de brazos.

—Jolín, tía, ya eres una mejor cuarentona que yo. ¿Recuerdas esa escena en *Peggy Sue se casó* cuando Peggy Sue se va en moto con el poeta y follan sobre una manta de picnic y luego él le dedica su libro? Lo cual es lo único que pasa en toda la película que da a entender que el resto de la peli pasó de verdad y no fue un sueño. —Hablaba muy rápido, pero sabía que Sam sabía de lo que le estaba hablando.

—Ajá —asintió su amiga.

—Voy a ir a follar con Tommy, si él quiere, y creo que eso me va a cambiar la vida. No el sexo en sí, porque estoy prácticamente segura de que irá de pena, pero, si de verdad tomo las riendas de mis sentimientos y actúo en consecuencia, en lugar de siempre tenerle miedo a todo, creo que eso me va a cambiar la vida. —Alice abrió un ojo.

—Vale, te digo lo que pienso: en primer lugar, Tommy tiene dieciocho años, así que, si bien sigue siendo un poco raro, no es un delito —le informó Sam—. Y, en segundo lugar, técnicamente, tú tienes dieciséis. Aunque no sé cómo aplican las reglas para la gente que está atrapada dentro de sus cuerpos en una etapa previa a la que están viviendo en realidad, creo que no pasa nada. Si él está de acuerdo. Y tú también. Y si usáis preservativo.

Alice llevaba años sin pensar en sus ovarios. Se había puesto un DIU que dominaba su cuerpo con su puño de cobre y le permitía que le bajara la regla, pero solo muy poquito para recordarle que su cuerpo aún podía producir un hijo, si hacía falta. Antes de eso, había tomado anticonceptivos durante quince años. Pese a que quería cambios en su vida, tener un hijo siendo adolescente no era uno de ellos.

—Tienes mucha razón —le dijo, antes de hacer una pausa para añadir—: Sé dónde hay condones.

La habitación de su padre era tan austera como la de Alice era desordenada. Su cama doble siempre estaba hecha, y la pila de libros que tenía en la mesita de noche era lo único que no estaba guardado en su sitio. No había ni un calcetín en el suelo. Alice había visto la caja de condones en su mesita de noche hacía años: cuando había cursado primero del instituto había robado uno y se lo había metido a su cartera, pues había creído que aquello la haría parecer mayor, pese a que nunca se lo había mostrado a nadie, ni siquiera a Sam. Abrió el cajón. Al igual que en el suyo, había una cajetilla de cigarros, algunas cerillas, una libreta, un boli y algunas monedas, solo que, a diferencia del suyo, en la parte del fondo del cajón, escondido en una esquina, había un paquete de condones.

—Esto me da toda la grima del mundo —le informó Sam, observándola desde el marco de la puerta mientras Alice se metía un preservativo al bolsillo—. No sabes cuánto.

Tommy se encontraba en el sofá, justo como Alice lo recordaba. Durante el rato que ellas habían estado en el baño, había llegado más gente, y en aquel momento la encimera estaba cubierta de botellas de cerveza y ceniceros improvisados y discos que habían puesto y cambiado y habían pasado a apilar uno sobre otro como la torre de Pisa. Lizzie estaba en un rincón hablando con otras chicas, pero no le quitaba el ojo de encima. Llevaba una camiseta de tirantes que lo enseñaba todo, y la punta de su coleta rozaba sus hombros desnudos. Alice entró en escena y se dejó caer al lado de Tommy en el sofá.

—Hola —dijo ella.

—Ey —contestó él, antes de dedicarle una sonrisa y acomodarse en el sofá para verla mejor.

—¿Podemos hablar un ratito? —Apoyó la mano en su pecho. Tommy había dormido en su cama montones de veces. Le había besado la nuca. Siempre había creído que Tommy se había estado haciendo de rogar, o que solo había querido que ella le rogara y ya, pero entonces lo entendió. Era un adolescente, al igual que ella, por lo que estaba esperando que alguien más le dijera lo que tenía que hacer.

Alice había estado enamorada unas cuantas veces, lo suficiente como para saber que las almas gemelas eran un mito y que los gustos y las necesidades de una persona cambiaban con el tiempo. Su primer amor, en la universidad, había sido un chico pelirrojo muy dulce que estudiaba cine. Su segundo novio había sido un abogado, un amigo de Sam de la facultad de Derecho, a quien le había encantado llevarla a restaurantes caros a los que ella solo había ido para celebrar alguna boda o algún bar mitzvá. El tercero había sido un artista al que le había gustado follar con otras personas, y Alice había intentado una y otra vez que la relación funcionara. Pese a todo ello, se habría casado con él si se lo hubiese pedido.

Y no había habido más. A pesar de todo, a pesar de lo que había sido su vida después de aquella noche, después del resto de su vida, Alice siempre había estado segura de que aquella noche era donde todo había salido mal. Si bien había una cantidad infinita de novios en el mundo, de amantes, maridos y mujeres y parejas en general, solo una cantidad muy limitada de personas podía determinar el camino que uno seguía. Pensó en la voz de Richard Dreyfuss al final de *Cuenta conmigo,* ¿acaso alguien tenía amigos como cuando tenía doce años? Una vez, cuando Alice estaba en la universidad, uno de sus profesores de pintura había empezado a divagar largo y tendido sobre cómo Barbara Stanwyck había sido quien había dado inicio a su despertar sexual, y, pese a que todos los demás alumnos presentes habían hecho una mueca de asco, Alice había asentido, al comprenderlo. Había una chispa, un principio. Tommy Joffey era su principio. No sabía lo que le haría a su vida el tenerlo con ella del modo en que había deseado con tantas fuerzas, lo que le haría a ella en sí, pero quería averiguarlo. Incluso si no podía averiguar cómo volver a su vida normal, incluso si se quedaba atascada.

Alice se puso de pie, y tiró de Tommy para que la acompañara. Unos cuantos chicos se cubrieron la boca para soltar un: «¡Uuuuh!» mientras los veían pasar. Notó la mirada de Lizzie clavada en su espalda, aunque solo durante unos segundos. No sabía lo que se estaba perdiendo, sino solo que le quitaban lo que quería, y Alice sabía bien lo que era eso. La sensación pasaría.

Cuando llegaron a su habitación, Alice cerró la puerta. Había un cerrojo pequeñito que había hecho que su padre le instalara en la puerta, e hizo pasar la barra metálica por el hueco, de modo que quedaron encerrados dentro.

—¿No has recogido nada antes de que llegaran todos? Jolín, Al.

—Tommy hizo un ademán hacia las montañas desperdigadas por el suelo. Se abrió camino moviendo cosas con el pie. Pese a que había una silla en su habitación, frente a su pequeño escritorio, esta se encontraba cubierta con un montón de jerséis y varios libros del instituto, de modo que Tommy se dirigió hacia la cama. Tenía el estómago hecho un nudo al estar tan cerca de él que podía tocarlo. No se había sentido de aquella forma cuando Tommy había entrado a su oficina; en su lugar había notado las sensaciones conocidas, las que la habían acompañado durante décadas: vergüenza e ineptitud, un malestar común de los *millenials* de la tercera edad. Pero en aquel momento su cuerpo se sentía como si estuviera a punto de estallar. Lo deseaba.

—¿Para qué? Quiero que la gente me conozca como soy, sin apariencias.

Tommy se dejó caer de espaldas sobre la cama.

—Ningún problema, entonces. Se está bien aquí. Tengo la sensación de que soy un oso a punto de hibernar. —Se puso el edredón sobre la cabeza, como si fuese un velo muy largo.

—Toma, mejor usa esto —le dijo, antes de quitarse la camiseta de un tirón y lanzársela. Tommy la atrapó y le sonrió, incapaz de disfrazar su confusión a pesar de su buena suerte.

—¿Ah, sí? —dijo él—. ¿Algo más que quieras añadir? —Aunque alzó una ceja, ni un ápice de él esperaba que fuese a hacerle caso.

Había muchísima gente que había visto a Alice desnuda: no solo las personas con las que se había acostado, sino sus amigos y gente en la playa Fort Tilden, y en los vestuarios de la Asociación Cristiana de Jóvenes que estaba en la avenida Atlantic y una serie de ginecólo-gos y quién sabía quién más. De adolescente, Alice se había abrochado y desabrochado el sujetador bajo la camiseta, incluso cuando estaba sola. Pero en aquel momento no vaciló. Se desabrochó los pantalones antes de quitárselos al moverse un poco de lado a lado hasta que se quedaron tirados en el suelo.

—Vaya —soltó Tommy. Se quitó el edredón de la cabeza y se lo acomodó sobre el regazo, donde Alice estaba segura de que su cuerpo se había percatado de lo que estaba sucediendo. Pese a que una parte de ella sabía que no debía seguir con ello, otra parte más grande, y, al menos por el momento, más fuerte, sabía que aquella era su oportu-nidad y que iba a aprovecharla. Aunque no se había pasado los últi-mos veintitantos años deseando haber estado con Tommy ni deseando haberse casado con él, sí que se los había pasado aprendiendo que esperar era una forma nada eficiente de conseguir lo que quería. Si Alice pretendía corregir las cosas, iba a empezar con eso, con manifes-tar lo que de verdad quería. Había querido a Tommy y no había sabi-do cómo expresarlo. Solo que en aquel momento sí lo sabía. Sintió cómo la parte adulta de su cerebro se escondía en los confines de su consciencia, pues no era momento de que tomara las riendas. Estaba haciendo la vista gorda y dándose a sí misma, a la Alice adolescente, algo de privacidad.

—Espera y verás —dijo Alice, antes de avanzar hacia él todo lo lento que se pudo permitir y tumbarlo hacia atrás con un solo dedo. Se subió a horcajadas sobre él y detuvo su rostro a apenas unos milí-metros del suyo, a la espera de que él fuese a su encuentro.

—¿Estás segura? —le preguntó Tommy. Y lo estaba.

31

Algo se estrelló contra el suelo del salón. Alice oyó cómo Sam le gritaba a alguien para que limpiara el desastre, y entonces alguien subió el volumen de la música y lo único que Alice pudo escuchar fue a los Fugees. Tommy estaba tumbado boca arriba, con el rostro sonrojado por el cansancio y el gusto.

—Voy a ver qué ha sido eso —dijo ella—. Aunque, pensándolo mejor, voy a echarlos a todos. Ya me he cansado. —Estaba perdiendo el tiempo. Los adolescentes eran bestias salvajes y volubles, y de pronto tuvo la sensación de que estaba supervisando su propia fiesta, su propio cuerpo, por lo que necesitaba un respiro. Se imaginaba que era así como se sentían los siameses cuando tenían relaciones sexuales: una parte de ella estaba por aquí y otra parte de ella estaba por allá. Pese a que compartían oxígeno, no eran la misma al cien por ciento. No había echado a la chica de dieciséis años para que la mujer de cuarenta se mudara, sino que habían pasado a vivir juntas.

Tommy se apoyó sobre los codos.

—Eso, échalos a todos. Estoy de acuerdo. Todos tienen que largarse y tú tienes que volver aquí para que podamos seguir con lo que estábamos haciendo, pero cien veces más.

Alice se echó a reír.

—Echa el freno, campeón. —Aun con todo, le dio unas palmaditas sobre las costillas—. También es momento de que te vistas y te vayas a casa.

Tommy puso los ojos como platos.

—¿Cómo dices? ¿Después de lo que acabamos de hacer? Pero creía que... ya sabes.

—Ah, sí que lo sé —contestó ella, sonriendo—. Y lo haremos, solo que primero tengo que hacer una cosa.

—¿Puedo ir contigo? —preguntó Tommy, con una voz lastimera que no le había oído nunca.

—Quizás —dijo Alice—. Depende de lo rápido que puedas hacer que la casa se quede vacía.

Tommy salió de la cama de un salto, se puso los calzoncillos y los pantalones de un movimiento fluido y la camiseta de un tirón. Desapareció en dirección al pasillo antes incluso de que Alice pudiera abrocharse el sujetador. Oyó quejas y risas y gente que chocaba los cinco, y poco después el satisfactorio chasquido de la puerta delantera al cerrarse. Podía imaginarse sus expresiones: criticones, fastidiados, entretenidos, desconcertados; eran las mismas que tenían a los cuarenta cuando esperaban fuera de su oficina y observaban a Melinda interactuar con sus hijos. La gente cambiaba, y a la vez no lo hacía. La gente maduraba, pero también no. Alice se imaginó un gráfico que señalara lo mucho que las personalidades de las personas cambiaban desde el instituto en un eje y, en el otro, cuántos kilómetros se alejaban de casa. Era sencillo seguir siendo la misma persona cuando se veían las mismas cuatro paredes. Sobre el gráfico se podría proyectar lo fáciles que eran algunas vidas, con cuánto privilegio contaban algunos, como un objeto diminuto y de cristal rodeado por montones de plástico de burbuja. Elizabeth Taylor probablemente determinaba el paso del tiempo de acuerdo con su marido del momento. Los académicos que se mudaban desde Ohio hasta Missouri pasando por Virginia en busca de un trabajo con contrato fijo seguro que determinaban el tiempo que pasaba de acuerdo con cómo variaba su seguro sanitario o las mascotas de cada universidad. ¿Qué tenía ella para marcar el tiempo que había pasado en el mundo? Estaba congelada en ámbar, mientras pretendía nadar. Solo que ya se encontraba lista para intentarlo. Tommy llegó a paso rápido algunos minutos después y dio una palmada, triunfante.

Sam se encontraba en la puerta de la habitación de Alice, lista para irse.

—Ya estoy lista para resolver este misterio —le dijo, asintiendo—. He estado pensándolo mientras vosotros estabais haciendo lo que fuera que estabais haciendo, y en el episodio del bebé solo pasa un día. Un solo día. Y luego regresa. Lo que te dejaría...

—No demasiado tiempo —siguió Alice—. Si eso es lo que está pasando, claro.

—¿Qué misterio? ¿Qué está pasando? —preguntó Tommy.

—No te preocupes —le dijo Alice. Cogió el papel que tenía la información del hotel de la puerta de la nevera y lideró la marcha.

32

Aunque la letra de Leonard siempre había sido de pena, básicamente un montón de curvas indescifrables y puntitos, a Alice le sorprendió ver lo legible que había sido en el pasado. Podía entenderla sin mayor problema: «Marriott Marquis, Broadway con c/ 45, hab. 1422», y el número de teléfono garabateado debajo. Tanto Sam como Tommy insistieron en acompañarla, a pesar de que ella creía que era mejor ir sola, pero, como se quedaron de pie en la cocina mirándola sin pestañear y nada dispuestos a marcharse, pues se fueron juntos. Pese a que la casa estaba hecha un desastre, lo iba a seguir estando para cuando volviera, así que ya lo limpiaría entonces. La noche estaba despejada, y el tren 2 no tardó en llegar, con su zumbido al entrar en la estación como el canto de un pájaro metálico. Tommy aferró la mano de Alice cuando se sentaron y acomodó sus manos entrelazadas en el espacio que quedaba entre sus muslos que se rozaban. Las cosas ya eran diferentes.

Manhattan se encontraba en su mejor momento tanto durante el día como durante la noche. Y las razones eran las mismas: las calles siempre estaban llenas de vida, en constante movimiento, abarrotadas a más no poder. Incluso cuando uno se sentía solo, era casi imposible estarlo en la ciudad de Nueva York. Durante las tormentas, siempre había alguien más que estuviese chapoteando en los charcos con un paraguas roto que pensaba tirar al contenedor de la basura, un desconocido cuyo dolor y sufrimiento fuese el mismo que uno experimentaba, al menos durante algunos minutos. El sistema de metro era lento y estaba lleno de mugre, pero a Alice le encantaba. La línea 2/3 —a la que Leonard seguía llamando por su nombre antiguo, IRT— era angosta, con vagones largos y estrechos, lo que la hacía algo terrible durante la hora punta. Cuando los brókeres de Wall Street se subían en manada en el Upper West Side, no había posibilidades de sentarse hasta justo antes de que el metro cruzara bajo el río hacia Brooklyn y siempre había alguien que se te apretujaba aposta. Sin embargo, de noche también estaba lleno de vida, mientras iba de Harlem al centro y luego hacia la calle 14 y más allá. Personas que iban al teatro, jóvenes que se iban de discoteca, todo el mundo iba en metro. Sam estaba sentada a un lado de Alice, y Tommy, al otro. Podrían haber estado yendo a cualquier lado: al cine, a una fiesta, al Madison Square Garden. Alice apoyó la cabeza contra la de Sam y luego contra la de Tommy. Cerró los ojos y pensó en echarse una cabezada, tan solo durante unos minutitos, pero entonces pensó en que podría despertarse sin haber hablado con su padre y se irguió de nuevo.

—Tenías razón, Sam. Como siempre —le dijo a su amiga—. Tendría que haber cancelado la fiesta. No tendría que haber dejado que se marche. Porque, ¿qué es lo que importa de verdad?

—Yo siempre tengo razón —sentenció Sam.

El hotel era enorme: prácticamente una manzana entera de la ciudad, justo al norte de Times Square, con una callecita que la atravesaba por el medio para los taxis y tres puertas giratorias para todos los que entraban y salían. En el metro, Alice había intentado advertir a sus amigos sobre lo que iban a ver, pero estos se quedaron boquiabiertos de todos modos.

Las convenciones de ciencia ficción y fantasía tenían invitados que daban charlas como Leonard y Barry y otros autores famosos o actores o directores de cine o animadores, aunque no era para ellos para quienes las convenciones estaban pensadas, no. Las convenciones eran para los fans. Para los más devotos, los más comprometidos, aquellos que pasaban días y noches en foros de internet y discutían sobre si Han Solo había disparado primero o cuál de todos los Doctor Who era el mejor. Adultos que tenían el armario lleno de disfraces elaborados y amigos que habían conocido en otros hoteles en años anteriores. Unos fans para los que la vida cotidiana era algo insuficiente. Tommy ralentizó el paso hasta detenerse del todo.

Darth Vader se encontraba de pie en el exterior del hotel, mientras fumaba a través de un agujero pequeñito en su máscara. Una mujer con extensiones rubias, un disfraz que bien podría ser de conejita de Playboy y una gigantesca pistola de pega atada a su muslo se acercó a él.

—¿Se supone que esa es... Barbie militar? —aventuró Sam.

—Es Barb Wire —la corrigió Tommy—. De la peli de Pamela Anderson.

—Qué bien la conoces —comentó Alice.

—Eh... —se disculpó él, sonrojándose—. Es que me gustaba *Baywatch*.

—Vamos —dijo Alice, sujetándolos a ambos de la mano y liderando la marcha a través de una de las puertas no giratorias. Había grupitos de gente disfrazada en el vestíbulo, montones de ellos que se desplazaban por el lugar. Jóvenes, adultos, y de todas las razas. La fanaticada no conocía límites. También había unos carteles enormes de vinilo que colgaban de cada superficie imaginable y señalaban hacia una dirección u otra, hacia una sala u otra. Eran más frikis de los que Alice había visto en toda su vida, todos concentrados en aquel lugar y tan pero tan felices por encontrarse discutiendo entre ellos sobre unos detalles insignificantes que nadie más en sus vidas se tomaba en serio.

Leonard solía decir que detestaba las convenciones, y Alice podía creer que odiaba la parte que solía tocarle, la cual involucraba sentarse a una mesa plegable con un mantel barato y firmar autógrafo tras autógrafo tras autógrafo. De vez en cuando se le acercaba alguna persona a hacerle alguna pregunta complicada sobre el universo de la serie de *Los hermanos del tiempo*, a lo que Leonard siempre contestaba: «Yo no escribí la serie, pero creo que esa es una muy buena pregunta». Sin embargo, sí que había escrito algunos episodios, algo que sus fans sabían, por lo que al final terminaba contestando a regañadientes la pregunta original, por mucho que no quisiera. Con menos frecuencia, alguien le hacía alguna pregunta sobre el libro, y entonces Leonard sí que contestaba con más entusiasmo. La gente también solía hacerle fotos. Si bien le pagaban por asistir, en el fondo también disfrutaba un poco, y habría asistido de todos modos para ver a sus amigos que habían llegado desde fuera de la ciudad.

El bar del hotel era el epicentro, en especial después de que los eventos del día hubiesen llegado a su fin.

—Parece que estoy en la Cantina de Mos Eisley de verdad —dijo Tommy—. Solo que nunca imaginé que tendría tanto aire acondicionado.

—Has resultado ser más friki de lo que creía —comentó Sam, con un tono que dejaba ver que le parecía bien.

—Por aquí —dijo Alice. Dos hombres apuestos (increíblemente apuestos entre la multitud de fans, lo que significaba que estarían un pelín por encima de la media en el mundo normal) se encontraban en el centro de atención, ambos con chaquetas de cuero. Uno de ellos, de pelo y barba blanca pero bien recortada, vio a Alice y se llevó una mano a su pecho corpulento de forma dramática. La gente que se había concentrado frente a él se giró para ver qué había llamado su atención.

—Alice, cariño —dijo el hombre. Era Gordon Hampshire, el autor australiano de muchos muchísimos libros sobre elfos y hadas que se pasaban el día follando. Aunque tenía sesenta años y una barriga redondeada, si uno lo veía a través de una especie de filtro de convención de ciencia ficción, se parecía un poquitito a una versión más vieja y peluda de Tom Cruise. Alice sabía gracias a su padre que Gordon se había acostado con cada mujer que había conocido: amigas, fans, esposas de sus amigos, otras escritoras, incontables empleadas de hotel y camareras de bar; un conteo que parecía no tener fin. Era incapaz de hablar con una mujer sin coquetear.

—Hola, Gordon —lo saludó, dejando que tirara de ella para darle un abrazo.

—Esta de aquí es Alice Stern, hija de Leonard Stern, autor de la maravillosa e incomparable historia de *Los hermanos del tiempo* —anunció

Gordon, y el público soltó ruiditos de asombro, como había esperado que hicieran.

El hombre más joven, que también iba con chaqueta de cuero y había sido el compañero de conversación de Gordon, asintió.

—Tu padre es increíble. Soy Guillermo Montaldan, autor de...

—¡*La madriguera!* —soltó Tommy, desde detrás de Alice—. ¡Tío, ese libro es una pasada! La parte en la que el zorro, que no es en realidad un zorro, sino un ladrón del espacio, se mete en la bóveda de almas y hace que todas esas almas escapen y lo rodeen... De verdad, me encantó. ¡Es de puta madre!

Guillermo se llevó una mano al pecho y le dedicó una pequeña reverencia.

—Muchas gracias.

—Gordon, ¿has visto a mi padre? ¿Sabes si está en su habitación? —Alice echó un vistazo por el bar y vio a otros autores que reconocía, además de a la princesa Leia y a un hombre que tenía un bigote postizo como de escobilla que hablaba con el verdadero Barry Ford, quien miraba con el ceño fruncido al impostor.

—Sí, creo que sí —contestó Gordon—. ¿Quieres que te acompañe? Hay montones de escaleras mecánicas y vestíbulos de ascensores en este lugar, es como un laberinto.

La multitud que lo rodeaba pareció enfurecerse.

—No hace falta —contestó Alice. Tommy se había sumido en una conversación con Guillermo, por lo que Sam le hizo un ademán con la mano.

—Ve, Al, ve. Nos quedaremos por aquí por si nos necesitas.

33

ordon tenía razón: el hotel era un caos y parecía haber sido diseñado por un sádico. Para llegar a las plantas de más arriba, hacía falta cambiar de ascensor y seguir unas señales, y Alice se perdió unas cuantas veces hasta que el capitán Kirk y Sailor Moon le mostraron por dónde ir. Avanzó por un largo pasillo enmoquetado hasta que dio con la puerta que buscaba y llamó.

Simon Rush abrió la puerta. Estaba bañado en sudor, y su camisa blanca tenía unas cuantas manchitas de algo en ella, ¿sería mostaza? ¿Mountain Dew? Los botones de arriba estaban desabrochados y dejaban ver un montoncito del vello gris de su pecho.

—¡Alice! —exclamó Simon. Se giró para dirigirse al resto de los presentes—. Muchachos, ¡es Alice! —Se produjo un pequeño revuelo, y Alice asomó la cabeza al interior. Howard Epstein estaba allí, el amigo académico favorito de Leonard (y también el único), quien daba clases sobre ciencia ficción; Chip Easton, un guionista, estaba más allá; y también John Wolfe, un actor negro que prácticamente siempre interpretaba papeles de alienígenas. Howard se encontraba al lado de la cama, con las manos detrás de la espalda; John estaba sentado en la cama y se apoyaba contra el cabecero, como alguien podía hacer cuando leía justo antes de apagar las luces; y Chip estaba sentado en la única silla de la habitación.

—¿Mi padre está por aquí? —preguntó ella—. ¿Esta es su habitación?

—Ah, volverá en un ratito. Creo que estaba... hablando con alguien, sí. Pasa, pasa —dijo Simon, tropezándose un poco con sus propios pies. Estaba borracho, no cabía duda.

—Vale —aceptó, antes de entrar en la habitación. Esta daba a la calle 45, y Alice pudo ver que en la acera, montones de grupos salían de los teatros Minskoff, Schoenfeld y Booth. Era sábado por la noche en el mundo real, y la gente tenía planes a lo grande. Ella nunca iba al teatro. Nunca iba a Times Square. Prácticamente había dejado de ir a ver música en vivo, y la última vez que había ido al Madison Square Garden había sido cuando tenía doce años. Ella iba en el metro. Iba a Belvedere y a sus cuatro bares y restaurantes favoritos, y a veces iba en tren hasta Nueva Jersey para visitar a Sam. ¿A dónde iban todas esas personas con sus corazones jóvenes? Cuando era adolescente, la década de los ochenta le había parecido muy lejana, a una eternidad de distancia, solo que, en aquel momento, cuando se encontraba tantas décadas por delante, 1996 todavía le parecía algo reciente. Los primeros veinte años de su vida habían transcurrido a cámara lenta: los veranos interminables, el tiempo entre cumpleaños y cumpleaños algo casi imposible de medir. Solo que los segundos veinte años de su vida se habían ido en un visto y no visto. Aún era posible que los días se hicieran largos, sí, pero las semanas y los meses y en ocasiones también los años parecían pasar a toda marcha, como una cuerda que se escurría entre las manos.

—¿A qué debemos el placer, Alice? —le preguntó Howard.

—Bueno —empezó ella, pensando cómo responder a esa pregunta con sinceridad—. Pues... es que estaba pensando en *Los hermanos del tiempo.* En los viajes en el tiempo, ¿sabéis? Para entender el negocio familiar, digamos.

—¡Alice! ¡Qué maravilla que por fin te llame la atención! —exclamó Howard. Él y Leonard se conocían desde hacía décadas, cuando Howard había entrevistado a su padre para la revista *Science Fiction*. Howard vivía en Boston y tenía cuatro gatos, y cada uno de ellos tenía el nombre de un monstruo japonés.

—Nepotismo —soltó Simon, entre toses disimuladas, antes de guiñarle un ojo. Sus dos hijos adultos trabajaban en la editorial que publicaba sus libros y, con el paso del tiempo, tras la muerte de su padre, uno de ellos seguiría escribiendo y publicando libros con el nombre de Simon en ellos.

—Creo que quiero entender las distintas teorías. Sobre cómo funcionan. Los viajes en el tiempo, quiero decir —se explicó Alice, antes de sentarse y abrazarse las rodillas.

—Pues... están los bucles en el tiempo, los circuitos, las líneas de tiempo paralelas, los multiversos, la teoría de cuerdas... —empezó Howard.

—También tienes los agujeros de gusano, los viajes en el tiempo rápidos, los lentos, las máquinas del tiempo... —siguió Simon.

—¿Has leído *Una arruga en el tiempo*, Al? ¿Sobre teseractos? —le preguntó Howard—. Básicamente son unos lugarcitos espachurrados en el universo en los que el tiempo y el espacio están como... unidos, y se puede pasar por ahí.

—O como en *Regreso al futuro* —interpuso Chip—. Él tenía una máquina del tiempo y solo necesitaba un combustible específico e ir a ciento cuarenta kilómetros por hora y listo.

—Yo salí en *Regreso al futuro* —comentó John—. Me dieron una frase.

—Ah, cierto —dijo Howard—. Era «¡vaya!» o algo así, ¿no? A mí siempre me ha gustado el modelo de Jack Finney, ese en el que a un tío lo reclutan a un programa especial de viaje en el tiempo, pero lo único que tiene que hacer es estar en un piso en el edificio Dakota en un momento exacto, y entonces es como si lo sintiera cambiar y ¡zas! Allí está, hace cien años.

—¿Qué son los circuitos? —quiso saber Alice—. ¿Los bucles y las líneas de tiempo paralelas?

—¿Has oído hablar de la Paradoja del abuelo? —le preguntó Chip—. A veces también lo llaman el problema de Hitler bebé. Viajas en el tiempo, matas a Hitler de bebé y ¿eso previene el Holocausto? ¿O si tiras a tu abuelo de un puente, entonces tus padres no nacen y tú no naces? Y en ese caso, ¿qué pasa contigo?

—Joder —soltó Alice—. Vale.

—En resumen, en algunos viajes en el tiempo hay un bucle en el que las cosas pueden cambiar y lo que haces afecta a todos los demás.

Por ejemplo: matas a Hitler de bebé, entonces Hitler no existe, y eso puede terminar afectando a millones de cosas y cambiar la historia por completo. O hay un bucle en el que nada cambia salvo por el hecho de que ya lo has hecho antes, como en *Atrapado en el tiempo*.

—Alice no se había puesto a pensar en la posibilidad de despertar a la mañana siguiente y tener que hacerlo todo de nuevo. ¿Qué podía ser peor que cumplir los dieciséis? Cumplir los dieciséis cien veces seguidas. Cumplir los dieciséis durante toda la eternidad. Se preguntó qué le pasaría a la parte de su cerebro que tenía cuarenta años, si terminaría desapareciendo en la nada, como una habitación sin electricidad.

—Y también tienes la idea de los multiversos: si viajas en el tiempo y cambias algo, ¿estás cambiando el futuro y ya? ¿O solo estás cambiando un posible futuro y el otro futuro, el que dejaste atrás, sigue ahí? —siguió Howard.

—Esto me está dando jaqueca —se quejó Alice.

—¿Sabes qué película sobre viajes en el tiempo me ha gustado siempre? —preguntó John—. Esa en la que Superman tiene que viajar en el tiempo para salvar a Lois Lane y se limita a volar más y más rápido. Simple pero eficiente.

—A mí me gustan las historias en las que la persona no tiene voz ni voto y solo la lanzan de un lugar a otro, como en *Parentesco* —dijo Simon. Sacó un cigarro y lo encendió, y luego, uno por uno, todos los demás lo imitaron—. A mis lectores no les gustaría, pero a mucha gente sí.

—Los hermanos del tiempo tenían una máquina. Tú tienes uno ¿o son dos? con viajes en el tiempo, ¿verdad, Simon? —le preguntó Chip—. Ese en el que el paleontólogo viaja en el tiempo al Triásico porque tenía... ¿qué tenía? ¿Un hueso mágico? —Y contuvo una risa.

—Sí, era un hueso mágico, y que te den —contestó Simon—. Ese hueso mágico me compró una casa en East Hampton.

—Mira qué bien por ti y tu hueso —lo felicitó Chip.

—¿Y cómo se llama cuando una persona usa información del futuro para influenciar el pasado? Como Biff con el almanaque —quiso saber Alice.

—Bueno, eso es tener sentido común —contestó Simon con una sonrisa.

—Ya, pero entonces, digamos que soy del futuro y que he vuelto al pasado para contaros que en algún momento en los siguientes diez años los Red Sox van a ganar la Serie Mundial, y vosotros os hacéis multimillonarios al apostar por los Red Sox, eso sería todo buenas noticias, ¿no? Porque no le hace daño a nadie —siguió ella, y todos se quejaron en voz alta, salvo Howard, el único bostoniano. Él vitoreó y agitó los puños.

—Pues... define «hacer daño» —le dijo Simon—. Porque, en lo que a mí respecta, mi sangre es azul como los Yankees, así que me haría daño. Pero sí, te entiendo.

—¿Es esto lo que hacéis en estas convenciones? ¿Os sentáis a hablar de libros y películas y a soltaros pullitas unos a otros? —les preguntó.

—A veces alguien trae una máquina para hacer margaritas —dijo Chip—. O drogas. —Howard le dio un codazo—. ¿Qué? Venga ya, ¡tiene dieciséis años! Alice, ¿de verdad vas por entre toda esa gente adulta enfundada en disfraces y piensas: «Seguro que todos estos no han bebido ni una gota de alcohol»?

—No, la verdad es que no —contestó ella—. ¿Y cómo funcionan las líneas de tiempo paralelas? ¿Qué son?

—Son una línea de tiempo que no afecta el futuro que ya ha sucedido. A veces los llaman un continuo, o una línea de tiempo continua, lo que supongo que implica que puede seguir y seguir sin mezclarse con la primera. —Howard cruzó los brazos—. Creo que he leído más libros que todos vosotros.

—Ah, venga ya —soltó Chip—. Es solo que eres el que está acostumbrado a dar clases a un montón de chavales, así que eres el que habla más alto.

—¿Y qué pasa con volver al tiempo real? Quiero decir, ¿cómo hace la gente para volver? Si no tienen ninguna máquina del tiempo o lo que sea. —John le dio a Alice una manzana, y ella se la comió mientras se preguntaba si todo lo que estaba comiendo en 1996 se pudriría dentro de su cuerpo cuando volviera a casa. Si es que volvía a casa. Como si su casa fuese un lugar específico tanto en el tiempo como en el espacio.

—¿Un agujero de gusano? —propuso Simon.

—¿Un portal? —añadió John.

—¿Ruinas antiguas? ¿Magia? —dijo Simon—. Además del hueso de dinosaurio, una vez usé una egagrópila que se había diseccionado en el futuro e hizo viajar a un profesor de tercero de primaria al pasado y este tuvo que encontrar al búho que la había hecho para poder volver al presente.

—No tengo ni idea de cómo has podido ganar tanto dinero —soltó Howard, meneando la cabeza.

—¿Sabéis dónde está mi padre? De verdad necesito hablar con él —dijo Alice, y notó que la voz le fallaba un poco. Todo aquello era demasiado, y estaba perdiendo tiempo.

Howard soltó un suspiro y miró a John, quien asintió de forma un tanto escueta.

—Ven conmigo, Al. Sé dónde está.

34

Howard la llevó por el pasillo, más allá de los ascensores, y luego giró hacia la izquierda. Se plantaron frente a otra habitación del hotel.

—¿Es aquí donde planeas matarme? —le preguntó Alice, en broma—. Porque hay muchos testigos, la verdad.

Howard puso los ojos en blanco y llamó a la puerta. Dentro de la habitación, Alice oyó la risa de una mujer y luego vio a su padre abrir la puerta. Leonard no estaba desnudo, ni siquiera de la cintura para arriba, pero no cabía duda de lo que estaba pasando. Tras el hombro de su padre, pudo ver que una mujer se estaba poniendo los pendientes. Lo primero que pensó fue que la situación era la misma que cuando Donna Martin había estado siguiendo a los de Color Me Badd y en su lugar había descubierto a su madre en medio de una aventura en *Sensación de vivir*. Solo que aquello no se parecía en nada a lo que estaba viviendo en aquel momento. Su padre no estaba casado. Ni con su madre ni con nadie.

—Mira a quién me he encontrado —dijo Howard—. ¡Qué bueno verte, Al! —Se despidió con la mano y salió como alma que lleva el diablo por el pasillo por el que habían llegado.

—Hola —saludó ella. Leonard estaba sorprendido y se pasó las manos por la barba una y otra vez, como cuando estaba nervioso.

—¿Qué pasa, Al? —le preguntó su padre—. ¿Estás bien?

Alice retrocedió unos pasos y se apoyó contra la pared.

—¿Quién es tu amiga?

Leonard soltó un suspiro.

—No me vi venir esta situación —dijo.

—Eso no es una respuesta. —Alice se deslizó hacia el suelo hasta sentarse con las piernas cruzadas sobre la moqueta.

—Se llama Laura, es editora de una revista. Tiene treinta y cuatro años. Vive en San Francisco. —Leonard se apoyó una mano en la frente—. Nos conocemos desde hace años, y cuando estamos en la misma ciudad, pues... —Dejó de hablar—. No sé por qué no te lo había contado.

—Puedo oírlo todo, ¿sabes? —dijo Laura, abriendo la puerta del todo—. Hola, Alice. Es un placer conocerte por fin. —Era muy guapa, con el cabello castaño y rizado. Llevaba gafas y un collar con un pulpo de plástico lo bastante grande como para cubrir un tercio de su camiseta.

—Eh... ¿lo mismo digo? —dijo Alice. De verdad que nunca había pensado que su padre pudiese tener novias, relaciones de años de las que no le hubiese contado nada al respecto. ¡Y treinta y cuatro años! ¡Era más joven que ella! Le parecía bastante asqueroso a pesar de saber que en realidad no lo era.

—No es que no fueses importante, Laura —le dijo Leonard, con los pómulos muy pero que muy sonrojados—. Es solo que no te afectaba en nada, Al, y no quería cargarte con esto. ¿He hecho que todo sea muy raro?

—Un poquito —contestó ella—. Pero no pasa nada, me alegro de que estés con alguien. —Se preguntó cuánto tiempo llevaría su padre saliendo con aquella mujer, si habría sido algo pasajero o si iban en serio. ¿A dónde se habría ido? ¿Por qué no había estado en el hospital, sosteniendo su mano?—. ¿Podemos hablar, papá?

Laura cogió su bolso y una llave de habitación. Era más o menos de la misma estatura que Leonard, hasta que se puso los zapatos, pues entonces era un poquitín más alta. Tenía el rostro redondeado y la barbilla afilada, como si fuese un signo de exclamación. Era un rostro feliz y amable. Apoyó una mano en el codo de Leonard y le dijo:

—Te llamaré en un rato. Alice, me alegro mucho de verte en persona. Ojalá podamos hacerlo de nuevo. —Cruzó la puerta y avanzó por el pasillo antes de desaparecer después de doblar una esquina en dirección al ascensor.

—Lo siento —se disculpó Leonard. Parecía que iba a ponerse a llorar—. Quería contártelo. —Se llevó una mano al estómago, como si estuviese conteniendo las náuseas.

—Vengo del futuro —le soltó Alice—. Así que, de verdad, no solo son buenas noticias, sino que es lo que menos me preocupa ahora.

—No me esperaba que dijeras eso. —Leonard alzó un dedo—. Deja que me ponga los zapatos, y volveremos a mi habitación. —Desapareció y volvió un segundo después con un zapato en cada mano. Caminaron en silencio de vuelta a la habitación de Leonard, y, cuando llegaron, encontraron la puerta abierta y a Sam y Tommy asomándose hacia fuera mientras cantaban con voz desafinada. Reconoció la canción con dificultad, era *End of the Road*, de Boyz II Men. Sam estaba aplaudiendo, y Tommy le había robado el paraguas a alguien y lo estaba usando como bastón.

—Madre mía —dijo Alice.

—¡Alice! —chilló Tommy—. ¡Te hemos perdido! Pero ahora ya te hemos encontrado.

—Los amigos de tu padre nos han invitado a unas copas —le contó Sam—. De las fuertes.

—A tu madre no le hará ni pizca de gracia todo esto, Samantha —interpuso Leonard—. Vale, chicos. Os llevaré a casa.

—Espera —dijo Alice, antes de empujar a Sam y a Tommy hacia la habitación—. Chicos, os presento a los amigos de Leonard. Tengo que hablar con mi padre un ratito, ¿vale? Sam, no vomites. O bueno, vomita si tienes que hacerlo. Howard, ¿puedes entretenerlos un ratito? —Howard le dedicó una pequeña reverencia al aceptar su tarea, y Alice empujó a sus amigos un poquito más hacia dentro de la habitación. Luego se metió en el baño, encendió las luces fluorescentes y llamó a Leonard para que la siguiera. Le indicó con un gesto que cerrara la puerta al entrar, y él lo hizo.

»Papá, lo digo en serio. Sé que parece un chiste, ja, ja, qué gracioso, pero lo digo de verdad. Vengo del futuro —le insistió—. No sé cómo decirlo de forma más clara.

—Te he oído la primera vez que lo has dicho. —Leonard se cruzó de brazos y la miró con una expresión divertida.

—Vale, veo que todo esto te parece gracioso, lo que es comprensible, pero creo que será mejor que te sientes. —Alice se giró y apoyó las manos en el borde del fregadero. El neceser de su padre estaba allí, con su cepillo y pasta de dientes y su hilo dental y quién sabría qué más. Todo le resultaba tan conocido: todos aquellos utensilios tontos que había visto cada día de su vida durante su niñez se encontraban allí. Si bien sabía que el reconocer algo no quería decir que aquello tuviese algún significado, no podía evitarlo; todo lo que veía le parecía enorme y pesado y lleno de recuerdos. Eran las cosas de su padre, las que tenía en el hospital. ¿Qué les pasaría cuando Leonard no estuviera?

Leonard apartó la cortina de la ducha hacia un lado y se sentó en el borde de la bañera antes de chasquear los dedos.

—Vale, estoy listo.

—Ayer cumplí cuarenta años, pero, cuando me he despertado hoy, tenía dieciséis.

Leonard soltó una fuerte carcajada.

—Caray, sí que has llegado al sitio correcto.

—Ay, mira, qué risa —dijo Alice, sin un ápice de gracia—. Papá, no estoy bromeando. No soy una friki como tú y tus amigos, sin ofender. Estoy hablando en serio. Esto está pasando.

Leonard la miró y dijo:

—A ver, espera, espera. —Una y otra vez, con una expresión de lo más rara. Estaba sonriendo como si Alice le hubiese contado la mejor noticia del mundo. Era el tipo de expresión que ella asumía que los padres ponían al decirles que te ibas a casar o que ibas a tener un bebé: una sorpresa maravillada combinada con una pizca de su propia mortalidad. No sabía si le creía de verdad o si pensaba que lo estaba vacilando por alguna razón, pero, en cualquier caso, Leonard parecía feliz.

Su padre cruzó las piernas y las volvió a descruzar.

—No preguntaré cómo me va. Asumiré que vives conmigo en Pomander Walk para siempre y que ambos hemos envejecido de maravilla.

Alice tragó en seco.

—Exacto.

—Vale —dijo Leonard—. Vale. Llevemos a tus amigos a casa y luego podemos hablar. —Se puso de pie, y, con él, su reflejo en el espejo del baño. Ella se lo quedó mirando, tratando de entender. Quizás era que ya necesitaba audífonos, solo que esos llegarían más adelante. O tal vez era que no había escuchado nada de lo que le había contado. Alguien llamó a la puerta, y Sam la abrió antes de recibir respuesta.

—Creo que voy a vomitar —soltó, y Leonard se apresuró a quitarse del camino. Alice vio cómo se escabullía de vuelta a la habitación de hotel antes de levantar la tapa del inodoro e inclinarse para sujetarle el pelo a Sam.

35

A diferencia de sus amigos, que se saludaban y despedían con besos y en ocasiones también se besaban entre eso solo por diversión, los amigos de Leonard solo se despedían con la mano y se marchaban, como si todos hubiesen estado sentados en un bus.

—Gracias, chicos —se despidió Alice. A John le darían un buen papel, uno en el que de verdad mostrara la cara, ganaría premios importantes y la gente diría que había sido un tesoro oculto todo aquel tiempo. Leonard iría con él a los Golden Globes y lloraría cuando dijeran su nombre. Su padre había tenido unos muy buenos amigos. Solo que también eran hombres, y a los hombres no se les había entrenado para que se hicieran cargo de sus propias amistades. Howard había llamado al hospital, y Chip también, pero no había sabido nada de los otros ni los había visto en años. Si bien la gente podía dejar algunas relaciones atrás, y Alice lo sabía bien, había ocasiones en las que uno tenía que hacer acto de presencia y ya.

—Toda esta gente es muy rara, Leonard —comentó Sam. Seguía un poco inestable, por lo que estaba apoyada contra una pared del hotel mientras su padre paraba un taxi.

—La gente aquí es fantástica —repuso Tommy. Avanzó hacia donde se encontraba Alice y le dio un beso en la mejilla—. Me encanta.

—Vale, se acabó la fiesta —dijo Leonard, y los apretujó a los tres en el asiento trasero de un taxi antes de abrir la puerta del copiloto para él mismo.

La radio estaba encendida, y WCBS-FM, 101.1, la emisora de los clásicos, sonaba a todo volumen. El taxi giró en la Sexta avenida y pasó a toda pastilla por el Radio City Music Hall. Alice cerró los ojos una vez más y se limitó a escuchar. Sam estaba roncando un poquito a uno de sus lados, y, en el otro, Tommy estaba tamborileando con los dedos sobre su muslo al son de *Bernadette*. Él era quien vivía más cerca, pues el San Remo estaba entre la zona oeste de Central Park y la calle 74, y Leonard le indicó al taxista que se dirigiera allí primero. Encontraron todas las luces en ámbar durante dos manzanas, luego tres, luego seis, una tras otra sin pararse.

El taxi empezó a aminorar la velocidad a media calle del edificio de Tommy, y Alice se inclinó hacia él.

—Esto te va a sonar muy raro —le advirtió—. Pero cásate conmigo. No ahora, ni tampoco pronto. Solo en algún momento. Después de la universidad. Prométemelo, ¿vale? —Su voz era lo bastante baja, y la música lo bastante alta, como para que nadie más dentro del coche pudiera oírla. Ni siquiera sabía si Tommy la habría oído. No sabía lo que estaba tratando de obtener: más de aquello, más de estar sentados en el asiento trasero de un taxi, con su padre sano y charlando con el conductor sobre cómo había llevado a Diana Ross en su coche una vez. Lo único que Alice quería era empujar las paredes de su vida y ver si estas se movían. Quería darle al botón de reiniciar una y otra vez hasta que todos estuvieran felices para siempre. Tommy la miró con una expresión somnolienta y dijo: «vale», como si estuviese aceptando beber zumo de manzana en lugar de naranja en un restaurante, tras lo cual se bajó del coche y se despidió con la mano. Alice vio cómo su portero con uniforme, con sus botones dorados brillantes, abría la pesada puerta y se hacía a un lado para dejar que Tommy pasara.

Sam la empujó hasta el otro extremo del asiento y luego se tumbó sobre su regazo.

—Cuando vuelvas, aún te quedarás conmigo, ¿verdad? O sea, ¿seguirás aquí? ¿Y te acordarás de esto?

—No lo sé —le contestó, antes de pasar sus brazos por el cuerpo de Sam como si estos fuesen un cinturón de seguridad. Se quedaron calladas durante el resto del trayecto hasta la calle 121, donde Alice ayudó a Sam a entrar en su edificio mientras Leonard se quedaba haciéndole compañía al taxista. El piso estaba en silencio y a oscuras, pues Lorraine debía llevar horas dormida. El reloj en la habitación de Sam indicaba que era la 01:30 a. m., y Alice apartó las sábanas de la cama de su amiga y luego la metió entre ellas.

—Me encanta ser tu amiga —le dijo Alice—. No pasa nada porque te mudes a Nueva Jersey.

—Ay, madre, para ya. Fuera de aquí —le dijo Sam—. Te quiero.

Alice se escabulló por la puerta como una ladrona y bajó los amplios escalones de piedra corriendo en dirección al taxi que la esperaba. Su padre seguía en el asiento del copiloto, sumido en una conversación profunda con el taxista. A Alice le llevó un momento captarlo: el taxista estaba hablando sobre *Los hermanos del tiempo*. Leonard le sonrió a través del cristal que separaba la parte delantera del taxi de la de atrás y entonces bajó su ventanilla para que el aire frío se colara en el vehículo mientras conducían de vuelta a Pomander Walk.

Leonard quitó el pestillo de la reja y la abrió para Alice. Aunque las luces de los Roman seguían encendidas, el resto de la calle estaba prácticamente a oscuras, con solo una ventana iluminada en la segunda planta por aquí y por allá, de algunas habitaciones. Alice se imaginó a todos sus vecinos en la cama, con un libro abierto o la tele encendida. Le pareció que siempre lo había hecho durante algunas noches de verano, como si ya estuviese echando de menos el momento que seguía viviendo.

—Vale —dijo su padre—. Ahora sí podemos hablar. —Leonard se apresuró hacia la puerta, con las llaves tintineando en sus manos—. No nos queda mucho tiempo.

—¿Tiempo para qué? —preguntó ella. Entonces recordó el caos que su padre estaba a punto de ver—. Ay, mierda. He olvidado contártelo. Hemos tenido una fiesta. No ha sido gran cosa, no como la vez pasada, pero... —Leonard abrió la puerta antes de que pudiera terminar de hablar. La cocina era un desastre: alguien había derramado una cerveza, y los zapatos de Alice y su padre emitieron sonidos pegajosos al desplazarse por el suelo, aunque Leonard no pareció percatarse de ello. Se dirigió directo a su sitio de siempre, empujó todas las botellas vacías que tenía frente a él para despejar un espacio, encendió dos cigarrillos entre sus labios y le extendió uno a su hija.

—Siéntate —le pidió.

Alice obedeció. Dio una calada de su cigarrillo y lo agitó, nerviosa, entre sus dedos.

—Te creo —dijo él.

—¿De verdad? En el hotel, antes de que te encontrara, he estado hablando con tus amigos sobre viajes en el tiempo y todo eso, y todo parecía muy ridículo. Pero es que, ¿un hueso mágico? ¿Qué carajos significa eso? No hay ningún hecho científico que respalde algo así.

—Alice se miró las marcas amarillentas de su dedo, como unos parches de nicotina resbaladizos. ¿Y si alguna vez hubiera hecho ejercicio? ¿Y si no hubiera bebido más de un litro de cerveza de una sola sentada? ¿Y si hubiera prestado atención en su clase de Matemáticas? ¿Y si hubiera disfrutado de su padre tanto como hubiese podido, día tras día? ¿Y si Leonard hubiese hecho ejercicio o aprendido a cocinar o dejado de fumar? ¿Qué pasaría si pudiera corregir todo lo que había ido mal y él pudiera vivir hasta sus noventa y seis y entonces morir tranquilamente en sueños? Lo único que ella quería era que todo cambiara, que todo lo malo se fuera.

Leonard alzó las cejas y dio una larga calada. Soltó tres perfectas anillas de humo, una tras otra, y luego metió el dedo por el medio.

—El hueso mágico de Simon es una ridiculez, la verdad. Incluso él lo sabe. Pero lo que tú me has dicho no es absurdo, y lo tengo claro. Porque yo también lo he hecho.

—¿Cómo dices? —Ursula subió de un salto a la mesa, evitó con maestría todo el desastre, y luego volvió a saltar hacia los hombros de Leonard.

—La gente cuenta cosas —siguió él—. Había unos cuantos chismes sobre viajes en el tiempo en foros de discusión, los cuales eran tan descabellados como te podrás imaginar, pero pasé mucho tiempo conversando por ahí y leyendo teorías absurdas antes de escribir el libro. Había algunos hilos sobre Pomander; nada certero, claro, como algunas personas que aseguraban tener un amigo que tenía un amigo que tenía un primo que había visto a Pie Grande y cosas así. Había oído al respecto y, bueno, era algo muy tentador de todos modos. Solo que la gente habla sobre los viajes en el tiempo, sobre posibilidades reales. Sobre realidades, incluso. Y había un lugar en venta en el momento preciso, así que nos mudamos, e incluso así, me llevó un tiempo entenderlo. —Hizo una pausa y se echó a reír—. «Entenderlo». No hay cómo entenderlo. Yo lo veo como surfear; tienes que ir donde la ola te lleve y ya. Para nada como Scott y Jeff, con su coche familiar zarrapastroso y todos los botones y palancas y espacios angostos. Si lo hubiese hecho antes de escribir el libro, volver al pasado quiero decir, *Los hermanos del tiempo* habría sido distinto. Porque no puedes conducirlo. No puedes elegir adónde ir. Cada uno tiene su destino, su ruta, y no hay más. Y, cuando vuelves, siempre es al lugar en el que empezaste, como una atracción en Disney World. Solo que la salida te parece distinta, según lo que hicieras. Es como si, cada vez, tú hicieras la atracción. Tú decides si vas rápido o lento, si hay grandes caídas o si es un paseíto sin más por el río, mientras flotas con la corriente. Así que puedes ir tranquila y salir y todo será exactamente igual que como cuando te subiste.

—A la atracción —dijo Alice.

—Exacto —asintió Leonard—. Es una metáfora.

—Gracias —dijo ella, antes de dar una calada. Quería una hoja de papel frente a ella: un diagrama, un mapa, lo que fuera—. Vale, entonces es solo estar aquí lo que lo hace pasar. ¿En casa? En plan, ¿toda la calle? ¿Cómo es posible?

Leonard negó con la cabeza.

—Cuéntame lo que hiciste.

—Fui a cenar con Sam. Luego fui al Matryoshka y me emborraché demasiado. Entonces cogí un taxi para aquí y vomité en la calle y me quedé dormida al raso como un perturbado, creo, y, cuando me desperté, tú estabas aquí, sentado.

—¿Te quedaste dormida al raso? —preguntó Leonard.

—En la caseta de vigilancia. O donde guardas tus macetas, como quieras llamarla. Estaba prácticamente vacía, así que aparté un par de cosas y me quedé dormida.

Leonard asintió.

—¿Sabes qué hora era?

—¿Cuando me quedé dormida? No sé... ¿las tres de la madrugada? ¿quizás las cuatro? —Si tuviese su móvil, podría ver a qué hora la había dejado el Uber, pero su memoria era borrosa, empapada por todos los chupitos que se había bebido.

—Era entre las tres y las cuatro de la madrugada, porque ese es el único lapso en el que funciona —dijo Leonard. Se reclinó en su asiento y se pasó una mano por la cara—. Me llevó mucho tiempo descifrarlo. Años. Busqué y busqué, porque no estaba seguro de que hubiese algo allí, aunque es que lo podía sentir. Y entonces, hace diez años, justo cuando empezaste a estudiar en Belvedere, estaba hablando con Chip sobre Doctor Who y me recordó a nuestra pequeña caseta y pensé: «tiene que ser ahí». Me pasé la noche entera allí, entrando y saliendo, me temía que los Headrick o alguien más estuviera espiando por la ventana, pero no lo hicieron, o creo que no lo hicieron, así que entré y lo saqué todo: todas las escobas y la tierra y las palas y toda la mierda que había, incluso las telarañas, y me quedé allí sentado por lo que me pareció una eternidad. Y, entonces, estaba en otro sitio. No solo ya no en la caseta, sino en la cama. En nuestra cama, la que compartía con tu madre, en nuestro viejo piso. Y ya no era 1986, lo tenía claro.

»Al principio pensé que era que había pasado mucho rato con *Los hermanos del tiempo* o que estaba alucinando, quizás había bebido demasiado o tenía algún delirio extraño. Pero entonces salí, fui al puesto de periódicos, cogí uno y era 1980. Tenía una moneda en el bolsillo, así que compré el periódico, y entonces vi la fecha de nuevo y me di cuenta: era tu cumpleaños.

—Mi cumpleaños —dijo Alice—. Hoy. Doce de octubre. En 1980.

—Exacto —dijo Leonard. Se echó a reír, y Ursula bajó de un salto de sus hombros a su regazo—. Era el día de tu nacimiento. Tu madre no salía de cuentas hasta dentro de tres semanas. Seguíamos viviendo en la calle 86 por aquel entonces, en ese piso largo y estrecho, y la pobre ya no daba más. Se paseaba de arriba abajo una y otra vez, y cuando me levanté y vi su cuerpo, como el de una serpiente tras tragarse una sandía, no podía creerlo. Serena estaba guapísima, a pesar de estar incómoda y enorme y enfadada. Y yo sabía algo que ella no: que tú ibas a llegar con prisas esa misma tarde. A las 03:17 p. m. —Pese a que Leonard parpadeó y parpadeó, las lágrimas llegaron de todos modos—. ¿Sabes cuántas veces he estado en esa habitación? ¿Cuántas veces lo he visto pasar? ¿Cuántas veces te he visto llegar a este mundo, con esa carita tan perfecta que tienes? No sé por qué, pero ese es mi momento. Eso es lo que me toca ver.

Alice podía recordar el largo pasillo y a su madre, enorme y enfadada.

—Eso suena sangriento y estresante.

—Lo es. El parto de Serena fue difícil, muy difícil. Pero sé cómo termina, así que eso lo hace más sencillo.

—¿Se lo has contado alguna vez? —le preguntó Alice.

—¿A quién? ¿A tu madre? No. —Leonard negó con la cabeza—. Traté varias veces de hacer que funcionara, ¿sabes? Cada vez que volvía trataba de ser un mejor esposo, o lo que sea que signifique eso, o ser más como ella quería que fuese. Le presté atención a todo lo que me decía, le di masajes en la espalda y cubitos de hielo. Creo que todas esas cosas las hice la primera vez también. O eso espero. De verdad que intenté, en ese día tan de locos, mostrarle a Serena que podíamos ser una buena pareja. Una vez, cuando volví a mi tiempo, seguíamos casados, pero ella era aún más infeliz de lo que había sido antes. Estaba más enfadada, porque yo había estado intentando ser alguien que no era, y eso es algo muy horrible en un matrimonio.

—Vaya —soltó Alice.

—Ya lo verás —dijo Leonard, antes de esbozar una sonrisa—. La buena noticia es que la vida es bastante inmutable. No es fácil cambiar las cosas. Lo que mis amigos te han dicho es cierto, pero todo son teorías. —Bajó la voz, como si alguien más pudiese oírlo—. Son novatos profesionales.

—¿Y qué está pasando en el futuro en este momento? —Alice se había preguntado si su cuerpo de cuarenta años estaría tirado, sin moverse, dentro de la caseta y provocándoles un susto a todos los residentes de Pomander que habían querido seguir con sus vidas sin más—. Tus amigos me han asustado con todo eso de Hitler de bebé.

—Nada —le aseguró Leonard—. Es como una pausa, vuelves a ese mismo momento. ¿Quizás pasen treinta segundos? ¿Un minuto? No puede ser que pase más de un minuto. Los planetas se mueven, nosotros nos movemos, así que seguro que no es algo exacto, sino solo un aproximado. Verás que estás donde estabas. Aunque no volverás a tu vida de cuando tenías cuarenta años tal como la dejaste, seguirás siendo tú a los cuarenta. Y harás lo que sea que este día haya determinado. ¿Entiendes a lo que me refiero con que la vida es inmutable? Es solo un día. Te despiertas por la mañana y entre las tres y las cuatro de la madrugada, ¡zas!, vuelves a donde estabas. Es lo único que consigues. La mayoría de las decisiones que tomamos en nuestras vidas son algo estable. Y al tiempo le gusta la estabilidad. Yo lo imagino como un coche en un carril: el coche quiere quedarse en su carril, así que se queda la mayor parte del tiempo. Ya me imagino lo que Howard y Simon dirían: Hitler de bebé. ¿Qué ha sido diferente? ¿Qué has hecho, qué has desencadenado? Y sí, todo eso es importante. Pero tiene que ser algo muy grande para sacarte de tu carril, así que no te preocupes demasiado. —Leonard hizo que sus dedos anduvieran en una dirección por la mesa, y luego por la otra.

Alice se fijó en el reloj. Eran las 03 a. m. Todas las luces en Pomander Walk estaban apagadas, salvo por la suya.

—Dame un segundo —le dijo a su padre, antes de apagar su cigarrillo en el tapón de una botella y correr hacia su habitación. Miró en todas direcciones, en busca de algo sólido a lo que aferrarse. Sentía como si estuviese haciendo cola para subirse a una montaña rusa extrema, una de la cual iba a caerse, y que no podía hacer nada por evitarlo. Ningún cambio de atuendo iba a servirle de nada.

Leonard se apoyó en el marco de la puerta.

—Cariño —la llamó.

Alice volvió la vista hacia él y se dio cuenta de que no lo había hecho. Lo que fuera que él le había estado diciendo, el sacar el coche de su carril, no lo había conseguido.

—Papá —empezó a decir, pero él la detuvo al alzar una mano.

—Te va a parecer un poco raro al principio —le dijo. Leonard le explicó lo que pasaría, la confusión que vendría después. Iba a recordar su vida, la vida que había tenido antes, solo que no demasiado bien. Los recuerdos eran recuerdos, al fin y al cabo, y se iban perdiendo con el tiempo, sobre todo si no tenían ayudas como fotografías. Con los años, las cosas se asentaban. Al menos eso creía él. Aunque claro, no podía estar seguro, según le dijo. Pese a que él estaba tranquilo, Alice estaba empezando a entrar en pánico.

—Pero es que acabo de llegar —se quejó—. No es justo. —Quiso decirle que no era justo porque no había averiguado cómo asegurarse de que, cuando volviera en el tiempo, a su tiempo, o lo que fuera que la esperara, él la estuviera esperando, con los ojos abiertos.

Leonard asintió.

—Nunca es suficiente tiempo, lo sé. Pero recuerda que ya sabes cómo volver. ¿Sabes cuántas veces te he visto nacer? Puedes volver.

—¿Y tú estarás aquí? ¿Y podremos hacer esto de nuevo? ¿Qué tengo que hacer? —Alice sacudió manos y pies, como si estuviese bailando el *hokey pokey* ella sola—. ¿Qué se supone que tengo que hacer?

—Es tarde —dijo Leonard—. Yo me iría a la cama. O podemos sentarnos en el sofá.

Alice pasó por al lado de su padre y avanzó por el pasillo a oscuras. Ursula se frotó contra sus piernas, y se agachó para cargarla. Se tumbó en el sofá, y Ursula hizo lo mismo al acurrucarse a la perfección en la curva de su brazo.

Leonard la cubrió con una manta y encendió la tele, aunque Alice sabía que era ella a quien estaba viendo. Cerró los ojos y trató de respirar con normalidad, pero lo único que pudo ver eran pulmones de fumador consumidos y negros como los que salían en los anuncios que tendrían que haberla asustado para hacer que dejara de fumar, solo que no lo habían conseguido.

—¿Puedes hacer algo por mí? —le pidió.

—Claro, dime —respondió él.

—¿Puedes dejar de fumar? Pero de verdad esta vez. —Leonard había intentado dejar de fumar antes, una vez cada década desde que él mismo había sido un adolescente.

Leonard soltó un resoplido.

—Vale. Lo intentaré. Me pillas en un momento de debilidad, así que te prometo que lo intentaré. —Hizo una pausa—. Al... —empezó a decir, casi para sí mismo—. ¿Por qué la caseta estaba vacía? Siempre tengo cuidado. ¿Cómo es que estaba vacía sin más? ¿Dónde estaba yo?

Alice no quería mentirle, pero tampoco podía contarle la verdad. No había pensado mucho en el hospital, no tanto como solía hacer. Le parecía tan lejos como de verdad se encontraba: a décadas, a eones. Si hubiesen sido una familia de esas demostrativas, le habría dado un abrazo, solo para asegurarse de haber podido darle uno. ¿Por qué no eran una familia demostrativa? ¿Era su culpa? ¿O de su padre? Alice no lo recordaba. Aun así, Leonard estaba cerca y hablando con ella, eso era lo que importaba.

—Yo lo saqué todo. Estaba llena de cosas, como siempre. Tardé la vida —murmuró contra el brazo del sofá, antes de quedarse dormida.

PARTE TRES

PARTE TRES

36

Pese a que Alice no se había quedado dormida, o al menos no creía haberlo hecho, le parecía encontrarse ligeramente bajo el agua, como cuando despertaba de un sueño. Estiró los brazos por encima de la cabeza y se dio con algo duro. Dejó que sus manos tantearan alrededor un poquito: era duro, brillante, con bultos y sin duda no era el sofá antiquísimo de su padre. Entonces abrió los ojos.

Una vez que estos se acostumbraron a la penumbra de la habitación, se dio cuenta de que estaba en una cama, una enorme, una de esas matrimoniales extragrande. Agitó los dedos de los pies solo para comprobar que podía hacerlo, y sí, allí estaban, asomándose por debajo del pesado edredón. Parecía estar en una habitación cara de un hotel que no se podía permitir. Una lámpara plateada con una pantalla de forma geométrica se encontraba al lado de su cara, y Alice la encendió. El otro lado de la cama estaba vacío, y las mantas estaban hechas a un lado de cualquier manera, como si alguien se hubiese levantado de la cama hacía poco. Las paredes eran de color crema, así como las sábanas, y el suelo era de madera, con unos detalles que se habrían hecho hacía unos cien años. Estaba segura de dos cosas: nunca antes había estado en aquella habitación, aunque, al mismo tiempo, aquella habitación era suya, sin lugar a dudas. Era como Leonard le había dicho: «Vas a despertar en tu cama, sea cual sea tu cama. Vas a estar dentro de tu vida, así como ahora estás dentro de tu vida. Y verás que te has perdido muchas cosas, pero esas también las sentirás en algún momento».

Alice se colocó de modo que estuviese apoyada contra el cabecero y luego se inclinó para inspeccionar el cajón de su mesita de noche. Allí estaba su teléfono, enchufado, unos tapones para los oídos, un boli y un antifaz para dormir. Había un montoncito de libros en el suelo bajo la mesita, lo que consiguió calmarla un poco. Seguía siendo ella, sin importar lo pretencioso que pareciera aquel piso. Recordó lo que su padre le había dicho sobre los carriles, y aquella idea también la calmó: el que, sin importar que todo pareciese diferente, ella no lo era, no en el fondo. Desenchufó su móvil y lo sostuvo frente a su rostro. Eran las 05:45 a. m. Se había quedado dormida durante el cambio. Su contraseña era la misma, todas sus contraseñas eran la misma, en realidad: su cumpleaños y el de Keanu Reeves. La había creado cuando tenía catorce años y nunca había tenido ningún motivo para cambiarla. Con razón era tan fácil robarle la identidad a uno. La única diferencia era que, en lugar de ver la foto resplandeciente de Ursula que estaba acostumbrada a ver, había dos niños sonrientes de cabello oscuro.

Parecían ser niño y niña, pero Alice no estaba segura. Ambos tenían unas cejas oscuras en medio de su frente pálida. La más pequeña estaba sentada en el regazo del más grande, como si fuesen una pareja de muñecas rusas. El mayor tenía la boca abierta de par en par, y la pequeñita parecía muy redondita. Sabía que eran sus hijos. Y, a juzgar por su tono de piel y su boca y ojos y lo mucho que ambos se parecían al pequeño Raphael Joffey, quien había entrado a su oficina aquella misma semana, o nunca, depende, Alice supo quién dormía del otro lado de la cama.

Apartó las mantas hacia un lado y bajó los pies hasta el suelo. La moqueta que había bajo la cama era gigantesca y seguro que costaba más de tres meses de alquiler en Cheever Place. Tenía unos pantalones de pijama a rayas y una camiseta de una maratón de Belvedere que reconocía y que tenía unos cuantos años ya. La aplastó contra su cuerpo, como si fuese una suave mantita de seguridad hecha de algodón. *Vale*, pensó. *Vale*. Cogió su teléfono y avanzó de puntillas hasta la puerta. Tenía una mano en el pomo cuando oyó que alguien tiraba de la cadena en el baño, y la puerta de la pared contigua se abrió de pronto. Por instinto, Alice se hizo un ovillo, como si fuese un pangolín o un bicho bola, solo que siguió siendo humana y visible.

—¿Qué haces? —Tommy llevaba un chándal ligeramente ceñido, con unas manchas de sudor y el cabello mojado a juego. Se parecía mucho a como cuando lo había visto en su oficina, solo que llevaba el pelo más corto, y su rostro parecía incluso más delgado. Había funcionado. Algo había funcionado. Alice recordó cómo Tommy había apoyado la cabeza en su hombro durante su viaje en taxi y cómo ella le había susurrado al oído. Quizás aquella era la clave: decirle a la gente lo que una quería, la verdad sin más, y luego apartarse y ya.

—Nada —contestó ella, antes de enderezarse—. Vivimos aquí. Tú y yo.

—Ajá. Nótese también que el cielo es azul y el césped, verde. ¿Alguna otra revelación sorprendente?

—Y vivimos aquí siempre —siguió Alice.

—No siempre siempre —dijo él, poniendo los ojos en blanco—. ¿Te imaginas? ¡Qué vergüenza! —Si bien estaba bromeando, la broma hizo que a Alice le entraran náuseas—. ¿Es esta una indirecta para decirme que quieres comprar otra casa más? Las inmobiliarias no son tus amigas, Alice, así que deja de estar en el móvil en mitad de la noche. Una casa de campo ya es bastante. —Mientras Tommy hablaba, Alice empezó a imaginársela: una casa blanca detrás de unos setos, con una entrada de gravilla. Alguien que no era ellos podando el césped—. Esa y la de mis padres. Están remodelando la piscina este año; a los niños les encantará.

Había oído montones de veces que la gente decía cosas así. El único modo en el que había sobrevivido a su vida en Belvedere había sido al canalizar su envidia en superioridad. Dos tercios del cuerpo estudiantil se habría descrito como clase media, una clase que Alice no creía que soliese incluir acceso a aviones privados, casas en islas del Caribe, casitas de campo en Long Island ni personas que trabajasen para ellos a tiempo completo en casa. Leonard le había contado, sin pelos en la lengua, que ganaba más dinero que la mayoría de sus amigos, pero que tenían menos que los amigos de ella, porque el dinero de Leonard era su único tesoro, por decirlo de algún modo, mientras que la mayoría de los alumnos en Belvedere vivían de tesoros que provenían de hacía varias generaciones. Los neoyorkinos eran expertos en convertir sus sufrimientos cotidianos —como cargar con las bolsas pesadas de la compra o ir en metro en lugar de en coche— en ventajas, por lo que ella tenía años de experiencia en hacerse sentir mejor por no tener una mansión en Greenwich o un caballo o un Range Rover. Sin embargo, ya que parecía que tenía todo eso además de a un sudoroso Tommy Joffey en su habitación compartida, no estaba muy segura de qué hacer. Así era como terminaban todas las películas sobre viajes en el tiempo que había visto: en *El sueño de mi vida*, Jenna Rink salía de su casa con un vestido de novia. Bill y Ted aprobaban su clase de Historia. Marty Mcfly se compraba un Jeep. Entonces la cámara se deslizaba hacia atrás, revelaba la totalidad de la escena perfecta, y todo se volvía negro. En *Los hermanos del tiempo*, entre rescate y rescate, Scott y Jeff iban a su pizzería favorita. Nadie se encontraba enfundado en su pijama mientras trataba de recordar su vida.

La puerta de la habitación se abrió de golpe y se estrelló contra su lado derecho.

—¡Maaaaamiiiiiii! —Un cuerpecito se había pegado a sus espinillas. Era como si hubiese sido atacada por un pulpo amistoso; era imposible que solo tuviese dos brazos. Creyó que se iba a caer, pero no lo hizo gracias a que apoyó un brazo contra la pared. La criatura se había aferrado con fuerza, y Alice le apoyó con delicadeza una mano sobre la cabeza. ¿Era el niño o la niña de la foto? Se agachó para verlo mejor.

—Hola, caracola —le dijo. Era el niño. No el que había entrevistado en Belvedere, aunque bastante similar. Tenía los mismos ojos, los de Tommy, solo que en un rostro más pequeñito, y el mismo cabello grueso y precioso. Alice se buscó a sí misma en el rostro del niño, pero no se encontró en ningún lado. Era como cuando alguien comentaba lo mucho que un niño se parecía a sus padres solo para que ellos dijeran: «Pero... es que... es adoptado»—. ¿Cómo era que te llamabas? ¿Furgoneta? ¿O era Xilófono? ¿Me lo recuerdas?

El niño soltó una risita.

—Mami, soy yo, Leo. —Se acurrucó en el diminuto espacio que era el regazo de Alice y la terminó de hacer caer al suelo, sin fuerza. A pesar de que, al parecer, había parido a dos humanos, sentía el cuerpo fuerte y en forma, más de lo que lo había estado nunca. Se preguntó cuánto dinero habría gastado en entrenadores personales, aunque decidió que lo mejor sería no saberlo.

—Ay, sí, es verdad —dijo ella—. Leo. ¿Y cómo se llamaba tu hermana? ¿Sombrilla? ¿Zimbabue? —Podía notar su nombre flotando en su cabeza, casi veía las letras deslizándose en su lugar, como en una sopa de letras. Aquellos niños eran suyos, no cabía duda. Suyos y de Tommy. Alice era madre. ¿Mami? ¿Mamá? Su propia madre había terminado decidiendo que prefería que la llamasen por su nombre de pila, porque solo existía una verdadera madre: Gea, la Madre Tierra. Notó que la piel de su cuello se le sonrojaba por el pánico.

Leo volvió a soltar una risita, y sus manitas suaves y húmedas se posaron sobre las mejillas de Alice.

—Tontorrona —dijo él. El niño era de lo más adorable, como un cupido italiano, y a Alice le gustaba el modo en que sus manos se sentían sobre sus mejillas. Apoyó las suyas sobre las de su hijo. No sabía si podía hablar con Tommy, pero sí que podía hablar con Leo. Aquello era lo que se le daba bien: ponerse de cuclillas y notar el aliento cálido de una persona pequeñita. Leo probablemente tenía cuatro años. No, seguro que tenía cuatro años. Lo sabía. Era la misma sensación que cuando uno se despertaba en una habitación de hotel y no recordaba dónde estaba ni dónde estaba el baño.

—No, no. Tontorrona no es —dijo Alice. Leo se bajó de un salto de su regazo y se fue corriendo por el pasillo mientras gritaba «¡Tontorrona!» una y otra vez.

Tommy se quitó la camiseta, la hizo un ovillo y luego la lanzó a un cesto para la ropa sucia. Sus pantalones cortos y su ropa interior no tardaron en seguirla. Pese a que le gustaba poder ver su cuerpo de adulto una vez más, Alice apartó la mirada. Era demasiado íntimo, demasiado desnudo. El quedarse desnudo bajo la luz de una lámpara y agacharse sin demasiada delicadeza para terminar de quitarse la ropa interior era lo más desnudo que uno podía estar. Acostarse con alguien demandaba estar cerca, y, por ende, tener una visión limitada. Desde donde se encontraba ella, al otro lado de la habitación, podía verlo todo, así que cerró los ojos e hizo como que tenía algo metido entre las pestañas.

—¿Aún vas a ir a correr? —le preguntó Tommy. Ella oyó que se volvía a meter al baño y luego el sonido de la ducha al abrir el grifo.

—Sí —contestó. Se moría por salir de la habitación, del piso. Quería volver a Pomander. Quería llamar a su padre—. Podemos... eh... ¿repasar los planes del día? Me siento un poco... no sé, confundida.

—¿Sabes? Creía que podría ahorrarme estos problemas al casarme con una mujer más joven. No sabía que la demencia senil empezaba tan pronto. —Su voz resonó por las paredes de baldosas.

—Ah, venga ya —dijo ella. El cumpleaños de Tommy era apenas una semana después del suyo. Siempre se acordaba de él, pues estaba muy cerca del suyo, flotando en el calendario como si estuviese escrito en una tinta invisible que solo ella podía notar. ¿Era así como se hablaban entre ellos? A Alice le parecía que seguía en modo adolescente, sin poder decir cómo se sentía en realidad, pues solo era capaz de producir sarcasmo y molestia fingida. Vio la fecha en su teléfono: 13 de octubre. El día después de cumplir los cuarenta. El tobogán la había soltado a la misma hora que cuando había empezado todo, solo que se las había ingeniado para sacar el coche del carril, al menos un poco. Quería llamar a su padre, pero tenía miedo. Quería llamar a Sam, pero tenía miedo. Lo que más quería era hacer ese par de cosas en privado, porque no sabía cómo iba a ir todo, y no creía ser tan buena actriz como para disfrazar sus reacciones. Si su padre estaba vivo, ¿lo sabría Sam? Si estaba muerto, ¿sabría eso? No podía estar segura, al menos aún no. Tommy salió de la ducha, con una toalla atada a la cintura.

—Vale, vale. Los cuarenta son los nuevos treinta. —Alzó las manos frente a él, para defenderse, y se inclinó lejos de ella—. Yo me quedo con Leo y Dorothy por ahora, y tú después de que vuelvas de correr. Luego Sondra cuando llegue a las diez. Vas a visitar a tu padre, y la fiesta es a las siete. Cualquier otra cosa que quieras hacer, es cosa tuya. —Tommy le dio un beso en la mejilla. Estaba mostrándose más animado porque era la semana de su cumpleaños. Por alguna razón, Alice podía verlo con total claridad.

—Dorothy —dijo ella—. Vale. —Había una ventana en el extremo opuesto de la habitación, y se acercó para mirar por ahí. Bajo ella, Central Park se extendía como una alfombra. Tenían el lago, una parte del parque al que Alice nunca le había prestado mucha atención porque parecía haber sido construido para los turistas, justo debajo. A su izquierda, podía ver una torre puntiaguda. Una de las dos que eran.

»El San Remo, claro —dijo Alice—. ¿Dónde están tus padres? —Tendría que haber sabido la respuesta, era obvio, pero Tommy puso los ojos en blanco y siguió una conversación diferente.

—Ya, claro, como si ellos fuesen a ayudar con los niños antes de que amanezca. O ayudar y ya, vaya —soltó él. Estaba ahí, de pie y desnudo, manteniendo una conversación. Su pecho tenía unos cuantos vellos grises, unos muelles apretados como los que sostenían las pilas en su sitio. Cuando se giró hacia su armario, Alice se percató de que su trasero caía ligeramente hacia abajo, lo que le pareció algo grosero que señalar, aunque también muy reconfortante. No era la única que estaba envejeciendo. Ni siquiera Tommy Joffey (¿se habría cambiado el apellido a Joffey ella también? No, no, ella nunca haría algo así) era inmune. Tommy se vistió y cerró la puerta del armario a sus espaldas, y ella rebuscó entre sus cajones algo que ponerse. Leonard había tenido razón: tenía una especie de memoria muscular que la ayudaba a moverse por la habitación. Sabía qué cajones abrir, o al menos una parte de ella lo hacía. Se vistió con rapidez y se dirigió al pasillo, con el móvil aferrado en una mano como si fuese una mantita de seguridad.

No era que Alice no hubiese querido hijos, sino que nunca había llegado el momento indicado. Había tenido un aborto, con el primer novio con el que había compartido piso y con quien había querido casarse algún día. Él no había querido tener hijos, o al menos eso era lo que le había dicho hasta que habían cortado y él se había ido a tener un hijo inmediatamente con alguien más. Aun así, ella tenía una lista de nombres, y Dorothy siempre había estado en ella. Durante sus veintitantos y los treinta y pico, Alice había creído que algún día iba a tener hijos, hasta que había llegado el día en que había dejado de creerlo. Era como intentar balancear una bola de bolos en la parte central de un subibaja. Había quienes estaban seguros, fuera para un lado o para el otro, y también había personas como ella, quienes no lo habían decidido de verdad hasta que un día dejaban de prestar atención y se quedaban preñadas. Uno de los actores de *La extraña pareja* había tenido un bebé con setenta y nueve años. Los hombres nunca tenían que decidir nada.

El piso era enorme. El pasillo al que había salido era largo, estaba a oscuras y tenía estanterías llenas de libros en una pared, mientras que en la otra tenía unas fotos familiares enmarcadas. La voz estruendosa de Leo le llegó desde otra habitación, además de la de una cerdita británica que Alice conocía bien. Era importante, cuando una trabajaba con niños pequeños, mantenerse al corriente de los dibujos animados con los que los pequeñines creían mantener relaciones cercanas. Caminó despacio, y sus pies envueltos en calcetines no provocaron nada de ruido contra el suelo de madera. La mayoría de las fotos eran de los niños: Leo disfrazado de uno de los Cazafantasmas con su hermana, Dorothy, del Hombre Malvavisco; los dos niños en la bañera, rodeados de un montón de burbujas. Sin embargo, en el centro de la pared había una foto de la boda. La boda de Alice y Tommy Joffey. Se acercó un paso, de modo que su nariz prácticamente rozó el cristal del marco. En la foto, ella llevaba un vestido de encaje blanco al ras del suelo, con unas mangas muy cortas y un lazo enorme justo por debajo del corpiño, como un regalo humano. Tenía el cabello de un modo en el que nunca lo había tenido: caía en cascada sobre uno de sus hombros como el de una modelo de trajes de baño. No podía identificar del todo la expresión de su rostro, pues esta parecía un tanto más enloquecida que alegre, llena de endorfinas o de terror, no estaba segura. Había fotos de ella embarazada, con las manos apoyadas en la parte baja de su enorme vientre, como si su barriga entera fuese a caerse si no la sujetaba. Se llevó una mano al estómago, donde su piel estaba suave y esponjosa, como la masa de pan al hacerse.

—¡Mamá! —Una voz alta la llamó desde la siguiente habitación. Alice cruzó el pasillo y se asomó por una puerta abierta. La habitación, rosa, con una cama con dosel, era tres veces más grande de lo que había sido su habitación durante su infancia en Pomander Walk. Una niña pequeña estaba sentada sobre la moqueta y tomaba el té junto a un osito de peluche tan grande como ella, o quizás más. La invadió una sensación que no pudo identificar del todo. Quiso envolver a la niña entre sus brazos, alzarla y apretujarla contra su cuerpo. Quería hacerle a Dorothy lo que Leo le había hecho a ella, abrazarla con tanta fuerza que ambas terminaran en el suelo.

—Hola, Dorothy —la saludó—. ¿Te puedo acompañar?

Dorothy asintió de forma solemne, como lo ameritaba la tarea que estaba llevando a cabo, y le sirvió una taza de té de mentira. Alice se acercó para acomodarse entre su hija y el oso. Oyeron un estruendo, y de pronto Leo saltó hacia la habitación, se estrelló contra Alice y la envolvió en un abrazo por la espalda. Tommy no tardó en seguirlo.

Una vez que sus amigos habían empezado a casarse y tener hijos, Alice había pensado en lo que acarrearían dichas decisiones: un piso lleno de juguetes, compartir cama con la misma persona durante toda la vida, tener a alguien al lado que quizá sabría cómo encargarse de los impuestos, dar de lactar, saber lo que era una placenta y por qué algunas personas se las comían, qué era lo que sucedía al amor con el transcurso del tiempo, si la gente pensaba que sus propios hijos eran un muermo, si la gente odiaba a sus parejas, si algo de todo ello se le daría bien. Al principio todo le había parecido teórico, del modo en que a veces las adolescentes planeaban su boda en el futuro, a sabiendas de que todo en sus vidas sería distinto una vez que se casaran de verdad, pero que, aun así, lo hacían de todos modos. Solo que, cuanto más envejecía Alice y más de sus amigos iban por aquel camino, la fantasía pasó de ser algo divertido a algo triste. Era obvio que el matrimonio se basaba en el compromiso, y la paternidad, en el sacrificio. Y, del mismo modo que todo lo que resultaba difícil y poco atractivo, aquellas condiciones eran mucho más sencillas de soportar cuanto antes se presentaran.

—El té está riquísimo, ¿me sirves un poco más? —le pidió. Dorothy asintió y le quitó la tacita con sus pequeños deditos regordetes—. ¿Cuántos años tiene esta princesita tan guapa?

—¡La tontorrona tiene TRES AÑOS! —chilló Leo, correteando por la habitación hasta estrellarse de cabeza contra el oso gigantesco. Aquello hizo que la pequeña tontorrona se pusiese a llorar. Se puso de pie, soltó un grito y apretó las manitas en puños.

—Ay, madre —soltó Tommy—. Ven aquí, cariño. —Cogió a Dorothy en brazos y la llevó hasta una mecedora que había en la esquina, de donde sacó un trozo de algodón atado a un chupete. Dorothy cogió aquel objeto con ambas manos y se lo llevó ella solita a la boca con tanto gusto que soltó un suspiro de alivio—. Ve a correr —le dijo Tommy—. Ya me encargo yo. —Se sentó en la mecedora y sacó un libro de una estantería que tenía cerca. Leo se arrastró por el suelo como si estuviese en el ejército y luego apoyó la cabeza sobre uno de los pies de Tommy. Alice no tenía idea de cuándo se había convertido en alguien que saliese a correr por diversión, pero se puso un par de deportivas que había cerca de la puerta y salió hacia el mundo exterior.

37

El portero abrió la puerta de par en par y acomodó su cuerpo al lado de un árbol de más de un metro ochenta metido en una maceta, uno de los dos que flanqueaban la entrada al edificio.

—Buenos días, Alice —la saludó el hombre. Era bajito, con el rostro redondeado y el pecho amplio embutido en su chaqueta de solapas cruzadas. Alice se sintió muy mal por no saber cómo se llamaba, pues se figuraba cuántas personas que vivían en aquel edificio nunca se molestaban en usarlo hasta que llegaba el momento de escribirlo en un sobre por Navidad.

—¡Buenos días! —saludó ella, antes de apresurarse a salir hacia el aire de la madrugada de la zona oeste de Central Park. A diferencia de Broadway o la plaza Columbus, las abarrotadas áreas comerciales de aquel vecindario, la zona oeste de Central Park seguía siendo la misma de siempre. Los árboles estaban alineados contra las paredes de piedra como vecinos que compartían azúcar, y algunos de ellos se encorvaban hacia el suelo para ofrecer sombra a los bancos que tenían debajo. Los edificios residenciales que daban al parque no eran monstruosidades brillantes como las que podía ver asomarse por el horizonte del centro. Aquellos edificios eran de piedra caliza y ladrillos, elegantes y firmes. Podría haber sido cualquier año de las últimas cinco décadas. Había macetas con flores frente a los edificios más caros, y porteros que hacían guardia en las grandes puertas, listos para llamar taxis o ayudar a cargar con las bolsas de la compra. Sacó su teléfono de su bolsillo y marcó el número de su padre. ¿Qué le había dicho

Tommy? ¿Que fuese a visitar a su padre? ¿A verlo? ¿Había mencionado el hospital? Estaba casi segura de que no lo había hecho.

El teléfono sonó y sonó hasta que el mensaje del contestador de
Leonard empezó a reproducirse. Alice llevaba mucho sin oírlo —durante las semanas antes de su cumpleaños, no había tenido motivo
para llamar—, si su padre no podía contestar el teléfono, el cual era
un trozo de metal y plástico del tamaño de su bolsillo, después de
todo, ¿qué motivo habría tenido para llamarlo? Leonard le indicó que
dejara un mensaje y que él le devolvería la llamada en cuanto pudiera. Quizás estaba en la ducha. Quizás estaba desayunando en el City
Diner y se había dejado el móvil en casa. Alice siempre había envidia-
do eso de su padre: que él había mantenido una especie de actitud
inherente al siglo veinte respecto a los móviles, pues estos solían quedarse en casa, y él podía pasarse horas sin tocarlo sin mayor problema, mientras que ella apenas podía resistir diez minutos. Colgó sin
dejar ningún mensaje, luego cambió de parecer, volvió a llamar y, tras
el pitido, dijo:

—Hola, papá. Soy Alice. Solo quería oír tu voz. —Se encontraba
frente al Museo de Historia Natural, y una parte de ella pensó que, si
entraba y se dirigía directamente hacia la parte de debajo de la ballena, de algún modo sería capaz de ver a su padre y a sí misma tumba-
dos en aquel mismo lugar. Empezó a correr.

Unas cuantas manzanas más al norte, Alice se acercó a la esquina
de Belvedere. Se asomó por la calle y se sintió aliviada al verlo vacío,
sin ningún fantasma de la Alice del pasado ni del presente. Aumentó
la velocidad y pasó por al lado de parejas de ancianos que caminaban
de la mano y de vendedores de perritos calientes que estaban mon-
tando sus puestos para el día. La constancia de la ciudad era lo que la
mantenía erguida. Nueva York podía hacerse cargo de cualquier crisis
personal, pues siempre había visto algo peor.

El semáforo se puso en rojo en la esquina de la calle 86 y la zona
oeste de Central Park, y Alice se apoyó sobre sus rodillas mientras
jadeaba un poco. Una mujer que iba corriendo se detuvo a su lado,
sin quitarse los cascos. No le hizo caso hasta que la mujer agitó una
mano frente a su rostro.

—Buenos días —la saludó ella.

—Ah, venga ya —dijo la mujer mientras seguía dando saltitos en su sitio, como si fuese una boxeadora de peso pluma. Entonces comenzó a tamborilear sobre el aire—. Dices que es tu cumpleaños... la, la, la, la... ¡Pues también es mi cumpleaños! —entonó, antes de echarse a reír—. Mentira, no es mi cumpleaños. ¡Felicidades por los cuarenta, señorita! —Antes de que supiera qué estaba pasando, los brazos sudorosos de la mujer la rodearon en un fuerte abrazo.

—Oh, vaya. Muchas gracias —le dijo. Cuando la mujer se apartó, Alice la miró. Era una de las madres de Belvedere, una pesada insoportable. ¿Mary Elizabeth, quizás? ¿O Mary Catherine? Tenía dos niños, y a uno de ellos casi lo habían echado de parvulario por un incidente relacionado con mordiscos. Felix y Horace, así se llamaban. Recordaba sus cortes de pelo casi al ras y sus actitudes de asesinos en serie—. ¿Cómo lo sabes?

Mary Catherine o Mary Elizabeth sacudió su móvil en el aire.

—Pues es que has estado subiendo fotos en Instagram como loca. Vi el pastel y a tus nenes, un encanto. Mis hijos no pueden comer gluten porque hace que se pongan... —Hizo círculos con los dedos junto a sus orejas y puso los ojos bizcos—. Pero bueno, hemos conseguido una canguro, por fin, una nueva, así que tanto Ethan como yo iremos esta noche. Estaré lista y dispuesta para unos cuantos cócteles después de pasar el día entero con los niños. —Hizo otra cara graciosa—. En fin, debo terminar mi recorrido. ¡La salud es lo primero! ¡Nos vemos luego! —Se marchó tan rápido como apareció y recorrió la calle ancha en unas cuantas zancadas antes de desaparecer en el parque en dirección sur.

Alice iba a tener una fiesta de cumpleaños. Otra vez. Sacó su móvil para enviarle un mensaje a Sam, pero, cuando observó su conversación, esta era más bien escasa. La mayoría eran mensajes suyos en burbujas azules (¡Hola! Quería saber cómo estabas. ¿Tienes tiempo para cenar la próxima semana? ¿Cómo estás? Hay una maratón de *Sensación de vivir*, por si te interesa) y solo unas pocas respuestas de Sam (¡Quedemos para cenar, sí! Esta semana ha sido una locura, ¡ja!). Volvió a meter su teléfono en su bolsillo. Lo intentaría más tarde.

Le llevó otros seis minutos llegar corriendo hasta Pomander Walk. Tras la reja, Pomander estaba en silencio, aunque seguiría así por mucho. Alice quitó el cerrojo de la pesada reja y avanzó rápido hasta la puerta de su padre. No quería ver a ninguno de sus vecinos porque no se sabía las respuestas a ninguna de las preguntas básicas, incluso un simple «¿qué tal?» suponía un montón de dudas existenciales. Cerró la puerta a sus espaldas y Ursula de inmediato se dirigió hacia sus piernas. Alice se agachó para recogerla y abrazarla contra su pecho.

—Hola, michi —dijo en un susurro contra el pelaje negro de Ursula, pues no sabía si su padre estaba en casa y si seguía durmiendo. Pese a que todas las luces estaban apagadas, estaba empezando a amanecer, de modo que podía moverse por la casa sin problemas. Podría haberlo hecho con los ojos vendados. Cuando llegó al final del pasillo, estiró una mano hacia el pomo de la puerta de la habitación de su padre, pero se detuvo. ¿Qué quería ver? ¿Quería encontrarlo allí, dormido? ¿Quería ver una cama vacía? En su lugar, se dirigió a su propia habitación y abrió la puerta de golpe.

Había una alfombra en el suelo. Parecía vieja y cara, quizás turca. Era posible que siempre hubiese estado allí, bajo sus montones de pertenencias, aunque no recordaba haberla visto. También había un escritorio donde tendría que haber estado su cama, uno grande y de madera.

—Pero ¿qué carajos es esto? —exclamó. Ursula saltó de sus brazos y aterrizó en el suelo con un golpe seco. Alice abrió la puerta del armario y encontró ropa colgada y ordenada en perchas, además de sábanas y toallas dobladas. Nada de aquello era suyo—. No puede ser.

Salió de su habitación y se dirigió a la de su padre, antes de quedarse unos segundos delante de su puerta. Llamó una vez, suavecito, y apoyó una oreja contra la madera. No se produjo ningún sonido, de modo que volvió a llamar y giró el pomo muy despacio.

La cama de Leonard estaba vacía y hecha con pulcritud, como siempre, con sus cuatro almohadas acomodadas en la parte de arriba y su manta con patrones extendida sobre el colchón, con todos los lados igual de largos. Volvió a cerrar la puerta y retrocedió hasta el pasillo. Ursula soltó un maullido, en definitiva para pedirle que le diera de comer con tanta elegancia como era posible, de modo que Alice sacó una lata y la vació en el cuenco de la gata, el cual se encontraba en su lugar de siempre, sobre una bandejita en el suelo de la cocina.

La mayoría de las cosas de la cocina estaban iguales. Aquello era lo que pasaba cuando se vivía en un mismo lugar durante décadas, si eras como Leonard. Las cosas que habías comprado hacía una vida, por puro capricho o porque simplemente necesitabas un taburete, así que compraste el primero que viste en Laytner's Linen, pues... eso era lo que tenías para siempre. A Leonard nunca le había importado demasiado el diseño de interiores, ni cualquier tipo de diseño, en realidad. Sin embargo, la cocina tenía algo diferente, y le llevó unos cuantos segundos de quedarse plantada en medio de aquella estancia para descubrir qué era.

No había ningún cenicero.

Revisó la mesa, y no había ninguno. Le echó un vistazo a la encimera de la cocina. La casa olía a lavanda y jabón. Se volvió hacia la nevera y llevó una mano hasta el asa de la puerta, pero se detuvo al ver una foto de ella pegada a la puerta con un imán que Leonard había tenido toda su vida: un logo circular de la NASA que habían comprado en un museo cuando ella era una niña.

La foto parecía una postal navideña, hecha por un fotógrafo profesional e impresa en un papel para postales grueso. «¡Feliz Año Nuevo!», rezaba en letras grandes y doradas. En la foto, Alice tenía a Leo y a Dorothy en su regazo, y el niño aferraba un camioncito de juguete en su manita regordeta. Tommy se encontraba de pie detrás de ellos, con las manos apoyadas sobre los hombros de ella como una especie de masajista cutre.

La puerta principal crujió, y Alice dio un bote.

—¡Papá! —soltó, al tiempo que se giraba y el corazón le iba a mil por hora.

—Eh... no —repuso una vocecita. Una chica menudita que iba con tejanos y una sudadera extragrande la saludó desde la entrada—. Soy Callie, la vecina de al lado. Me encargo de Ursula mientras Leonard, quiero decir, tu padre, está en el hospital.

—Ah, claro —dijo Alice, antes de tragar en seco—. Hola, Callie. Muchas gracias. Acabo de darle de comer a Ursula, pero seguro que le encantaría que le hagas mimos un rato.

—Vale —contestó Callie, sin moverse de la puerta.

Alice tocó la postal de la nevera y cubrió su rostro con la yema de su dedo índice.

—Eso, gracias —añadió, antes de pasar por su lado y salir por la puerta. El horario de visitas empezaba a las once, de modo que no podía ir directo hacia el hospital. Le echó un vistazo a las llaves que tenía en la mano y empezó a caminar de vuelta al San Remo. No terminaba de verlo como su hogar.

38

Los niños soltaron un gritito cuando Alice entró por la puerta. *Qué bonito, un comité de bienvenida,* pensó. Si bien había pasado mucho tiempo pensando en las desventajas de ser madre —las noches en vela, los pañales, un compromiso de por vida para querer y apoyar—, no había reparado demasiado en las ventajas.

—¡Me daré una ducha rápida y luego voy para allí! —exclamó. Siempre había vivido sola, y en aquel momento se percató de que siempre había sido un poquitín solitaria, además del hecho de que disfrutaba del silencio y de tener su propio espacio y libertad. Una vez en el baño, Alice echó el pestillo, pues no estaba lista para la intimidad a gran escala que Tommy daba por sentada, y trató de llamar a Sam. Cuando su amiga no contestó, en lugar de dejarle un mensaje de voz, le envió uno de texto: *Me encantaría hablar contigo, por favor llámame en cuanto puedas.*

Algunas de las cosas que eran diferentes en el cuerpo de Alice: sus pezones eran más grandes y más oscuros, uno más que el otro. Su estómago era suave y se inclinaba ligeramente en dirección a su pelvis, con la piel marcada con puntitos plateados y líneas cortas, como un mensaje en código morse que decía «he tenido dos hijos». Parecía un juego, o un rompecabezas en la parte de atrás de una revista. ¡Busca las diferencias! Su cabello estaba más corto, y notaba que era un corte mucho más caro que los que había tenido nunca. El color era el mismo que había tenido de forma natural durante el verano cuando era niña, bañado por el sol y rubio, solo que era octubre y ella llevaba dos décadas sin ser así de rubia. Los distintos champús que tenía a disposición eran caros, con envoltorios artísticos, y estaba segura de que el bote gigante para el jabón costaba cincuenta dólares. Seguía sin saber en qué trabajaba Tommy. Una parte de ella lo sabía, claro, pero no la parte que estaba al mando en aquellos momentos. Tenía muchas pero que muchas preguntas que hacerle a su padre. ¿Había dejado de fumar solo porque ella se lo había pedido? ¿Qué le había pasado a su otra vida, a aquella que había tenido antes? ¿Seguiría en marcha, sin ella, o es que le había dado al botón de reiniciar al mundo entero? Aquella parecía una responsabilidad demasiado grande. Leonard había estado sonriendo, ¿verdad? Cuando le había contado cómo funcionaba todo.

Una vez que estuvo limpia, seca y vestida, se dirigió hacia el salón, donde encontró a los niños y a una mujer desconocida —¿era Sondra?— sentados a la mesa de la cocina, entretenidos con algo. Solo que, por supuesto, Alice era la única desconocida en aquel lugar, no aquella mujer.

—¡Mami, mira! Sondra nos ha ayudado —dijo Leo. Cogió algo de la mesa y corrió a mostrárselo. Era un trozo de cartulina doblado con un corazoncito puntiagudo en la parte delantera y «Leo» escrito en letras grandes en el interior.

—Gracias —le dijo ella—. Es perfecto. —Le dio un beso al niño en la coronilla. Había matrimonios concertados en tantos lugares del mundo, situaciones en las que se entraba en una habitación como desconocidos y se salía siendo familia. La gente aprendía a quererse día tras día. Alice sentía como si hubiese entrado en el rodaje de una serie de televisión, no *Los hermanos del tiempo* sino *Malcolm* o *Roseanne*, algo que se hubiese grabado en un plató con un sofá en el centro y la cámara donde la tele se encontraría en la vida real. Aunque no le parecía real, estaba dispuesta a darle una oportunidad. Cogió una cera y un trozo de cartulina y se puso a dibujar.

39

El hospital estaba tal cual lo recordaba: una serie de edificios grandes y de cristal que se aferraban a la parte más alta de Manhattan, con el río Hudson por debajo. Un cartel gigantesco que proclamaba que era el hospital número 11 del país estaba colgado en la avenida Fort Washington, lo que hacía que pareciese algo mediocre de lo que presumir. El personal sanitario hacía cola con sus uniformes en los *food trucks* que había fuera del hospital, completamente ajenos a las ambulancias y a cómo llevaban y traían a los enfermos y moribundos. El que le resultara tan conocido le pareció reconfortante, y una vez más pensó en lo que su padre le había dicho, eso de que la vida era bastante inmutable. Leonard no estaba muerto. Seguía con vida y en aquel mismo lugar, donde lo había dejado.

Alice esperó dentro del hospital para registrar su visita. Reconoció a dos de los trabajadores de recepción, London y Chris, quienes, como siempre, sonreían y charlaban con las personas que iban de visita mientras estos les entregaban sus carnés. Cuando le llegó su turno, dio un paso frente al sitio de London y le sonrió.

—Anda, pero ¡si es la cumpleañera! —London se apartó del hombro una melena ficticia—. ¡Mira qué guapa estás!

El vestíbulo del hospital era espacioso y de techos altos, con un Starbucks en un extremo y una tienda de regalos que vendía osos de peluche baratos y chocolatinas en el otro. Era lo bastante ruidoso como para que nadie más pudiera oírte salvo que de verdad se estuviesen esforzando en hacerlo.

—¿Cómo lo sabes? —le preguntó.

London agitó el carné de conducir que ella le había entregado.

—Y además soy adivino.

—Ya —dijo Alice, avergonzada—. Fue ayer.

—Sube, sube —le indicó London—. ¿Recuerdas dónde es? La habitación está en el pase —añadió, mientras le devolvía su carné y el pase sobre el mostrador.

El hospital se parecía al San Remo, en cierto modo. Había varios grupos de ascensores y puertas sin ningún distintivo que conducían a sitios a los que quienes no eran parte del personal del hospital no debían ir. La gente evitaba el contacto visual tanto como fuera posible. Alice se subió a un ascensor vacío hasta la quinta planta, cruzó dos puertas dobles y avanzó más allá de la zona de visitas que tenía las vistas hacia el río y las empalizadas grises y empinadas, las que estaban cerca del puente George Washington. Aunque los pasillos le parecieron estériles, con botes de desinfectante para las manos cada pocos metros, no estaban tan limpios como cabía esperar, pues tenían montoncitos de polvo en los zócalos y gente tosiendo en el ambiente compartido. Le entró frío, así que se cerró un poco la chaqueta. Estaba cerca.

No le parecía justo. Se suponía que las cosas siempre eran iguales cuando uno volvía atrás en el tiempo, en la otra dirección. Había asumido —y se percató de ello mientras recorría el último pasillo— que aquella parte sería diferente, del mismo modo que su piso en un bajo había cambiado por un apartamento soleado y para ricos acompañado de unos niños adorables y una canguro. Había asumido que, si las cosas se habían corregido, lo habían hecho al completo. Todos morían, claro. Todos morían al final, en un momento indeterminado del futuro. Se suponía que la gente tenía que morir cuando sus allegados podían asentir, tristes, y decir que «había llegado el momento». ¿Y qué era lo que había hecho ella sino trastocar dichos momentos? Lo que fuera que hubiera conseguido entre cumplir los dieciséis y aquel momento había cambiado el resto de su vida, de modo que, ¿por qué no había cambiado eso? Alice llegó a la sala rodeada de cortinas que era la habitación de su padre. Había una pizarrita en la pared de fuera que tenía su nombre escrito, así como el del personal sanitario que lo atendía y sus medicamentos. La tele estaba encendida, y pudo ver los subtítulos descriptivos en la pantalla. Era el pronóstico del tiempo. «Más calor de lo normal, máximas de 18° hoy y de 21° mañana. A ver si nos duran hasta *Halloween*». Llevó una mano a la cortina y la abrió.

Leonard se encontraba en su cama. No tenía ningún tubo metido en la nariz ni ninguna vía en el brazo, nada que no fuese una cánula pegada a su antebrazo y que colgaba como la parte de arriba de una zanahoria marchita. Una bata de franela cubría su bata de hospital y envolvía su frágil cuerpo como si de una manta se tratara. Hacía muchísimo frío en la habitación, como siempre. Su padre tenía los ojos cerrados y la boca abierta, y Alice pudo oír cómo soltaba el aire por sus labios agrietados.

Solía haber gente que entraba y salía de las habitaciones de hospital, aquella era una de las cosas que hacía que toda esa experiencia fuese más tolerable. Un desfile interminable de personal sanitario y terapeutas de distintos tipos, además de trabajadores que llevaban sábanas limpias. A uno siempre lo obligaban a entablar conversaciones cordiales y cháchara insulsa. Un nuevo nombre que aprenderse, un nuevo saludo que ofrecer. Había una mujer en aquel momento, al lado de la ventana. Alice pensó que estaba bien que se estuviese tomando un momento para contemplar el río Hudson antes de continuar proporcionando líquidos o comida o revisando constantes vitales o sacando la basura, fuera cual fuese su trabajo. Cuando se acercó un poco a su padre, la mujer se volvió y le sonrió.

—Alice —dijo, y extendió ambas manos para tomar las suyas como si tuviese unas pinzas de cangrejo pálidas. Alice acercó las suyas sin protestar hacia las de la mujer, pero esta no había terminado, sino que siguió tirando de ella hasta que sus cuerpos se encontraron presionados uno contra el otro en un fuerte abrazo. Era bajita y de contextura gruesa, como un muñeco de nieve, y tenía una corona de rizos grises.

—Hola —la saludó—. Creo que tú no eres doctora, ¿verdad? —La mujer tenía la apariencia de todas las terapeutas del Upper West Side que Alice había conocido en su vida, o de una directora de instituto, una profesión que demandaba tanto calidez como mano firme. Había algo en su rostro que le parecía conocido, aunque no conseguía identificarla. En la sección de quesos en el súper. En la cola para comprar palomitas en el cine subterráneo Lincoln Plaza. Parecía ser la madre de alguien. Por un instante lleno de pánico pensó que podía ser *su* madre, pero no, era imposible.

La mujer se echó a reír.

—Ay, Dios, ¿te imaginas? Ya sabes cómo me espanta la sangre. —La soltó y fue a sentarse a la única silla que había disponible en la habitación.

—¿Cómo está hoy? —quiso saber Alice.

—Bien —contestó la mujer. Tenía una gran bolsa de tela a sus pies, y metió la mano en ella para sacar algo que estaba tejiendo—. Básicamente igual que ayer.

Alice se giró hacia su padre. Tenía la piel amarilla y pálida bajo las luces fluorescentes, y sus mejillas estaban cubiertas por una barba que ya parecía tener varios días. Le tocó la mano.

—Hola, papá —dijo ella, en voz baja.

—¿Qué tal estuvo el resto de tu cumpleaños? ¿Los niños te prepararon algo? —le preguntó la mujer.

—Bien, bien —aseguró Alice. Notó que algo le tocaba la espalda y, cuando se giró, vio que la mujer tenía un sobre en las manos.

—Tu padre te escribió algo. Una postal por tu cumpleaños, supongo. —Se trataba de un sobre blanco y sencillo con su nombre escrito con la letra terrible y desordenada de Leonard. Alice lo recibió con cuidado y lo sostuvo con ambas manos.

—¿Cuándo la escribió?

—No estoy segura, me la dio hace como un mes. Para que te la diera, justo hoy. —Su expresión se quebró un poquito—. Ay, Alice. —La mujer le rodeó la cintura con los brazos—. De verdad quería estar presente en tu cumpleaños.

—Lo está —dijo ella, antes de apartarse a pesar de la reticencia de la mujer a soltarla.

—Os daré un momento. ¿Quieres que te traiga algo de la cafetería? ¿Un bocadillo de lechuga pastoso? —Su mirada era cálida, pero

Alice negó con la cabeza. La mujer metió la mano en su bolso para buscar su cartera y luego sacó un billete de veinte dólares antes de devolver la cartera a su sitio—. Ya vuelvo.

En cuanto la mujer se marchó, Alice abrió la postal de su padre. Aunque sus letras parecían jeroglíficos, consiguió descifrar lo que decía: «Al, bienvenida de vuelta. Ya te acostumbrarás. Feliz cumpleaños de nuevo. Te quiere, papá». No era lo que quería que dijera, algo como: «¡Sorpresa! ¡Estoy despierto! Solo estaba fingiendo un poco». O quizás: «Hay una llave escondida bajo la cama, búscala y podrás volverme a encender, como uno de esos juguetes mecánicos». Alice devolvió la postal a su sobre y se lo metió en el bolsillo trasero.

—Venga ya, papá. Un poquito de ayuda habría estado bien —le dijo.

Metió la mano en el bolso de la mujer de los abrazos, cogió su cartera y la abrió. El nombre que vio en su carné de conducir era Deborah Fink, y la foto debía tener como mínimo una década, pues Deborah había estado más delgada y su cabello aún era un montón de rizos castaños que le caían hasta los hombros. Su dirección decía que vivía en la calle 89 West, a tan solo unas pocas manzanas al sur de Pomander. Era probable que se la hubiese cruzado montones de veces, incluso que se hubiese sentado a su lado en el bus M104 que iba y venía por Broadway.

Una médica llamó a la puerta y asomó la cabeza en la habitación. Alice se congeló como si la hubiese atrapado robando. La médica era una mujer negra y alta que llevaba un estetoscopio. Este tenía un koala de juguete aferrado a él, lo que Alice pensó que la hacía parecer una pediatra. A todo el mundo le agradarían más los médicos si estos parecieran pediatras. Deseó que le diera una cajita de pegatinas o de juguetitos, algún premio por haber llevado a cabo algo difícil o aterrador.

—Ah, hola —dijo ella, antes de devolver la cartera de Deborah a su bolso y pincharse con una aguja para tejer en el proceso—. Ay. No pasa nada. —Extendió una mano hacia la de la médica, recién desinfectada.

—Soy la doctora Harris, estoy de turno hoy. Eres la hija de Leonard, ¿verdad? —La doctora se echó más desinfectante de un dispensador que había en la pared y se lo extendió por las manos mientras hablaba.

Alice asintió.

La médica entró en la habitación. Era increíble ver lo cómodas que podían estar las personas alrededor de pacientes enfermos, de cuerpos que no podían hacer lo que se suponía que debían hacer por sí mismos. Claro que aquello era lo que se suponía que hacían los cuerpos: fallar. Era ella la que lo había entendido todo mal y estaba intentando nadar contra corriente.

—Hablé con tu madrastra ayer y luego volveré a hablar con ella más tarde. Tu padre está estable, por el momento. Pero quiero mandar a los de cuidados paliativos para que hablen con vosotras y os cuenten un poco lo que está por venir y cómo asegurarse de que Leonard siga cómodo. Creo que pronto tendremos que conversar sobre moverlo a la planta de cuidados paliativos. —La doctora Harris hizo una pausa—. ¿Estás bien?

Alice no estaba nada bien.

—Sí, sí —le aseguró—. Dentro de lo que cabe.

—Ya. —La doctora miró a Leonard—. Tu padre ha peleado muy duro. Es un hombre muy fuerte.

—Gracias —contestó Alice. La doctora Harris le dedicó una sonrisa escueta y se marchó, aunque se detuvo algunos segundos en la puerta para garabatear algo en la pizarrita.

»Perdona por no contártelo —le dijo a su padre—. Me gustaba más tu versión. Con salud y muy guapo y viviendo en Pomander. —Bajó la voz a un susurro—. Me casé y tengo dos hijos. No sé si tengo trabajo, ¿cómo me entero de si tengo algún trabajo? No sé cómo hacer esto, papá. Tendría que haberte preguntado más cosas.

Leonard hizo un sonido de incomodidad, dolor o quizás un sonidito involuntario al estar dormido, no podía estar segura. Se inclinó sobre su padre y apoyó una mano sobre su mejilla.

—Papá, ¿me oyes? Perdóname por no contártelo. Pero ya estoy aquí, he vuelto. Soy yo. —La lengua de Leonard se movió dentro de su boca, como la de un loro—. Estaba allí, pero ahora estoy aquí y todo es diferente y no sé qué carajos está pasando. —Aquella parte le parecía la misma, como si estuviese tratando de hablar con su padre desde el otro lado de un abismo gigantesco. Ninguno de los dos iba a enterarse de todo lo que dijera el otro, y lo que fuera que quisiera decir habría tenido que decirlo mucho tiempo atrás. No era como la gente que se sentaba al lado de las camas de sus familiares con quienes llevaban siglos sin hablar, a la espera de que les pidieran disculpas o les dieran el código de una caja fuerte llena de cariño y ternura. Alice y su padre siempre habían sido buenos amigos. Era la suerte, estaba segura de ello, la pura suerte, aquello que les otorgaba a algunas familias unas personalidades que se complementaban entre sí. Muchísima gente desperdiciaba sus vidas tratando de que alguien los entendiera. Y lo único que ella quería era más tiempo.

Oyó un silbido, como el de una cortina de baño al abrirse. Deborah había vuelto y llevaba con ella una bolsa de patatas, una barrita Snickers y dos cafés.

—Toma —le dijo—. Escoge.

Alice se secó las lágrimas y luego le quitó el café que tenía Deborah en la mano izquierda.

—Madrastra —soltó.

Deborah hizo un ademán con la mano libre, lo que hizo que se le cayeran las patatas al suelo. Ambas se agacharon para recogerlas y chocaron la una contra la otra en el angosto espacio que había junto a la cama de Leonard.

—Ay, venga ya, cariño —le restó importancia Deborah—. Sabes que solo soy tu Debbie.

—Siempre quise que encontrara a alguien —dijo Alice—. De verdad.

—Lo sé —dijo Deborah. Debbie. Su madrastra, Debbie, quien la llamaba «cariño»—. Nunca me habría invitado a salir si no fuese por ti.

—¿Me puedo quedar con el Snickers también?

221

—En lo que a mí respecta, sigue siendo tu cumpleaños, cielo. Puedes quedarte con todo. —Debbie se acercó hasta que las puntas de sus zapatos rozaron las de Alice y luego se estiró para depositar un beso en su frente. Olía a leche tibia y a café malucho y a perfume de jazmín. Pensó en todos los artículos que había leído en su vida, en los libros de autoayuda, en todos aquellos consejos que hablaban sobre las mujeres que lo tenían todo en la vida y en cómo solo el hecho de contar las cosas que una estaba tratando de balancear en una sola vida era una tarea titánica. Nunca había tenido en cuenta todas las cosas que podría tener ni las que no.

—Lo intentaré —dijo Alice.

40

Tommy le dijo que la fiesta sería algo íntimo, pero también que los del *catering* iban a llegar a las cuatro para tenerlo todo listo para las seis, que el barman iba a llegar a las cinco, aunque el alcohol ya había llegado, y cuando la gente con camisas blancas y planchadas y chalecos negros empezó a llegar, Alice supo que ella y Tommy tenían definiciones diferentes para la palabra *íntimo*. Recordó algunas cosas, como que la fiesta había sido idea suya. Ella siempre quería fiestas, solo que nunca las disfrutaba.

Su armario era increíble: no exactamente como el exhibidor mecánico de Cher Horowitz en *Clueless*, aunque tampoco era que no se parecieran. Además de sus vestidos vintage, muchos de los cuales sí que reconocía, y su pila de tejanos, el vestidor estaba a rebosar de cosas caras y hechas por diseñadores conocidos que jamás se habría podido permitir con su salario en Belvedere. *Vale*, pensó. Aquello estaba mejor. Aquella era la parte divertida de viajar en el tiempo, la escena que reconocía. Toqueteó todo lo que había dentro como si estuviese en uno de esos concursos en los que uno se llevaba todo lo posible del supermercado y, tras dejar la puerta del vestidor abierta, fue a sentarse a la cama. Quería saber quién iba a ir a la fiesta, de modo que abrió su correo electrónico y empezó a buscar. Más que nada había correo basura, como siempre. Buscó «Belvedere» en su bandeja de entrada, y aparecieron unos mil mensajes: formularios de vacunación, colectas y regalos para los profesores por las fiestas.

—Jesús, María y José, soy *madre* —se dijo a sí misma. Y no una cualquiera, sino una de Belvedere. Si bien había distintos tipos, claro, tampoco había demasiados entre los que escoger. Leonard siempre había cantado como una almeja con sus camisetas y sus deportivas cutres, solo que ganaba suficiente dinero como para que los demás padres se limitaran a excluirlo en lugar de a mirarlo por encima del hombro. Alice tenía muchos amigos en Belvedere que eran profesores y cuyos hijos estudiaban allí mismo. Melinda, por ejemplo, así como la mayor parte del personal que tenía hijos. Era una gran ventaja, una matrícula bastante reducida para quienes tuvieran padres que trabajaran en la escuela, aunque ella sabía que dicho descuento se había visto bastante mermado con el paso de los años. Aquellos eran los padres de familia que le caían bien a ella. Los demás (aquellos que pagaban la entrada completa, como Emily y ella solían llamarlos) no tanto.

Sin embargo, sabía bien cómo se vestían. Sacó unos cuantos vestidos de su armario —holgados, ceñidos, unos con piedras enzarzadas y otros con unas cuantas plumas— y los depositó sobre la cama. Era como jugar a disfrazarse, solo que en la vida real. Al menos en aquella versión de su vida real.

Dorothy se acercó con sus pasitos tambaleantes para ver qué hacía y no tardó ni un segundo en estirar una de sus manitas cubiertas de mermelada sobre el edredón y en dirección a uno de los vestidos, uno beis que parecía perfecto para una monja muy muy rica.

—Hola, Dorothy —dijo Alice—. ¿Te gusta ese?

Dorothy se lamió la mano y luego negó con la cabeza.

—Me gusta el rosa.

El rosa era muy bonito, desde luego. Tenía un cuello alto con unos volantes grandes que le recordaban al vestido del baile de la escuela en *La chica de rosa*, y llegaba casi hasta la mitad de sus muslos, desde donde continuaba con tantas plumas que podía vestir a una docena de avestruces.

—¿No crees que es demasiado ostentoso? —preguntó, y Dorothy negó con la cabeza, muy decidida.

—¡Es como un flamenco! —Dorothy parecía ser una personita muy directa. Alice estaba segura de que, si fuese su madre, si pudiese recordar ser su madre, la querría con locura. Podía sentir algo, quizás amor o devoción, que entraba en la habitación como si fuese una nube invisible. Aunque no era exactamente lo que se había imaginado que era la maternidad, ¿qué sabía ella sobre madres? Apenas podía recordar haber estado en la misma habitación que la suya: tenía tres o cuatro recuerdos y para de contar. Todo lo demás había sido a larga distancia y había llegado tras la partida de Serena. Pese a que la gente solía decirle que era muy difícil para una madre perder la custodia de sus hijos, no había sido el caso de Serena, pues ella había estado de acuerdo. Ser madre era como esquiar cuesta abajo o preparar una comida muy complicada desde cero: si bien cualquiera podía aprender a hacerlo, era más fácil para quienes habían aprendido al ver a otras personas hacerlo primero, además de bien, desde muy jóvenes.

Sondra llamó a Dorothy, y la niña no tardó en dirigir sus pasitos tambaleantes de vuelta a la cocina, donde la cena ya estaba servida para los niños. Alice volvió a mirar su teléfono: intentó llamar a Sam, pero esta seguía sin contestar. Su madre le había dejado un mensaje, lo que le parecía ser la única parte de su vida que seguía siendo igual. Tenía media docena de mensajes de personas cuyos nombres no reconocía y que le deseaban felicidades atrasadas por su cumpleaños. Alice era popular.

Tommy entró en la habitación y cerró la puerta a sus espaldas. Estaba sudoroso de nuevo y con ropa de deporte. Un matrimonio de personas ricas con niños pequeños parecía consistir en los padres turnándose para hacer ejercicio y luego darse una ducha. Recordó haberse acostado con Tommy, y lo lejana que le parecería aquella noche a él.

—Oye —lo llamó—. ¿Te acuerdas cuando follamos cuando cumplí los dieciséis?

—Jeje —contestó él—. ¿Le devolviste la llamada al fontanero? Todavía hay una fuga en mi despacho, seguro que viene del piso de arriba.

—Vale —dijo ella. Estaba de pie solo con su ropa interior, la cual era bastante agradable a la vista, de esas que venían en una caja rodeada de papel de seda y que se suponía que uno debía lavar a mano.

Estaba acostumbrada a comprar sus bragas en packs de tres y luego ponérselas hasta que se manchaban o se rompían demasiado como para seguir usándolas, en cuyo caso las tiraba y compraba nuevas. Se pasó una mano por su sujetador de encaje—. Es bonito, ¿no crees?

—Sí, he visto las facturas de las tarjetas de crédito. —Tommy se quitó la camiseta con un solo movimiento—. ¿Cómo estaba tu padre? ¿Estaba Debbie por ahí?

—Sí, ha sido un encanto. Mi padre no ha hablado, pero ha hecho algunos sonidos. Creo que sabía que estaba ahí. No, seguro que lo sabía —dijo, aunque no estaba muy convencida. ¿Qué era seguro? ¿Qué era real? Había estado de pie al lado de su padre y había tocado su mano. Ninguno de los libros sobre duelo que había comprado y que casi ni había leído mencionaban aquella posibilidad. O quizás era que ella no había leído con suficiente atención. Quizás había capítulos secretos escritos solo para personas como ella, como el manual de *Beetlejuice*. No se necesitaba la información hasta que llegaba el momento. Se sentó en la cama y echó un vistazo a la pila inestable de libros que tenía en su mesita de noche. Brené Brown, Cheryl Strayed, Elizabeth Gilbert. Parecía que, si Oprah había leído un libro y le había gustado, Alice lo había comprado. No había ninguno que no reconociera. Tommy entró al baño, y ella oyó el agua que salpicaba sobre las baldosas de las paredes. Había un pequeño cajón en la mesita, y Alice lo abrió. Metió la carta de su padre y volvió a cerrar el cajón con delicadeza. *Barrio Sésamo* sonaba a todo volumen desde el salón. La letra del día era la ele. Sus hijos chillaron, contentos.

Sondra hizo que Leo y Dorothy se pasearan rápido por la fiesta para que saludaran e hicieran reverencias adorables a los invitados. Alice se percató de que quería seguirlos hacia sus habitaciones y acurrucarse bajo las mantas, con sus cuerpos pequeñitos apretujados contra el de ella, solo que se había puesto el vestido de flamenco y aquella era su fiesta, así que no tenía permiso para irse. Sam aún no le había devuelto la llamada, y Alice estaba empezando a entrar en pánico. Leonard le había dicho que era como un paracaídas, un tobogán, un salto hacia adelante, y ella había terminado allí. Fuera lo que fuese que había hecho, las decisiones que hubiese tomado, todo ello la había conducido hasta donde se encontraba. Seguía haciendo listas mentalmente para tratar de descifrar todo lo que había ocurrido en el medio. Su matrimonio, claro, y sus hijos. Solo que seguía habiendo estudiado en una escuela de arte, pues algunos de sus proyectos estaban colgados en las paredes, y le seguían gustando las mismas cosas. La nevera estaba llena de avgolemono de Fairway y jalá de Zabar y salmón ahumado de Murray, y sus libros favoritos seguían en las estanterías, en las ediciones que siempre había tenido. Les sonrió a todos los que entraron en su piso, con la impresión de ser una amnésica de fiesta. Siempre y cuando nadie le hiciera ninguna pregunta importante directa, todo estaría bien. Al haber ido a muchas fiestas como aquella en casas de padres de Belvedere, Alice creía que podría pasarse la velada entera hablando de los aperitivos más deliciosos y haciéndoles preguntas a las personas que comentaban que estaban renovando sus casas.

El piso no tardó en llenarse: los abrigos se colgaron en un perchero de metal que había en el largo recibidor y los del *catering* iban y venían por el salón mientras llevaban bandejas con *hors d'oeuvres*. La estancia estaba llena de personas bien vestidas, y la música que a ella le encantaba salía de unos altavoces ocultos cuyo funcionamiento desconocía. Los padres más sofisticados se quedaron en un grupito muy compacto, los mismos que podrían caber en un velero. La misma historia de siempre.

Tommy era un buen anfitrión; Alice lo vio circular por el salón y apoyar suavemente la mano en la espalda de las mujeres o sobre sus hombros, de un modo que no era ni depravado ni condescendiente. Parecía amigable, aunque algo distante, como una persona que estuviese presentándose a presidente. Se encontró con su mirada desde el otro extremo de la habitación, y él le hizo ojitos. ¿Era aquello lo que había querido? Si bien era algo en lo que había pensado, nunca quería admitírselo a sí misma. Había asistido a aquel tipo de fiestas y había visto a los anfitriones revolotear por las estancias, llenos de una confianza en sí mismos que habían desarrollado en pistas de tenis o montañas para esquiar, y haciéndolo todo de forma generosa porque siempre tenían mucho que ofrecer. Se había quedado mirando aquellos matrimonios, había cotilleado sobre ellos, se había burlado de ellos. Solo que la forma en la que Tommy la estaba mirando no era ningún chiste, y la forma en la que ella se sentía tampoco. El dar un salto de un viaje en el tiempo a una fantasía —los cuales eran primos cercanos, al fin y al cabo— le parecía parte de un cuento de hadas en el que una princesa caía en un hechizo y debía obligarse a permanecer despierta. Podía ver lo fácil que sería dejarse llevar sin más.

—La fiesta va la mar de bien —le dijo a uno de los camareros, antes de pillar una copa de champán de su bandeja—. Gracias. —El camarero le dedicó un ademán con la cabeza y se dirigió hacia el siguiente invitado.

La deportista con la que se había encontrado antes hizo contacto visual con ella desde la puerta, y, en cuanto se quitó el abrigo, cruzó la estancia a paso rápido para dirigirse hacia donde se encontraba Alice. Esta había escogido un lugar cerca de la ventana, con las estanterías a sus espaldas, de modo que fuese un poco complicado acercársele, dado que uno debía rodear el sofá por un lado o por el otro, y, si se escogía el lado equivocado, uno tenía que apretujarse entre las rodillas de las personas sentadas en el sofá y la mesita de centro o menearse un poco para pasar al lado de una mesita sin tirar al suelo una lámpara.

Mary Catherine o Mary Elizabeth tenía unos tendones excelentes y podía pasar las piernas por encima de cualquier cosa. Cruzó la estancia en un minuto exacto y aprovechó para pillar un diminuto sándwich de gamba por el camino. Alice la vio metérselo entero en la boca y separar muchísimo los labios de modo que sus dedos no fuesen a estropear su pintalabios.

—Perdonad —dijo Alice, cuando Mary Catherine o Mary Elizabeth estaba lo bastante cerca. Como aún seguía masticando, alzó un dedo en el aire para decirle que esperara, pero Alice ya se estaba apretujando para pasar por el lado angosto del sofá y escabulléndose por delante de las piernas de aquellos que estaban sentados allí, de modo que las plumas de su falda les hicieron cosquillas en los tobillos a todos.

Había una pequeña cola para el baño. Alice les sonrió a todas las mujeres que le dedicaron una sonrisa, las cuales fueron todas. Los hombres se encontraban en un grupito cerrado en el recibidor, todos vestidos con camisas elegantes, aunque algunos las llevaban metidas dentro del pantalón y otros no. Los que llevaban la camisa por fuera de los pantalones eran los padres aventureros, los que no trabajaban en el sector de finanzas, sino que eran abogados o provenían de familias con tanto dinero heredado de generación en generación que no tenían la necesidad de trabajar en absoluto. Era un grupo que se dividía en los padres documentalistas, quienes hacían películas sobre el tráfico de personas, y aquellos ambiciosos y adictos a las drogas y al poder que querían que papi estuviera orgulloso de ellos. Alice recibió unos cuantos ademanes con la cabeza y un saludo con la mano. No parecía que quisiesen hablar con ella, del mismo modo que ella tampoco quería hacerlo. Tommy se encontraba con un grupo de hombres cerca del bar, con una mano apoyada sobre el hombro de otro hombre. ¿Era así como todo aquello funcionaba? ¿Las parejas intercambiaban una mirada desde extremos opuestos de la sala y luego quizás follaban a sabiendas de que cada uno tal vez había tenido un momento interesante al hablar con toda esa gente? Alice le echó un vistazo a su teléfono y deseó que Sam la llamara. ¿Iba a ir a la fiesta? Le daba mucha vergüenza preguntárselo a Tommy.

Se chocó con una de las camareras y casi volcó una bandeja entera de miniquiches a la alfombra.

—Ay, lo siento mucho, Emily.

Emily se enderezó, con las mejillas sonrojadas.

—No, ha sido culpa mía, no te he visto.

—No, yo no te he visto. ¿Qué haces por aquí? —Alice y Emily se apretujaron contra la pared para dejar que los demás camareros siguieran pasando.

—Qué sorpresa que recuerdes mi nombre. Eh… vaya. Ya sabes, lo del *catering* es solo algo extra. Sigo trabajando en Belvedere. —Emily se asemejaba cada vez más a un tomate.

—Ya, claro —asintió Alice—. No quería incomodarte, es solo que me alegro de verte. ¿Cómo está Melinda?

Emily bajó un poco la cabeza.

—¿Melinda? Bien, supongo. Se jubiló hace como dos años, creo. Te entrevistaste con Patricia cuando fuiste a matricular a Dorothy, si no recuerdo mal.

—Sí, cierto —dijo ella—. Se me debe haber pasado. ¿Y tú cómo estás? ¿Cómo está Ray? —Se sentía un poco colocada. Era obvio que, en aquella vida, en aquella línea de tiempo, en aquella realidad, no tendría que haber sabido nada sobre la vida privada de Emily. Apenas la conocería. Lo que pasaba era que estaba desesperada por entablar una conversación real.

El rostro de Emily no podía ponerse más rojo, de lo contrario se habría prendido fuego.

—Yo estoy bien, y... Ray también. ¿Hablamos de Ray en algún momento? Pero bueno, tengo que llevarles estos miniquiches a tus invitados. —Se deslizó por la pared para pasar por al lado de Alice, quien se había apartado para dejarle espacio a la gran bandeja plateada. Podía oír a los Talking Heads por los altavoces invisibles. «Esta no es mi bella casa, esta no es mi bella esposa». La puerta del baño se abrió, y Sam salió.

Alice contuvo un grito, aliviada. Estiró los brazos y rodeó el cuello de Sam para acercarla en un abrazo que se vio interrumpido por un bulto del tamaño de una pelota de playa que se interpuso entre ambas. Observó el vientre de Sam.

—Ay, madre, lo siento —le dijo.

Sam puso los ojos en blanco.

—No te disculpes —le dijo—. Fue un embarazo planificado.

Alice la cogió de la mano y tiró de ella por el pasillo en dirección a su habitación, mientras dejaba un caminito de plumas de flamenco a su paso.

41

Sam se sentó en la cama antes de que Alice le pidiera que lo hiciera y se quitó los zapatos.

—Tengo los pies como botas, es como caminar sobre un par de albóndigas. —Se llevó un pie a su rodilla opuesta y comenzó a masajearlo.

—¿Cuántos hijos tienes? —le preguntó Alice—. Estás casada con Josh, ¿verdad? A quien conociste en la universidad, en Harvard.

—Joder, Alice. —Sam dejó caer el pie hasta el suelo—. ¿Te está dando un infarto?

—No, estoy bien... —Dejó de hablar—. Qué va, no estoy bien. O sea, quizás lo esté en un tiempo, pero en este preciso momento me siento un tanto... ¿rara? —Empezó a caminar de un lado para el otro a los pies de la cama, con sus plumas agitándose. Se detuvo frente a la ventana y miró hacia el parque. Algunos de los árboles ya tenían las hojas amarillas y naranjas. Había transcurrido casi un día entero. Y el tiempo seguiría corriendo, sin detenerse. Tenía que tomar una decisión—. ¿Recuerdas cuando cumplí los dieciséis?

Vio a través del reflejo de la ventana cómo Sam se giraba hacia ella. Su vientre tenía la forma de una pelota de baloncesto muy inflada. Como un reloj en tres dimensiones. En aquella ocasión, Alice sabía lo que se sentía el tener a una personita nadando en tu interior. Sintió como si un fantasmita se removiera cerca de su ombligo, como un recordatorio.

—Sí —contestó Sam—. ¿Y tú? —*Samantha Rothman-Wood no iba a delatarla*, pensó, y su corazón se llenó de gratitud. Ninguna amistad se podía comparar a la que ofrecía una adolescente, incluso si dicha adolescente crecía. Se giró y volvió hacia la cama, donde ella y sus plumas se acomodaron junto a su amiga—. Tengo dos hijos, este de aquí es el tercero. Josh es mi marido y nos conocimos en Harvard. ¿Y tú, Alice? ¿De dónde vienes? ¿A dónde fuiste? —Usó un tono de voz amable. Sam era una madre excelente: cocinaba, jugaba con sus hijos, los dejaba ver la tele, quería a su marido e iba a terapia. Si Alice hubiese podido escoger a su madre, habría escogido a Sam.

—Cuando no me has contestado el teléfono —empezó a decir Alice—, me he quedado preocupada por si algo había pasado entre nosotras, ¿sabes?

Sam se echó a reír.

—Ya, es que sí pasó. Entre las dos tenemos cuatro hijos y medio. ¿Sabes lo difícil que es encontrar un momento en el que nadie te esté llamando a gritos o a golpecitos o necesite que lo ayudes a ir al baño?

—¿Alguna vez hablamos sobre el tema? Perdóname, me siento como una muy mala amiga ahora mismo. No solo te conté todo este asunto tan raro e importante, sino que ahora no tengo idea de si es algo que hicimos como que nunca pasó. ¿Me explico? —Alice se cubrió la cara con las manos.

Sam se apoyó una mano sobre su vientre, y Alice pudo ver que este se movía. Quien fuese que estuviese dentro tenía algo que añadir a la conversación.

—Entonces, es como en *El sueño de mi vida*, solo que, en vez de tener trece años y pasar a tener treinta, tienes cuarenta y pasaste a tener dieciséis y luego cuarenta otra vez. ¿Algo así?

—Exacto. —Se dejó caer junto a su amiga y acomodó la cabeza sobre su hombro.

—Menuda locura —dijo Sam—. Pero vale. —Hizo una pausa antes de añadir—: O bien te creo de nuevo o bien creo que tienes una psicosis recurrente, lo que más o menos es lo mismo, según se mire. Tú crees que esto te está pasando, y yo creo que tú lo crees. Y está claro que Leonard también lo creía.

—¿A qué te refieres? —quiso saber Alice.

Solo que entonces alguien llamó a la puerta, y Tommy asomó la cabeza. Tanto ella como Sam se giraron en su sitio para mirarlo.

—Los invitados se están poniendo a hacer el indio —dijo. Puso lo que podría haber pasado como una expresión avergonzada, si es que en algún momento le hubiese avergonzado pedir algo que no fuese una mamada. Alice recordaba más cosas. Era como si estuviese viendo a alguien pintar un cuadro gigante en cámara rápida: todo el blanco se cubría con detalles.

—Eso ya no se puede decir —lo regañó—. Ya voy.

Tommy asintió y sacó la cabeza de la habitación.

—¿Por qué pensé que casarme con Tommy lo iba a resolver todo? —preguntó—. O sea, esto de ser adulta es tal cual lo imaginé. —Hizo un gesto para abarcar toda la habitación—. Y mi ropa es de puta madre. ¿Sabes cuántos pares de zapatos tengo? Y los niños son maravillosos y graciosos y... —Alice se puso a pensar en su padre. Fuera lo que fuese que hubiera hecho o dicho, no había sido suficiente. No le había contado todo lo que tendría que haberle contado.

—Creo que lo entiendo —dijo Sam—. Puedes hacerlo de nuevo, ¿verdad? ¿No es así como pasa en el libro?

—¿Como pasa en qué libro? —quiso saber Alice—. No sé.

Sam meneó la cabeza.

—*El alba del tiempo*. Ya sabes, la mejor idea que tuve en la vida y por la que nadie me ha dado ni un centavo.

—No tengo ni la menor idea de qué me estás hablando —dijo Alice.

—Espera. —Sam se bajó de la cama y se deslizó por la puerta con tanta elegancia como le permitía su condición de embarazada, aún descalza. Alice se puso de pie y empezó a morderse sus bonitas uñas. Un minuto después, Sam volvió a abrir la puerta, y el ruido de la fiesta se coló en la habitación. En una mano tenía un montoncito de langostinos sobre una servilleta de papel, mientras que en la otra llevaba un libro—. Toma —le dijo, pasándole el libro—. Vete y ya, ya me inventaré alguna excusa.

Alice observó el libro que tenía en la mano. Era naranja, con unas letras enormes, tanto que ocupaban casi la cubierta entera. *El alba del tiempo*, de Leonard Stern. Lo abrió y ojeó la solapa.

«Una nueva aventura sobre viajes en el tiempo escrita por Leonard Stern, autor de *Los hermanos del tiempo*, novela que causó sensación a nivel mundial».

Era justo lo que habían conversado mientras comían helado. «Alba Gale, una estudiante a punto de graduarse del bachillerato, no esperaba que su graduación fuese épica, pero cuando se despierta a la mañana siguiente como una mujer de treinta años, sabe que tiene frente a sí un misterio por resolver. ¿Conseguirá esta niña tan lista volver a su propia vida o se verá atascada para siempre yendo y viniendo entre aquellas dos épocas de su vida tan distintas?». El *copyright* del libro era de 1998, el año en el que la propia Alice se había graduado de bachillerato.

—¿Es real? —preguntó Alice. Lo había hecho. Sabía que su padre podía hacerlo, y lo había hecho. Giró el libro y observó la fotografía de Leonard que ocupaba toda la contracubierta del libro. Era su rostro, en blanco, negro y gris. Era una foto de Marion Ettlinger; lo supo nada más verla. La mujer había fotografiado a todos los escritores importantes de la década, y su estilo, como de plata y acero, era inconfundible. La foto estaba enfocada a la perfección, podía ver cada pelo en su cabeza. Su padre había alzado las cejas, como si no hubiera esperado que alguien le sacara una foto, como si Marion simplemente se le hubiese aparecido en medio de la jungla, mientras él apoyaba la barbilla sobre una mano, de un modo muy casual. Llevaba una camiseta negra bajo una chaqueta de cuero también negra y tenía la mirada clavada en la cámara, con intensidad.

»Vale —dijo, apretando el libro que tenía en las manos—. Te quiero.

Sam le dio un beso en la mejilla.

—Hasta el futuro —le dijo, con una sonrisa, antes de abrir la puerta.

42

El Upper West Side era precioso durante el día, si uno tenía estómago para las personas estiradas y los chicos uniformados y los asalariados y las brillantes sucursales que habían devorado toda la idiosincrasia de los escaparates que habían existido durante la juventud de Alice, solo que era incluso más hermoso de noche, cuando todas las tiendas habían cerrado y las calles silenciosas brillaban bajo la luz de las farolas. Siempre le había encantado volver a casa andando desde el piso de Tommy. Su padre le había dado un silbato para ahuyentar a los acosadores cuando había cumplido los doce, solo por si acaso, y ella lo llevaba siempre en el bolsillo, junto a sus llaves más afiladas, pues siempre estaba lista. A pesar de tener que ir atenta a todos los hombres que tenía a su alrededor en un radio de una manzana y a lo cerca que estos podían estar de su cuerpo, el radar interior que todas las mujeres poseían, a Alice le encantaba pasear sola de noche. Cuanto más tarde, mejor. Caminó por la mitad de la calle, con el teléfono en una mano y *El alba del tiempo* en la otra, mientras agitaba los brazos con el paso decidido de las personas que salían a hacer deporte en un centro comercial. Caminó por la zona oeste de Central Park hasta que pasó por al lado del Museo de Historia Natural, el cual estaba cerrado, aunque las torres redondeadas que tenía a cada lado seguían encendidas, como faros llenos de dinosaurios. Giró en la calle 81 y pasó rauda por al lado de unos porteros uniformados, con las manos listas. Cruzó la plaza Columbus y subió la colina hacia la avenida Amsterdam, donde los bares estaban llenos y las muchedumbres de juerguistas fumaban fuera, algunos incluso sin hacer caso a sus móviles lo suficiente como para ligar un rato. Muchísimos lugares de su infancia habían desaparecido, como el Raccoon Lodge, donde su canguro más guay había pasado el rato con su novio motero, y aquel diminuto establo con caballitos que antes había sido un garaje en la calle 89, donde ella le había rogado a su padre que la dejara tomar clases de equitación cuando era niña. Pero así era Nueva York, uno podía ver todos los lugares que había querido u odiado convertirse en otra cosa.

Dos chicas —más jóvenes que ella, probablemente universitarias—, estaban apoyadas una contra la otra sobre el esqueleto abandonado de una cabina telefónica, a punto de vomitar o de comerse la boca a besos o ambos.

—Me encanta tu vestidoooo —le dijo una de ellas, y Alice le dedicó una sonrisa. Las mujeres podían decirle lo que les viniera en gana, pues ella siempre les sonreiría. Pero si un hombre le hubiese hecho aquel comentario, Alice habría fruncido el ceño y habría cruzado la calle. Su teléfono vibró en su mano con un mensaje de texto de Tommy. *¿Dónde carajos estás?* Ya había ignorado otros de sus mensajes. *¿Alice? Alice, ¿dónde estás? Tenemos que hacer el brindis.* Podía imaginar su rostro endureciéndose hasta llegar al enfado. ¿Cuán enfadado lo había visto? Durante el instituto, Tommy nunca se había enfadado, no que ella recordara. Ni por echar a perder su examen de acceso a la universidad al equivocarse en dos preguntas ni por no aprobar uno de sus exámenes optativos ni por no calificar para el equipo universitario de baloncesto. Habían vivido sus vidas rodeados de una burbuja tan gruesa que los problemas reales tendrían que haber sido ladrones de caja fuerte expertos para conseguir perturbarlos. Si bien los ricos también tenían problemas (los padres de Tommy eran distantes y fríos, su abuela era una borracha bien conocida y lo que fuese de lo que ella no se hubiera enterado), Alice nunca había visto a Tommy enfadarse de verdad. No sabía si se ponía triste o amargado, si se tragaba su enfado o si lo dejaba salir. Aquello llevaba años de conocerse, el saber qué hábitos se solidificaban y se quedarían con uno para siempre. Una parte de ella estaba muy emocionada por encontrarse en aquel momento de una relación: en la época aburrida, la monotonía en la cima de la montaña. Eso y los hijos. Apuró el paso y empezó a correr tan rápido como sus zuecos bajos se lo permitían por la avenida Amsterdam y la calle 85, mientras las plumas de su vestido le hacían cosquillas en sus pantorrillas frías.

A dos puertas de la esquina, en un escaparate diminuto que antes le había pertenecido a una tienda de manualidades tibetana, había una adivina. Una enorme bola de cristal de neón llenaba la mitad de la ventana. Pudo ver que la estancia se había tapiado, de modo que quien fuera que entrara se tenía que sentar en uno de los sillones suavecitos que había al otro lado de la ventana, a vista y paciencia de los viandantes. Uno de los sillones estaba ocupado por una mujer joven con unas cejas demasiado depiladas. Que tus cejas indicaran una sorpresa eterna parecía una decisión un poco extraña para una adivina, pero Alice se detuvo frente a la tienda de todos modos.

La mujer se puso de pie con mucha paciencia, como si el futuro fuese a esperarla. Se metió el móvil en el bolsillo trasero y abrió la puerta. De cerca, todo aquel escenario parecía incluso más cutre, y a lo lejos se podían oír los sonidos de un episodio de *Ley y orden* que provenía de una tele escondida detrás de una pared endeble.

—¿Quieres que te lea el futuro?

—¿Cuánto cuesta? —preguntó Alice.

—Veinte por leerte la palma, veinticinco por tu carta astral, cincuenta por tarot. Noventa pavos si quieres los tres. —La mujer le echó un vistazo de pies a cabeza—. Qué vestido más bonito.

—Vale —aceptó—. Gracias. El que sea más rápido. —Pasó por al lado de la mujer y se sentó en el sillón más alejado de la ventana, con su libro en el regazo.

La mujer extendió una mano, y Alice la imitó. La adivina se acomodó su coleta sobre el hombro y acercó la palma de Alice hacia ella.

—¿Cuándo es tu cumpleaños? —quiso saber.

—Fue ayer —contestó, y se contuvo de hacer una broma sobre adivinos.

—¡Ayer! —soltó la adivina, alzando la vista hacia ella—. Felicidades.

—Gracias. Ha sido un poco raro. ¿Raro pero importante? ¿Importante pero raro? O quizá los dos.

La mujer le examinó la mano, tanto el dorso como la palma, y la sostuvo entre las suyas como si fuese una tortita de lo más delicada.

—Sol en Libra y... ¿luna en Escorpio?

—No tengo ni idea —contestó ella. Le parecía la parte agradable de hacerse una manicura, cuando todo el toqueteo y los cortes habían llegado a su fin y alguien se limitaba a sostenerle la mano y le prestaba atención durante algunos minutos.

—¿Sabes cuándo naciste? ¿En qué año y dónde?

—Eh... ¿a eso de las 03 p. m.? En 1980 y aquí, en Manhattan.

La mujer sonrió, orgullosa de sí misma.

—Luna en Escorpio, entonces. Yo también soy de 1980, de marzo. ¿En qué hospital naciste?

—En el Roosevelt. —Podía imaginarse a sus padres en la sala de partos, a su padre haciéndolo una y otra vez: sosteniendo la mano de su madre, poniéndole trapos fríos en la frente, y luego el cuerpecito rojo de Alice deslizándose hacia los brazos abiertos del médico. ¿Qué significaría que Leonard hubiese vuelto en el tiempo a aquel día y ella hubiese vuelto a su estúpida fiesta de cumpleaños en la que se había emborrachado, había vomitado y había sido una niña patética como la que había sido el resto de los días de su existencia como adolescente? Parecía un desperdicio para ambos. Leonard había tenido muchos días emocionantes, muchos más de los que ella había tenido nunca.

—No tiene nada que ver, es solo curiosidad. —Bajo la luz de la bola de cristal rosa, el rostro de la mujer parecía rojo. Una mejor iluminación habría ayudado un poco a su negocio, en su opinión, sobre todo en el Upper West Side de la actualidad, cuando todos querían que su clínica dental y sus oficinas parecieran salas de exposiciones de diseño de interiores—. A ver, esto funciona así: tú haces una pregunta, y yo te la contesto. Miro tu palma, tu signo y, como es tu cumpleaños, sacaré una carta también. Ahora, cierra los ojos, respira hondo tres veces y piensa en lo que quieres preguntarme. No puedo responderte cosas sobre otras personas. Por ejemplo, «¿mi marido me está engañando?» o cosas así. Haz preguntas que involucren el cómo o el porqué. ¿Me explico?

Alice obedeció. Al fin y al cabo, tenía montones de preguntas que hacer. *¿Quiero estar casada con Tommy? ¿Quiero hijos? ¿Cómo hago para que mi padre siga con vida? ¿Qué carajos se supone que debo hacer con mi vida? ¿Con cuál, ya que estamos? ¿Tengo trabajo? En alguna otra vida, ¿me va mejor? ¿Cómo sé qué vida escoger?* Cada pregunta le daba más vergüenza que la anterior. No podía preguntarle nada de eso, aunque fuese una desconocida. Su respiración se acompasó a la de la adivina, y respiró hondo una vez más antes de decidirse.

—¿Cómo sé si estoy viviendo la vida correcta? —preguntó, tras abrir los ojos.

La mujer la soltó, llevó las manos a una baraja de tarot y la dispuso frente a ella.

—Corta la baraja —le indicó—. Una vez más. Y ahora coge la que está arriba de todas. —Alice la giró sobre la mesa. Un niño de vestimentas coloridas con un bultito atado a un palo se encontraba de pie en el borde de un abismo, claramente a punto de caer hacia las rocas que lo esperaban debajo. *El Loco,* decía la carta, en unas letras grandes en la parte inferior, cerca de Alice. Había un perrito mordisqueando los talones del niño, quizás como advertencia, y el niño tenía una rosa en la mano.

—No parece muy prometedor —dijo Alice.

La mujer se reclinó en su silla y se echó a reír.

—La baraja te ha oído. ¿Ves? Ya sé que a la gente le saca de cuadro ver esta carta y la palabra *loco* en ella, pero no es eso lo que significa. Si sacas la carta de la muerte, no significa que vayas a morir, y si sacas el Loco no significa que estés desquiciada.

»Deja que te cuente sobre el Loco. Es la carta número cero de la baraja, lo que significa que siempre empieza desde cero, de la inocencia; hace borrón y cuenta nueva. Así somos nosotros, todos nosotros. El Loco siempre empieza de cero. No sabe lo que le espera, y nosotros tampoco, ¿verdad? El perro podría advertírselo, él podría agacharse a recoger otra flor, podría cambiar de rumbo, pero lo único de lo que está seguro es de lo que tiene frente a él. —Señaló a las distintas partes de la carta—. El cielo azul, las nubes. Está en el inicio de su vida. Y eso puede ser un comienzo en sí o un cambio. Lo único que necesita es ser consciente de lo que lo rodea. El viaje será lo que lo cambie. Y depende de a qué tipo de vida te refieras, ¿sabes? Algunos vienen y quieren saber cómo les irá en el amor. El Loco puede significar un nuevo amor, algo reciente. Otros quieren saber sobre su trabajo, su carrera, su dinero. Y el Loco puede simbolizar nuevas oportunidades en aquellas áreas también.

—¿Y qué pasa con el perro? —Alice se sentía un poco mareada—. Es como... ¿una especie de animal espiritual o así?

—Mira, los animales espirituales son algo completamente distinto. El perro es leal... —La mujer silbó una vez, con fuerza, y una bolita diminuta de pelo marrón salió a toda prisa en su dirección. Ella se inclinó para cargarlo—. Este de aquí es un perro, pero no es solo un perro. Este perro es mi protector, mi roca. —El perrito, idéntico a Toto de *El mago de Oz*, se inclinó sobre sus patas y se estiró para darle un beso. La adivina dejó que le lamiera la mejilla y luego lo devolvió al suelo con delicadeza—. Eso es lo que significa el perro. Tú tienes tu propio perro. Un amigo o un miembro de tu familia. Quizás tengas más de uno. Alguien que quiera protegerte, que siempre te sea leal. Debes hacer caso a tu perro.

—Vale... —dijo Alice.

—El Loco también es uno de los arcanos mayores. No habla sobre un ascenso, ni si dijiste algo incorrecto alguna vez en la vida, ese tipo de cosas. Es algo grande.

—Ya, no podría ser más grande —dijo ella.

—En resumen, esta carta te dice que nunca sabes lo que te espera, así que debes alegrarte cuando llega. Sea lo que sea. He estado escuchando un podcast que se llama *El universo es tu jefe*. ¿Lo conoces?

Alice negó con la cabeza. El perrito se acercó, haciendo sonar sus garritas sobre el suelo de linóleo, y le olisqueó la mano.

—Es bueno, deberías escucharlo. Pero bueno, la presentadora termina todos los episodios diciendo «la dicha se avecina». Creo que es una cita de un libro o algo, no estoy segura. La cosa es que lo dice cada semana. La dicha se avecina. Eso es el Loco. Lo único que tienes que hacer es estar atenta y buscarlo. Asegurarte de no caerte.

—Lo dices como si fuera fácil —dijo Alice. Su teléfono estaba sonando, y ella lo sacó de su bolsillo. La alarma de «Buscar mi iPhone» se había encendido. Tommy la estaba rastreando. Lo cual era algo que ella podía entender. Se habían casado muy jóvenes, pues habían estado juntos desde el instituto. Nunca se habían separado. Pensó en lo que significaba acostarse solo con una persona durante toda su vida: parecía un rezago de las épocas en las que uno no vivía más allá de los treinta y cinco años.

»Debo irme —añadió. Se puso de pie y le dio un abrazo a la mujer, quien no pareció sorprenderse.

—Puedes hacerme un Bizum —le dijo, antes de señalar a un código QR impreso en un cartel cerca de la puerta. Alice le hizo una foto y se fue a toda prisa, mientras el perrito, Toto, le mordisqueaba las plumas de su vestido, entretenido.

43

O bien Tommy iba a dar por cancelada la fiesta y subirse de un salto a un taxi o bien iba a llamar a la policía, Alice no estaba segura de cuál. Quizás ambas. Apagó la alarma de «Buscar mi iPhone» y, acto seguido, hizo lo mismo con el móvil. Era probable que fuese a adivinar que iría a Pomander, por lo que, una vez que llegó a la calle 94, se le ocurrió que tendría que ir a otro sitio, solo que no tenía adonde más ir. No era un delito que uno abandonara su propia fiesta de cumpleaños. Era una putada, sí, pero no un delito. No era una persona desaparecida, sino solo una incauta, como el Loco de la carta.

Aún era temprano, apenas las 10 p. m. Abrió la reja y se quedó aliviada al oír el crujido conocido del hierro pesado. La casa de los Roman tenía las luces encendidas, así como la que se encontraba justo frente a la de Leonard, la cual en aquellos momentos le pertenecía a un actor cuya cara le sonaba, pero cuyo nombre era incapaz de recordar. La canguro de la gata, Callie, vivía al lado, y Alice pudo ver a sus padres viendo la tele en su salón. La propia Callie quizás ya estaba en cama. Aunque aquella era una calle muy agradable en la que crecer, Alice también recordaba lo apretujada que le había parecido en ocasiones, lo limitada que era la vista desde la ventana. Quizás aquella era la razón por la que Leonard había tenido dificultades para escribir: no podía ver nada en el exterior que no fuese una casa exactamente igual a la suya y un conjunto de escaleras de emergencia y ventanas en la parte trasera de unos edificios. Solo que quizás no le había costado, no aquella vez.

Las luces de Leonard —de su casa— estaban apagadas. Se preguntó si Debbie estaría allí, pero no había estado allí aquella mañana. Quizás ella y Leonard tenían el matrimonio de ensueño que Alice había querido para ella, o, mejor dicho, que había creído que había querido para ella, en el que vivían a unas cuantas manzanas el uno del otro y siempre podían refugiarse en su propio espacio. Pomander no tenía casas precisamente diminutas, si se consideraban los estándares de Nueva York, pero para alguien que vivía y trabajaba en casa, que tenía estanterías llenas de libros que delineaban cada pared y que nunca había aprendido a preparar o comprar comida de verdad, el lugar podía resultar diminuto. *Debbie.* Pensar en ella hacía que Alice se sintiera feliz. Estaba claro que era muy amable, el tipo de mujer que podría ayudar a uno a hacer los deberes. Podía imaginarla como una profesora paciente y adorable, con el borde de su sujetador y la cinturilla de su falda larga y plisada en el mismo lugar, como la personificación de la palabra «busto».

Abrió la puerta, y Ursula se enredó entre sus piernas. Ursula había hecho que a Alice no le gustara el resto de los gatos: esos vagos y distantes que pretendían que sus humanos no existían hasta que llegaba la hora de la comida.

—Ay, Ursula —le dijo, cogiéndola en brazos. La gata se le posó con delicadeza sobre los hombros, como si fuese un chal viviente. Había unas cuantas cartas tiradas alrededor de la puerta, por donde habían caído al meterlas por la rendija. Alice se acercó a la mesa de la cocina y se sentó en la oscuridad. Ursula bajó de un salto a su regazo, movió con la patita algunas de las plumas de su vestido y luego se hizo un ovillo y cerró los ojos. Alice encendió la luz.

Había una repisa sobre la nevera que contenía los varios premios que Leonard había ganado: uno con forma de una nave espacial y otro como un cometa. Alice nunca había entendido por qué la ficción especulativa y el espacio exterior estaban tan relacionados, pues lo más seguro era que la cantidad de novelas de ciencia ficción que se desarrollaban en la Tierra superaran con creces a las que tenían el planeta Blork como escenario o alguna galaxia distante. Quizás era porque resultaba más sencillo imaginarse una vida completamente diferente fuera de las cuatro paredes a las que uno estaba acostumbrado. A lo mejor resultaba hasta reconfortante pasar horas y horas en dicho lugar. Se puso de puntillas y cogió una de las naves espaciales plateadas. Había dos, las cuales no recordaba. Estaba cubierta de polvo y era algo pesada, como una pieza de alguna máquina y no un simple trofeo de una tienda de regalos. Tenía una pequeña placa en la parte de abajo, y Alice la limpió un poco para leer:

Mejor novela, 1998
El alba del tiempo
Leonard Stern

Dejó la nave espacial en la encimera, junto al libro. Ursula subió de un salto, ronroneó con fuerza y le ofreció su barbilla para que la mimara un poco. Alice abrió el grifo, y Ursula empezó a beber con su lengua como de papel de lija como si el grifo fuese una especie de fuente poco eficiente. Alice también se llevó un poco de agua a la boca y luego apoyó la mano sobre el lomo brillante de Ursula.

Aunque había estanterías por todos lados, Leonard nunca había puesto sus libros en ellas, e incluso si lo hubiese hecho, los libros no estaban colocados en orden alfabético ni organizados de algún modo que tuviese pies o cabeza para alguien que no fuera él. Cuando era niña, había ciertas zonas que Alice sabía cómo encontrar: los libros de Agatha Christie, los de P. G. Wodehouse, los de Ursula K. Le Guin. Echó un vistazo por las estanterías en busca del nombre de su padre a sabiendas de que no iba a encontrarlo.

Pese a ello, Leonard sí que tenía un montoncito de libros. Le venían a la cabeza imágenes de él firmando ejemplares de *Los hermanos del tiempo* para varios eventos benéficos de Belvedere y cosas así, subastas para alguna causa u otra. Encendió la luz del angosto armario que tenían en el pasillo, en el que Leonard había montado sin mucho esfuerzo unas cuantas repisas de madera que había dejado sin terminar, llenas de astillas. Había varias cajas de cartón maltrechas. La que tenía más cerca decía: LOS HERMANOS DEL TIEMPO, EDICIONES INTERNACIONALES. La hizo a un lado para ver la que había al lado y decía: ALBA. Desplegó la escalerita que se encontraba en el mismo armario y que usaban para cambiar la bombilla y bajó la caja hacia allí con un golpe seco. El polvo llovió sobre sus plumas rosas como si de nieve se tratase.

Había ediciones de tapa dura y tapa blanda, la edición naranja que Sam le había entregado y una edición en tapa dura con una sobrecubierta sencilla en blanco y negro, con letras que la cubrían casi entera, aunque también había una pequeña puerta amarilla en el centro, como un atardecer visto a través de una ratonera de dibujos animados. Además de varios ejemplares de aquella edición, también había ediciones internacionales —*Alba del Temps, Šwit Czasu, Dämmerung der Zeit*—, todos ellos apretujados en la caja como si Leonard hubiese estado limpiando su escritorio y hubiese tenido prisa. Había cajas de DVD, las cuales Alice llevaba años sin ver. Una colección completa de *Los hermanos del tiempo* estaba por ahí (seis discos, con material adicional) y justo bajo ese había un DVD de *El alba del tiempo*, el cual parecía que habían llevado a la gran pantalla con Sarah Michelle Gellar como protagonista.

Devolvió la película a la caja y lo apretujó todo contra la parte de atrás del armario, salvo por la edición en tapa dura de *El alba del tiempo*, la cual se metió bajo el brazo y se llevó hacia el sofá. Leonard siempre había sido un entusiasta de las siestas, de modo que el sofá tenía una manta raída pero suavecita acomodada sobre el lomo y una almohada que era de Ursula, aunque Alice estaba dispuesta a compartirla. Se tumbó y cerró los ojos. Era tarde y estaba agotada. Ursula se subió de un salto al sofá y empezó a amasar el pecho de Alice, con lo cual hacía unos huequitos diminutos a su vestido con sus garritas. Abrió el libro, consciente de que no pensaba detenerse hasta terminar de leerlo.

Si *Los hermanos del tiempo* había sido Leonard en busca de aventuras y una familia, pues había sido hijo único y sus padres habían tenido buenas intenciones, pero nunca habían mostrado demasiado interés por su vida, en el caso de *El alba del tiempo*, Leonard había estado observándola a ella. Era la historia de cómo él la había observado a ella. Alice sabía que ella no era Alba, que Alba era inventada, la combinación de varias personas, del propio Leonard y lo que él pensaba de Alice y de otras personas más, también, además de aquella extraña alquimia que ocurría al escribir, cuando el personaje empezaba a hacer y decir cosas que el autor no se había visto venir. Le encantaba el libro de su padre. ¡Libros en plural! Deseó que hubiese más que pudiese leer, escondidos en una caja en algún lado. Daba igual que no se hubiesen publicado ni que nadie más los hubiese leído. Eran algo mejor que un diario, porque no había nada que pudiese darle grima, nada que pareciera inapropiado para sus ojos. La gente tenía derecho a su privacidad, incluso los que eran padres. Pero en el libro de Leonard —¡en sus *libros!*—, Alice podía encontrar mensajes ocultos. En ocasiones era algo tan sencillo como la descripción de una comida que ella sabía que a Leonard le gustaba (huevos fritos abandonados en la sartén durante tanto rato que se volvían marroncitos y crujientes en los bordes) o cuando mencionaba a los Kinks. Todo ello eran partes diminutas de él, preservadas para siempre, como moléculas que se habían reorganizado a sí mismas en palabras en una página, solo que ella podía verlas como eran en realidad: su propio padre.

No se trataba de una caseta. Alba, quien vivía en Patchin Place, en West Village, con su farola de gas al final de la calle como algo en lo que el señor Tumnus podría reclinarse, se había apretujado por una puerta diminuta en el fondo del armario de su habitación, el tipo de puertas que solían esconder cajas de fusibles o llaves de agua, un sitio improvisado y construido por necesidad. Alba había estado buscando un sitio que fuese suyo, solo que, cuando salió al otro lado del fondo de su armario, lo que vio fue que estaba en medio de Central Park. Pese a que la trama era complicada —portales, un misterio por resolver, años diferentes, realidades distintas—, Alice podía ver lo que era en el fondo: una historia de amor. No una historia romántica, pues no había nada de sexo en todo el libro, solo unos cuantos besos y ya. No, el libro era una historia de amor entre un padre soltero y su única hija. No tenía nada de gracioso, sino que era profundo. Era el tipo de cosas que Leonard nunca le habría dicho a su hija en voz alta, ni en un millón de años. Aunque aquello no significaba que no fuese cierto. Alice se secó las lágrimas y miró el reloj. Apenas quedaban unos minutos para que dieran las tres. Se incorporó y miró por la ventana hacia la caseta. ¿Qué le había costado el viajar al pasado? Le había costado un día. Un día en el que su padre seguía con vida. Sabía que no podía posponerlo para siempre, pero Leonard le había dicho que podía volver al pasado. Él lo había hecho, al fin y al cabo. Cerró la puerta con delicadeza a sus espaldas y se metió en la caseta. Aquella vez, pensaba hacerlo a propósito.

PARTE CUATRO

44

Cuando Alice se despertó en su cama en Pomander Walk, supo exactamente en qué lugar se encontraba, en qué momento y dónde estaba su padre. Se quedó en la cama durante un rato y se estiró. Ethan Hawke y Winona Ryder la observaban desde la pared opuesta, y ella empezó a cantar «My Sharona» sin quererlo. Ursula se había hecho un ovillo sobre su estómago.

—De verdad eres la mejor gata del mundo —le dijo. Ursula dobló las patitas y rodó hasta tumbarse sobre su espalda, aún sin abrir los ojos. Alice le rascó la barriguita peluda sin demora.

No era como en *Peggy Sue*, un desmayo accidental que causaba una alucinación como un sueño que no era real. No era como en *Regreso al futuro*, donde podía arruinar su vida y luego volver a construirla, mientras se observaba a sí misma desde atrás. Ni siquiera era como en *Los hermanos del tiempo* ni *El alba del tiempo*, en los que los protagonistas siempre estaban muy ocupados llevando a cabo un plan, desde el punto A hasta el punto B. Alice no le diría eso a su padre, que sus personajes siempre intentaban hacer demasiadas cosas. ¿Por qué había tantos libros sobre adolescentes que trataban de resolver un crimen? Aunque los fanáticos del *K-pop* habían recolectado dinero y se habían valido de internet para combatir el mal, aquello no era precisamente resolver un crimen. Quiso hablar con su padre sobre *El alba del tiempo*, pero no podía. Leonard no había escrito el libro aún.

No. En aquella ocasión, Alice pensaba hacerlo mejor. La fiesta no importaba, la clase de preparación para la universidad tampoco, nada de eso era importante. Su padre había dejado de fumar y eso era bueno, podía hacer que lo hiciera de nuevo. Solo que en aquella ocasión quería asegurarse de que empezara a hacer ejercicio, de que fuese al hospital cuando estuviera enfermo, de que cuidase de sí mismo como era debido. Además, otra cosa importante era asegurarse de que Sam y ella decían lo que le habían dicho en la heladería. Si Sam no lo decía, entonces Leonard no lo iba a escribir. Y, en aquella ocasión, Alice sabía que no tenía mucho tiempo. ¡Y allí estaba la dichosa palabrita de nuevo! Con razón había tantas canciones sobre el tiempo, tantos libros y películas. Era algo que iba más allá de las horas y los minutos, claro, solo que ella podía ver cuánto importaban cada uno de ellos. Todos aquellos momentos diminutos en conjunto. Se sentía como uno de esos cojines bordados, pero con patas: «La forma en la que vives tus días es la forma en la que vives tu vida». No era ninguna detective adolescente, era una científica. Una repostera. ¿Cuánto tenía que añadir a su receta de esto y cuánto de aquello? Fuera lo que fuese que sucediera, vería los resultados por la mañana. Le había parecido extraño despertarse en el San Remo, aunque también entretenido, de una forma un tanto voyerista, como andar por una casa de espejos y ver cómo era la vida al otro lado. Podía deshacer todo lo que había hecho, más o menos. No era que pudiese vivir cualquier vida que quisiese: no podía decidir hacerse modelo de Victoria's Secret ni física nuclear, pero sí que podía encaminar su vida y la de su padre de una determinada manera, y si aquello resultaba una mala idea, siempre podía volver en el tiempo y arreglarlo.

—¿Cumpleañera? ¿Estás despierta? —Leonard la llamó desde el pasillo. Alice lo oía moverse por allí, sacar algo del armario, ir para el baño. La puerta se cerró a sus espaldas, y ella oyó el sonido del ventilador. Pese a que nunca le había encantado su cumpleaños, pues la presionaba demasiado a pasárselo bien, sabía que iba a tener uno bueno aquel día. Ursula se bajó de la cama y empezó a juguetear con un coletero en el suelo, mientras lo movía de un lado para otro con las patas. Alice se quitó la manta de encima y apoyó los pies sobre las montañas de ropa que le resultaban tan conocidas. Quizás eran los Dolomitas en lugar de los Andes, pero seguían siendo montañas, al fin y al cabo. Aún llevaba puesta su camiseta de Crazy Eddie. Se dio un abrazo a sí misma y sonrió.

Leonard llamó a la puerta y la abrió un poquitín.

—¿Estás visible? —le preguntó.

—Bueno, invisible no soy —contestó ella—. Pasa, pasa.

La puerta se abrió de par en par y golpeó la pared que separaba sus habitaciones.

—¿Qué planes tenemos para hoy? —quiso saber él, mientras sostenía una lata de Coca-Cola en la mano.

—¿Te acabas de lavar los dientes mientras bebías una Coca-Cola? —le preguntó ella, antes de levantarse y quitarle la lata de la mano a su padre—. Iremos a correr. O, al menos, a dar una caminata. Una caminata con una pequeña carrerita en el medio. Y luego iremos a comer al Gray's Papaya. Me voy a saltar la clase para la universidad, porque, la verdad, a quién le importa esa clase. ¿Te parece? —No esperó a que le diese una respuesta, sino que se dirigió a la cocina con todo y lata y la vació por el fregadero.

45

Su piso en Cheever Place. Completamente sola. Un regalo de cumpleaños de Serena: un bolsito lleno de cristales pulidos y una lista muy larga sobre cómo usarlos.

Melinda vaciaba su oficina. Alice amenazó con dejar el trabajo. Había que preguntar, había que intentarlo. Aunque no esperó a ver cómo se resolvía todo, era una buena forma de practicar.

Una cinta de correr en su habitación en Pomander, verduras en la nevera. Ningún cenicero. Nevera llena de Coca-Cola Zero.

Debbie al lado de Leonard, en su cama del hospital. Ningún cambio.

46

Siempre se aseguraba de que Sam le contara a Leonard su idea, incluso cuando la conversación no los llevaba hacia ese tema de forma natural. A Alice le gustaba que su futuro estuviese lleno, que no estuviese tan solo, de modo que descubrió cómo salirse del tema cuando era necesario y conseguir que Sam dijese lo que tenía que decir. Los ojos de Leonard siempre se abrían mucho al oírla, la misma bombilla que se encendía, una y otra vez.

Alice y Sam se pusieron disfraces de personajes de *anime* que consiguieron improvisar de lo que ella tenía en su armario y coquetearon un poco con Barry Ford en la convención. Pese a que ninguna de las dos dejó que la tocara, lo amenazaron con llamar a la policía cuando le dijeron qué edad tenían.

Volvió a acostarse con Tommy, solo porque quiso, en la habitación de él en el piso de sus padres. Fue entre la comida y la cena, cuando sus padres no estaban en la ciudad. Tommy tenía un póster de Nirvana en una pared, colgado con chinchetas, y otro de un Ferrari justo al lado, lo cual era el origen de sus problemas, la verdad.

47

Cheever Place.

En lugar de Barry, era Andrew McCarthy el que salía en los anuncios de Centrum Silver.

Un día de trabajo. Alice volvió a Belvedere y se vio sola en la oficina de Melinda, aunque sin las cosas de esta. Giró en la silla y observó por la ventana. Tommy Joffey y su mujer volvían a estar en la lista. Sintió lástima por él, al estar atrapado para siempre en el San Remo, por muy afortunado que hubiera sido cada día de su vida, pero entonces recordó el poster del Ferrari.

London en el escritorio de recepción. Debbie al lado de la cama. Leonard, pálido y sin despertar.

Podía hacerlo mejor, podía hacer algo más.

48

Había algunos patrones: si Alice se acostaba con Tommy y le decía algo concreto, algo tajante como «cásate conmigo» o «ahora estamos saliendo», podía esperar despertarse en el San Remo. No le gustaba estar allí más de lo que le gustaba estar en su piso diminuto. Los niños siempre eran de lo más monos, aunque nunca eran suyos. Tommy siempre estaba guapo, pero tampoco era suyo, no como correspondía. Era difícil cambiar un patrón una vez que le había dado inicio, como si su cuerpo quisiese hacer lo que había hecho antes, y ella tenía que salir a la fuerza de aquel carril para pasar a otro. Al mundo le importaba un cuerno lo que ella hiciese, lo sabía bien, por muy obvio que fuera que había alguna especie de inercia cósmica que debía superar. Pensó en lo que le había dicho Melinda, que todo era importante, si bien nada era fijo. Pese a que sabía que Melinda no había estado hablando sobre los viajes en el tiempo, pues era una mujer sensata y con los pies en la tierra, Alice creía que aquel era un buen consejo. Todas las piezas en conjunto formaban una vida, pero estas siempre podían moverse.

En ocasiones, las cosas cambiaban muchísimo, y, en otras, casi nada. A veces Alice había alquilado un piso diferente, uno que casi podía recordar haber visto: uno que había descartado por tener los techos muy bajos o un retrete muy extraño, o por estar en un cuarto piso sin ascensor.

Pensó en llevar a Sam con ella, pero se arrepintió al pensar que podría pasarles como en *Freaky Friday* y pudieran terminar una en el cuerpo de la otra. O explotando.

A veces solo quería un dónut recién hecho de H&H, con el vapor que aún se alzaba de su masa, demasiado caliente como para cogerlo con las manos. En otras solo necesitaba pasar por delante y olerlo. La infancia era una combinación de personas y lugares y olores y publicidad en las paradas del bus y canciones de anuncios. No era solo a su padre a quien visitaba, sino a sí misma; a los dos juntos. Al modo en el que la reja de Pomander Walk crujía, al sonido de los Roman barriendo las hojas de los ladrillos.

Había veces en las que no se lo contaba a nadie. Ni a Sam, ni a Tommy, ni a su padre. Aquellos eran los viajes que a Alice más le gustaban. El solo hecho de meterse en su propia piel y observar a los demás. Era como ir al zoológico, solo que ella podía trepar por encima de cada reja y acercarse a cada león, cada elefante, cada jirafa. Nada le podía hacer daño, porque todo era temporal. Lo único que tenía que hacer era sobrevivir aquel día.

49

Alice se afeitó la cabeza con la maquinilla eléctrica de Leonard. Lo había pensado en varias ocasiones, pero el compromiso de hacerlo siempre le había parecido demasiado. Luego, Sam y ella se subieron al tren 1, llegaron hasta la calle Christopher y caminaron unas cuantas calles hasta que llegaron a un salón de tatuajes de lo más hortera que quedaba por la parada de la calle Cuarta Oeste. Allí Alice pidió que le hicieran una ballena, como la que había en el Museo de Historia Natural, y Sam se la quedó mirando con la boca abierta y los codos apoyados sobre el vinilo negro de la mesa del tatuador mientras la aguja entraba y salía de su hombro. Se saltó todo salvo la comida y la cena con su padre y se fue a dormir contenta, con la sangre que le manchaba el vendaje transparente que le habían puesto sobre el tatuaje.

50

Nueva Zelanda. Habitación cálida, con vistas al océano. No era su casa, solo era algo temporal. Alice seguía llevando el pelo corto y decolorado, casi blanco. Estaba bronceada y tenía los brazos musculosos. Llevaba una cámara consigo.

Debbie en un mensaje de voz: *Vuelve a casa, no queda mucho tiempo.* Alice casi quiso echarse a reír. *Siempre hay más tiempo, mira todo el tiempo que tengo*, pensó, aunque, aun así, se subió a un avión y voló durante un día eterno —en dirección contraria al tiempo— y llegó antes de haberse marchado.

51

Alice y Leonard tenían su cena de cumpleaños en cada restaurante que a ella le gustaba: comieron *jiaozi* y *dim sum* en Jing Fong, que quedaba en pleno Chinatown; bebieron té por la tarde en el Hotel Plaza; fueron al Serendipity 3 a por unos helados gigantescos; comieron la pizza típica de las afueras, con mucha masa, en la pizzería Uno, la cual siempre había sido la preferida de Alice, por mucho que no lo hubiera admitido nunca; fueron al Gray's Papaya una y otra vez; comieron pizza pegajosa y grasienta de V&T; pidieron salmón en Barney Greengrass; comieron cada tipo de galleta habida y por haber en la panadería Hungarian Pastry Shop; fueron al City Diner y Leonard soltó su broma favorita —que pediría el bacalao hervido—, pero terminaron comiendo hamburguesas y patatas fritas con batidos; Leonard la dejó beber unos sorbitos de su margarita en Lucy's, con un enorme plato de enchiladas entre ellos. También pidieron unos platos de *penne* al vodka en Isola. En ocasiones le parecía que estaba haciendo trampa, pues siempre era su cumpleaños y siempre había una razón para comer pastel y entonar canciones desafinadas, y sí que era trampa, claro, era hacerle trampa al resto del año y al día siguiente, pero a Alice no le importaba. Dejaba que su padre le cantara el cumpleaños feliz entero cada vez. Tras uno o dos cumpleaños, se percató de que estaba volviendo más que nada para ir a cenar, para tener aquellas horas en las que ella y su padre, o ella, su padre y Sam se sentaban a una mesa, hablaban de nada en particular y eran felices. Juntos.

Leonard se ponía contento cada vez que se lo contaba. Sin contar las cenas, aquella era su parte favorita. Siempre se sorprendía, y en ocasiones aplaudía, encantado, y se inclinaba hacia adelante. Aunque Alice se había imaginado, en el transcurso de su vida, contarle cosas a su padre que lo hicieran echarse a reír de felicidad —pura felicidad, de la buena—, ya no tenían futuro, sino tan solo pasado. De modo que le contaba solo aquello, una y otra vez, consciente de cómo iba a reaccionar, como un regalo para ambos.

52

S e sintió bien, durante un tiempo, al considerar que volver al pasado era avanzar al futuro, como si cada día fuese un día nuevo, sin importar el año, y que aquel siguiese al día anterior, de modo que Alice no tuviese que pensar demasiado en lo que estaba por venir. Nunca había tenido problemas con ir de un día para otro. Sabía que no era cierto, pero, en ocasiones, cuando se sentaba en la caseta y esperaba al pasado o al futuro, le parecía que podía hacer lo mismo para siempre, que de ese modo nadie iba a morir y que, fuera cual fuese la decisión que tomara, esta no importaría, porque podía deshacerlas sin mayor problema por la mañana.

53

La piel pálida de Leonard, sus ojos cerrados, sus respiraciones poco profundas. Ella podía hacer que se sintiera mejor, así que lo hacía, una y otra vez, como un truco de magia. Leonard joven, gracioso, bebiendo Coca-Cola y fumando. Leonard inmortal, aunque fuese solo por un día.

PARTE CINCO

PARTE CINCO

54

Habían pasado dos semanas desde su cumpleaños, pues cada visita había hecho pasar un día. Ya se había acostumbrado a tener cuarenta años —de verdad, qué más daba—, aunque notaba el cuerpo ligeramente más viejo de lo que lo recordaba y, cuando se ponía de pie, sus rodillas producían unos sonidos crujientes, como cuando se partían unas barritas de arroz. Si Alice hubiese vuelto a casa aquella noche, aquella primera noche, la noche en la que había cumplido los cuarenta, si hubiese llamado a aquel coche carísimo y le hubiese dado su propia dirección al conductor en lugar de la de su padre, habría vomitado y habría despertado con cuarenta años y un día, además de con resaca. Aun así, no había sido capaz de arreglar ni una sola cosa en su vida: no era Alba, ni siquiera era uno de los hermanos del tiempo. Si su vida tuviese un eslogan, este sería: ¡Volví en el tiempo y de qué me sirvió! Esos libros tenían finales felices, o, al menos, satisfactorios, en los que las cosas se resolvían de algún modo. Un punto al final de una oración. El problema de Alice era que siempre había otra oración.

Su piso en Cheever Place era más pequeño de lo que recordaba, lo cual era algo que siempre sentía tras pasar el día fuera. La mayoría de los bajos ocupaban la planta entera, con una puerta que conducía hacia el exterior, el cual podía estar cubierto de césped o, como en el caso de su edificio, ser un simple cuadrado de hormigón y ya. Sin embargo, debido al modo en el que la propietaria del piso de Alice había dividido su casa, el piso que alquilaba se componía de una única habitación con una cocina empotrada en una pared y solo contaba con dos puertas: una que daba al armario y otra, al baño. Su escritorio, el cual en realidad no era más que un rinconcito de su pequeña mesa de cocina, estaba cubierto por una montaña de papeles que amenazaba con venirse abajo en cualquier momento. Sus zapatos, que se suponía que debían permanecer en el pequeño zapatero que había cerca de la puerta, estaban tirados por cualquier parte como si unos elfos se hubiesen subido a ellos para irse de paseo.

Alice se dejó caer sobre su cama. El perrito que vivía al lado, con la anciana a la que le gustaba sentarse en su puerta y hablar con quien fuera que pasara por delante, estaba ladrando, lo que quería decir que el cartero estaba cerca. El perro era un salchicha que tenía todos los años del mundo y no podía subir o bajar las escaleras por sí mismo, por lo que lloriqueaba y ladraba cada vez que quería llegar a un lugar determinado. Alice había comprado su colchón por internet de una empresa cuya publicidad había visto en el metro, y su somier era de IKEA. No era que no estuviera feliz con su vida o que no lo hubiera estado antes. Todo iba bien. Tenía salud, trabajo, amigos y una vida sexual decente. Tenía puntos para comprar en Sephora y no compraba en Amazon. Llevaba sus propias bolsas cuando hacía la compra en el súper. No sabía conducir, pero, si lo hubiera hecho, habría tenido un coche eléctrico. Participaba en las elecciones, en todas, incluso en las municipales y en las que se escogía al senador de su estado. Tenía un plan de jubilación y pagaba las cuotas de sus tarjetas de crédito cada pocos meses. Aun con todo, no podía echar un vistazo a su piso y encontrar nada que la hiciera feliz. Se suponía que ser adulto tenía sus ventajas, ¿verdad? Era el periodo de la vida que le pertenecía a uno mismo, que no estaba determinado por otras personas, sino por las decisiones propias.

Tanteó a su alrededor en su cama en busca de su móvil y lo encontró escondido bajo su almohada, casi sin batería. Si bien apenas eran las 08 a. m., Sam estaría despierta.

—Hola —la saludó Alice.

—*¡Hola, guapísima! ¡Feliz cumpleaños atrasado! Perdona por haber estado tan desaparecida, estos días han sido un caos* —le dijo Sam. Los días siempre eran un caos para ella. Podía oír chillidos y grititos en el fondo. En su opinión, la casa de Sam era como un campo de batalla, en el que uno siempre podía ser víctima de una emboscada en cualquier momento.

—¿Puedo ir a verte? Seguro que estás ocupada, pero ¿puedo? ¿Solo para pasar el rato? —Echaba de menos el cable del teléfono que tenía en su habitación en Pomander y que podía enroscarse en el dedo hasta ver que la piel se le ponía roja al cortarse la circulación.

—¿*Quieres venir aquí a Nueva Jersey y pasar el rato con mi familia?* —preguntó Sam, incrédula—. *No puedo impedírtelo, y la verdad es que me encantaría, cielo. Si te soy sincera, preferiría un poco de alcohol y la compañía exclusiva de adultos, pero como veas.*

—Llegaré en cuanto recuerde cómo llegar hasta allí —le dijo, antes de colgar y buscar la dirección en el mapa.

No fue tan complicado: se subió a la línea F hasta la calle Jay, luego a la A hasta la calle 34 y después al New Jersey Transit, que parecía un metro, aunque no lo era. Le encantaban los viajes largos en tren. Se sentía un poco de malas como para ir leyendo; se había quedado mirando su estantería durante casi veinte minutos, incapaz de determinar si quería un final feliz, un libro de ciencia ficción o uno que tuviese muertes desde la primera página, de modo que se puso el último episodio de su pódcast favorito, *Shippers*. El eslogan del pódcast era: «La razón por la que se inventó internet», lo que Alice no creía que fuese cierto, pero, aun así, le encantaba. Cada semana, las dos presentadoras hablaban de personajes ficticios que no habían tenido una relación romántica en su historia original y luego se pasaban más de cuarenta minutos parloteando sobre por qué tendrían que haberlo hecho, cómo habría sido dicha relación y demás. Archie y Jughead. Buffy y Cordelia, Stevie Nicks y Christine McVie, Chris Chambers y Gordie Lachance, Tami Taylor y Tim Riggins. A Alice no siempre le gustaban las parejas ni eran las que ella habría escogido, pero las presentadoras eran muy entretenidas, así que siempre las escuchaba.

«A ver, a ver», dijo Jamie, una de las presentadoras, cuando acabó la intro musical. «Esta parejita me emociona. Es un poco de la vieja escuela, aunque no lo más vieja escuela que hemos tratado».

«Hoy vamos a hablar de los dos libros del autor de culto Leonard Stern, *Los hermanos del tiempo* y *El alba del tiempo*. Dime, Jamie, ¿qué es lo que hace que un escritor sea de culto? ¿Y eso es lo mismo que que forme parte de un culto?», dijo Rebecca, la otra presentadora.

Leonard siempre había sido así: capaz de aparecer en cualquier lado. Una pregunta en *La ruleta de la fortuna* o una respuesta en un crucigrama. Incluso había salido en un episodio de *Los Simpson*, donde se había peleado con el dueño de la tienda de cómics por un objeto de coleccionista de *Los hermanos del tiempo*. La mayoría de las personas sabían su nombre y, si no lo hacían, seguro que conocían su libro, lo cual le había sido de lo más útil a Alice para hacer amigos cuando era niña. Ni siquiera había tenido que decir nada, pues las noticias sobre un padre famoso volaban rápido. Solo cuando terminó la universidad descubrió que aquello era algo malo y que nunca conducía a conectar de verdad con nadie.

«¡Vale, antes de que nuestra línea telefónica imaginaria se llene de oyentes que quieren quejarse de cómo se nos ocurre sugerir incesto, quiero decir en primer lugar: no. Y, en segundo lugar: más no», dijo Rebecca. «En el episodio de hoy, vamos a *shippear* como Dios manda a una pareja que no da nada de grima, conformada por Scott, uno de los hermanos del tiempo interpretado por Tony Jakes y a Alba, quien seguro que tenía apellido... ¡Alba Gale, eso! De *El alba del tiempo*».

Una trompetita eléctrica se oyó en el fondo.

«¡Scott y Alba! ¡Tony Jakes y Sarah Michelle! Esta parejita me encanta». Jamie se hizo reír a sí misma. «Vale, antes que nada, quiero reconocer que, aunque sea raro, para mí Sarah Michelle Gellar es Alba, por mucho que sea una persona en la vida real, pero en plan después de que hiciera *All My Children* y antes de *Buffy*. Y que Tony Jakes no existe. Literal, no podría decir ni una cosa sobre él».

«Tiene una granja con caballos, según Wikipedia», añadió Rebecca, quien claramente estaba haciendo la búsqueda en ese preciso momento.

«Ya, una granja con caballos. En fin, que Tony Jakes tiene una granja y que no ha salido en pantalla en... no sé, ¿dos décadas? Y según este perfil antiquísimo que le hicieron en la revista *People*, es gay y remodela casas. En resumen, que es increíble y me encanta».

«Pero bueno, esto es lo que me gusta de Leonard Stern», dijo Rebecca. «¿Sabes cuántos años tenía cuando publicó su primera novela?».

«¿Veinticinco?», aventuró Jamie.

«¡Error! Leonard Stern tenía treinta y ocho años. ¡Y no publicó *El alba del tiempo* hasta sus cincuenta y dos!», Rebecca sonaba triunfante.

«Qué maravilla», dijo Jamie. «Enhorabuena por los que tardan pero perseveran».

«De verdad que sí», asintió Rebecca. «Deberíamos hacer otro pódcast solo para hablar de aquellos que alcanzaron su potencial pasados los cuarenta. ¡Es una idea increíble! Enviadnos un tuit si estáis de acuerdo».

Aunque Rebecca y Jamie seguían hablando, Alice había dejado de escucharlas. Nunca había pensado que Leonard hubiese alcanzado el éxito tarde. Lo había hecho después de que naciera ella, ¿cómo iba a ser eso tarde? Solo que, al oír las cifras en voz alta, dichas por desconocidas, sí saltaba a la vista. Aquellas chicas estaban hablando sobre los personajes que su padre había inventado como si fuesen personas reales, porque lo eran. En ocasiones la gente no lo entendía. Si bien ella no era ninguna escritora, había pasado bastante tiempo sentada a la mesa con novelistas como para entender que la ficción era un mito. Las historias de ficción, en realidad. Quizás hubiese algunas malas por ahí, pero las buenas, las buenas de verdad, aquellas siempre eran ciertas. No los hechos, ni cada paso ni cada giro, ni las tramas, las cuales podían desarrollarse en el espacio exterior o en el infierno o en algún punto intermedio, sino los sentimientos. Los sentimientos eran lo que era cierto.

«Vale», siguió Rebecca, «¿quieres saber qué es lo que más me gusta de Leonard Stern? Algo que he leído esta misma mañana en Wikipedia. ¡Se casó con la actriz que interpretó a la madre de Alba en la película!», Rebecca se aclaró la garganta, y Alice se enderezó, con todos sus sentidos puestos en el pódcast.

«¡Qué dices!», soltó Jamie. «¿La de esa serie? ¿Con los niños?».

«Sí y sí», contestó Rebecca. «La actriz que interpretó a la madre de Alba fue Deborah Fox, quien también salió en el clásico televisivo de los ochenta: *Antes y después del cole*».

Era la imagen que tenía Alice de ella: la profesora de busto grande. Cerró los ojos y pudo ver toda la secuencia de los créditos de la comedia, que iba sobre una mujer que adoptaba una casa llena de niños y que, a la vez, era la directora de su colegio. La habían echado en la tele los sábados por la mañana en los ochenta, y la opinión que tenía el público de ella era horrible, pues tenía un reparto de niños de distintas razas y una señora blanca dulce y rellenita que los había salvado a todos. Deborah Fink en realidad era Deborah Fox, una actriz. Y se había casado con Leonard tras salir de coprotagonista en su película.

—Madre mía —dijo Alice, en voz alta. Uno siempre tenía algo nuevo que aprender. ¿Cuántas sorpresas más tendría Leonard que ella tenía pendientes por descubrir? Se rio para sí misma al pensar en Leonard y Debbie y Sarah Michelle Gellar en Gray's Papaya, como una versión alternativa de su familia.

55

La familia Rothman Wood vivía cerca de la parada de Montclair del Norte, en una gran casa azul con un columpio en el porche. Pese a que se encontraba a tan solo tres manzanas de la estación de trenes, Alice tuvo que revisar una y otra vez que estuviera yendo en la dirección correcta, pues apenas los había visitado. Giró su móvil en su mano para que este apuntara en la dirección hacia la que tenía que ir. Tras haberse equivocado solo un par de veces la vio, el azul que flotaba a lo lejos. Las aceras de Montclair ya estaban cubiertas de hojas que crujían, y los árboles parecían estar más llenos de pájaros que en Brooklyn. Algunas casas ya habían empezado a poner sus decoraciones de *Halloween*, y unas cuantas lápidas salpicaban los jardines delanteros de la calle de Sam. Su vecina de al lado tenía una fila de calabazas que conducía hasta su puerta, y cuando Alice se acercó, vio que Sam también las tenía.

—Hola —la saludó Sam. Estaba sentada en el columpio del porche y se balanceaba suavemente con ayuda de las puntas de sus pies.

—¡Hola! —contestó Alice, antes de meterse el móvil al bolsillo—. Solo he tardado veinticinco años en llegar.

—Ah, venga ya —dijo su amiga. Tenía ambas manos apoyadas sobre su vientre, el cual no era plano, sino un semicírculo enorme y perfecto—. Los neoyorkinos pensáis que sois el centro del mundo. Lleva menos tiempo llegar hasta aquí que hasta donde sea que vivan los de veinticinco en la actualidad. ¿En Queens?

—Bushwick, creo.

—Ah, ya. Es Nueva Jersey, no es para tanto. *Arg.* —Sam apoyó sus deportivas contra el suelo de madera del porche y el columpio se detuvo. Se levantó con dificultad y su barriga quedó completamente a la vista, como protagonista.

—Vaya —dijo Alice. No había visto mucho a Sam cuando había estado embarazada. Habían ido a cenar a un restaurante un poco a oscuras cuando su amiga le había mostrado la foto de una ecografía, aquel perfil de astronauta diminuto que en algún momento sería su hijo mayor, y tras ello se habían limitado a su horario ajetreado, en el que habían intentado apretujar una cena en marzo que se había convertido en una cena en abril y así sucesivamente. Alice había visto fotos de Sam y Josh de vacaciones en Puerto Rico, con la barriguita de Sam asomándose entre su bikini de lunares. Solo que, incluso antes de que Sam y Josh se hubiesen mudado a Nueva Jersey, antes de que sus hijos hubieran nacido, las cosas habían dejado de ser como cuando ambas habían estado en el instituto, cuando hablaban por teléfono desde que entraban por la puerta de sus casas hasta que se iban a la cama, y cuando se quedaban a dormir en la casa de la otra cada fin de semana. Había sido como ver crecer una planta de fotograma a fotograma—. Estás guapísima.

Sam puso los ojos en blanco.

—Te aseguro que me siento de todo menos guapa, pero gracias. ¿Quieres beber algo y luego nos sentamos?

Alice asintió y siguió a su amiga por la puerta delantera.

—¿Dónde están los niños?

—¿Los niños? Pues Mavis está en el jardín de atrás, y el otro está aquí mismo —dijo Sam, señalándose la barriga.

—Ya —dijo Alice—. A eso me refería. —Recordaba la lista de nombres de niña que tenía su amiga: Evie, Mavis, Ella. Los embarazos eran cosas frágiles; no estaba alterando el equilibrio del planeta. Sam ya había perdido a algún bebé antes de que este naciera, y quizás había sucedido de nuevo. Aquello era lo que más se preguntaba Alice, la pregunta que Leonard no le había contestado porque ella no había sabido cómo formularla: ¿seguirían existiendo todos esos niños, todas esas vidas, en algún sitio? Creía que sí, pero no tenía cómo saberlo de verdad.

Sam abrió la nevera y sacó dos latas de agua con gas.

—¿De pomelo está bien?

Alice asintió. La casa era enorme, como una sacada de una serie de televisión, una de las de comedia que ella y Sam veían después de la escuela, como en la que salía Debbie. Habitaciones tan grandes para que cupieran padres y hermanos y chicos con micrófonos y equipo de grabación por encima de sus cabezas. Sam las condujo hacia el jardín de atrás. Mavis se encontraba en la pequeña estructura de madera que tenían, colgada de cabeza y sujetándose solo con las rodillas, mientras Josh estaba a su lado, con los brazos estirados y listos para atraparla si necesitaba que la rescataran. Alice lo saludó con la mano, y Josh le devolvió el saludo del mismo modo, pues no podía dejar su puesto. Pero no pasaba nada, ambos sabían que ella había ido hasta allí para ver a Sam.

—Los cuarenta no son tan malos —le dijo Sam—. ¿Te está costando? Aceptarlo, digo. —Abrió su lata con un chasquido y bebió un largo sorbo—. Jolín, estar embarazada es como una resaca eterna. Siempre tengo sed y siempre tengo que mear y nunca quiero levantarme para ir al baño.

—No, no pasa nada —contestó Alice—. No tengo problemas con esa parte.

—Entonces, ¿con qué tienes problemas? —le preguntó Sam, mirándola—. ¿Qué pasa? Sabes que me encanta que vengas a verme, pero nunca vienes hasta aquí.

—Es que te echo de menos —dijo Alice—. Y a mi padre. —Se le escapó un sonido que era a medias un hipo y un sollozo—. Lo siento.

—Ay, nena ¡no pasa nada! Ya sabes lo mucho que quiero a Lenny. ¿Me pagó mis derechos de autor por decirle que escribiera un libro que le iba a hacer ganar un pastizal? No. Pero ¿me incluyó en los agradecimientos? Sí. ¿Se ofreció a pagarles la universidad a mis hijos? Eso también. No necesito que lo haga, pero una nunca sabe. ¿Qué pasa si a Josh lo espachurra un bus y tengo que dejar de trabajar? Tu padre es como mi Oprah personal. —Le dio un apretoncito al brazo de Alice—. Es coña. No la parte en que me ofreció pagar la universidad, eso sí que es cierto.

—No lo sabía. —Aun así, podía imaginárselo. Podía imaginar a su padre diciéndole aquello a Sam, embarazada de su primer bebé. Era probable que Leonard hubiese querido tener más hijos; Alice nunca lo había pensado, pues siempre habían sido un equipo de a dos, pero, al provenir de una familia pequeñita, quizás hubiese querido más. O quizás había supuesto que su hija le iba a dar un nieto o dos en algún momento. Aunque nunca la había presionado, porque él nunca haría algo así, se preguntó si cuando su padre había vuelto en el tiempo, habría intentado encontrar a alguien más. O si habría vuelto a viajar al pasado tras conocer a Deborah, para ver si había algún modo de conocerla antes. De tener sus propios hijos. Quizás lo había hecho. ¿Qué más habría hecho que no quería contarle? Seguro que mil cosas.

—¿Irás a verlo hoy? —le preguntó Sam.

Josh ayudó a Mavis a desenroscar las rodillas, y la niña desapareció en la parte superior de la estructura, la cual parecía un barco pirata.

—Iré esta tarde. —Se llevó la lata fría hacia la frente—. Es que es una mierda, ¿sabes?

—Ya. —Sam le rodeó los hombros con un brazo—. Dios, este niño no deja de patearme.

—¿Puedo? —Alice le había tocado la barriga a regañadientes a muchas mujeres: a profesoras de la escuela, amigas de la universidad, a Sam. Siempre le parecía algo invasivo, casi hasta le daba un poco de grima. Nunca había sido de aquellas personas que estaban obsesionadas con los bebés, de aquellas que se estiraban entre mesas en los restaurantes o sobre los respaldos de los asientos de avión solo para juguetear un ratito con algún niño que hubiese cerca. Tener un bebé (llevar un bebé en su interior) parecía algo de lo más público, algo que hacía que los desconocidos se sintieran con suficiente derecho para opinar sobre las decisiones que habías tomado en la vida sin que nadie les hubiese pedido opinión. Sin embargo, Alice tenía la impresión de que necesitaba alguna prueba de que aquel mundo era real, que el día que estaba viviendo, fuera cual fuese, era un día real de su vida, y también de la de Sam.

—Claro —contestó su amiga, antes de coger su mano y apoyarla en la parte baja de su estómago—. Ay, ¿sabes quién se acaba de mudar a Montclair? Ese crío, bueno, a estas alturas supongo que ya será un hombre, pero el crío que iba un curso por detrás de nosotras cuando estábamos en Belvedere. ¿Kenji?

—Kenji Morris —dijo Alice. Últimamente lo había visto mucho. Había sido el último en entrar tras la fila de chicos en su fiesta al cumplir los dieciséis en Pomander. Iba un curso por detrás de ellas, pero era alto para su edad, y delgaducho, de modo que se balanceaba como un sauce. Su madre era japonesa, y su padre estaba muerto. No creía saber nada más sobre él. Quizás había fumado Parliaments. No, él no fumaba. Habían estado en la misma clase de Español, a él se le habían dado bien los idiomas y había sido el único chico de segundo en la clase.

—Eso, Kenji Morris —contestó Sam—. Él y su niña viven a la vuelta de la esquina. Se acaba de divorciar. Su hija es de la edad de Mavis, y nos vimos por el parque hace unos días. ¡Es majo! No lo llegué a conocer mucho en el instituto.

—Deja que adivine: es abogado.

—Serás esnob. ¡No! No todas las personas con las que fuimos a clase se han vuelto abogados. Es arquitecto. —Sam soltó un resoplido.

—Ese es un trabajo ficticio que solo tienen los hombres en comedias románticas.

—Eso tampoco es verdad. —Sam apoyó la cabeza en su hombro—. ¿Qué quieres comer? El menú es sándwich de queso o de mantequilla de cacahuate y mermelada. O huevos revueltos.

En aquel viaje —del día anterior—, Alice no les había contado la verdad a Sam ni a su padre. No tenía sentido contárselo en aquel momento, pues sabía que no iba a durar y que solo contribuiría a que Sam necesitara más y más terapia. Incluso cuando no se lo había contado, la idea había permanecido allí, enterrada en sus cerebros, pues nadie que estuviera enamorada de Keanu Reeves podía evitar los viajes en el tiempo durante mucho tiempo.

—¿Se ha quedado calvo? —Alice podía imaginarse a Kenji con total claridad, con su melena oscura cubriéndole un ojo. Aunque los cortes de pelo habían sido terribles en los noventa (corte César, flequillos supercortos, incluso unos cuantos chicos blancos con rastas), Kenji siempre había parecido como si hubiese acabado de peinarse la melena para hacerse la foto del anuario.

—¿Estás loca? Tiene un pelazo increíble, como siempre. La verdad, hasta mejor, porque ya tiene unas cuantas canas por ahí, y no sé si es que ya me estoy haciendo vieja, pero está buenísimo. ¿No es raro que, cuando estás en el instituto, un crío que tiene seis meses menos que tú y que va un curso por detrás te puede parecer un bebé? Todos los chicos de nuestro curso eran un asco, sin ofender, pero había unos cuantos muy monos entre los que iban un curso por detrás de nosotras. ¿Por qué no salimos con esos?

Mavis se deslizó por el tobogán de plástico y aplastó un montoncito de hojas con sus deportivas diminutas. Josh se había movido hacia la parte de atrás de los columpios.

—Muy buena pregunta —dijo Alice. Siempre le habían gustado los chicos mayores. Eran guapísimos y parecían adultos y ninguno le daba ni la hora, salvo en algunas fiestas en las que alguno le metía la lengua hasta la garganta y luego se marchaba cuando se aburría—. ¿Cómo supiste que querías casarte con Josh?

Sam se echó a reír.

—¿Tú crees que lo supe? No sé, éramos muy jóvenes. O sea, sí que quería, aquí estamos, al fin y al cabo, no fue en contra de mi voluntad ni nada por el estilo. Lo quiero. Pero creo que era demasiado joven como para saber lo que involucraba lo que había decidido. En plan que no hay ningún modo de saber lo que necesitas saber, ¿me explico? Si alguien va a ser buen padre o si tiene alguna mierda patriarcal y retorcida que no va a surgir hasta que cumpla los cuarenta o si manejar el dinero se le da de pena o si se niega a ir a terapia. Tendría que haber una app para eso.

—Eh... ¿has visto las apps de citas? Son todas puros penes. Nadie habla del patriarcado. Y si alguien lo hace, solo es una careta para esconder todos los penes que vendrán después. —Alice hizo una pausa—. Pero tú y Josh hacéis muy buena pareja.

—Sí. La mayoría del tiempo sí, aunque también somos humanos, ¿sabes? Con nuestros propios montones de problemas por resolver.

Las cosas que me sacan de quicio sobre él puede que no lo hagan con otra persona. Pero... es una decisión, al fin y al cabo. Aunque llevamos quince años casados, aún tengo que escogerlo. Eso no cambia.

Mavis bajó por el tobogán una vez más, y, en aquella ocasión, cuando aplastó las hojitas, alzó la mirada, vio a su madre y salió a toda pastilla en su dirección. Su cuerpecito voló hacia los brazos de Sam, y Alice las vio reírse y abrazarse. Josh también las estaba observando. No había pensado que fuese una decisión que se tomara una y otra vez, algo eterno, y aquello la hizo sentir tanto cansada como contenta. Contenta de no ser la única que siempre se sentía como si estuviera en la mitad de sus planes para el futuro, y cansada porque no había cómo bajarse de aquella atracción. Le recordaba a cuando los padres de Serena —sus abuelos, aunque, como prácticamente nunca los veía, casi ni los consideraba abuelos— habían decidido de pronto dejar de pasar las vacaciones en México y, en su lugar, habían comprado una propiedad compartida en Arizona, donde podían jugar al golf y comer ensaladas Cobb y beber limonadas bien frías, todo aquello dentro de los límites cercados de su comunidad. Pese a que había tenido algo que ver con asuntos de política, a Serena no le gustaba hablar de esos temas, de modo que se limitaba a llamarlo así, asuntos de política. «Scottsdale es encantador durante el invierno». Pero luego, cuando el padre de Serena se había puesto enfermo, su madre lo había trasladado a una clínica de cuidados completos, mientras que su abuela seguía yendo a California. ¿Acaso llamaría cada día? ¿Le enviaría tarjetas para que los enfermeros se las leyeran? Quién sabía lo que motivaba las decisiones de las personas tras cincuenta años de casados. Quién sabía cómo habría afectado la relación de los padres de Serena a lo que ella pensaba que debía ser la suya con Leonard. Quizás Alice estaba sola porque Leonard siempre había estado solo.

—Vamos —dijo Sam. Se puso de pie y le dio una palmadita a Mavis en la coronilla. Alice le guiñó un ojo a Mavis, y la niña le devolvió el guiño, pero frunciendo toda la cara—. Es hora de comer.

56

E l horario de visitas acababa a las 05 p. m., pero, cuando le dejó su carné a London a las 04:45 p. m., él no le dijo nada, sino que se limitó a entregarle un pase. Alice se sentía muy mal. No enferma precisamente, solo lenta y pesada, como si estuviese abriéndose paso entre melaza. Le dolía la cabeza. Era algo desconcertante; al menos cuando estaba en la caseta, sabía qué esperar. Pensó que se parecía a la forma en la que había grabado cintas cuando estaba en el instituto: rebobinar hasta cierto punto y luego añadir una canción nueva. Siempre le había parecido importantísimo el poner las cosas en el orden correcto, aquella canción después de la otra. Solo que no se podía controlar cómo una persona las escucharía, si le importaría, si la pondrían una y otra vez o si la cinta se atascaría y se desenrollaría como una cinta métrica. Tenía más facilidad para ir hacia atrás que para ir hacia adelante. Ir hacia adelante daba miedo, porque cualquier cosa podría haber pasado. Cualquier cosa podría pasar. Aunque había comprobado que *cualquier cosa* se encontraba dentro de unos límites más bien angostos, el problema era que ella no podía controlarlo.

Había más silencio en el hospital que de costumbre; la tarde se había vuelto oscura y estaba cubierta de nubes, de modo que la mayoría de los visitantes seguro que se habrían marchado pronto para evitar la lluvia. Alice saludó con la cabeza de forma educada a la gente con la que se cruzaba por los interminables pasillos, uno que la conducía a otro y así sucesivamente, hasta que llegó a la habitación de su padre. Se esperaba la misma escena con la que se había encontrado tantas otras veces: Leonard, prácticamente dormido, con los ojos cerrados, y Debbie manteniéndose ocupada en una silla, con el sonido de la televisión a todo volumen en varias habitaciones contiguas. Solo que, cuando abrió la cortina, Leonard estaba solo y despierto, con los ojos abiertos y la cabeza apoyada en varias almohadas. La miró y sonrió.

—Por fin. —Leonard abrió las manos, como un mago que revelaba que algo, una moneda, un conejito, había desaparecido.

Alice se detuvo, sin soltar la cortina de nailon barato.

—Papá.

Leonard le sonrió.

—¿Esperabas a alguien más? —Su rostro estaba delgado y su barba recortada era gris. Le hizo un ademán con la mano en dirección a la silla—. Ven, bienvenida a mi reino diminuto.

—No sabía si estarías despierto. —Alice se agachó para sentarse en la silla y apoyó ambos brazos sobre su regazo con firmeza, como si estos fueran una barra de seguridad en una montaña rusa.

—Debbie se acaba de ir. Quería verte, pero puedes llamarla más tarde, ¿verdad? —Unas cuantas bolsas de fluidos colgaban a sus espaldas, y una de ellas goteaba poco a poco hacia su brazo. Los nombres del personal sanitario estaban escritos en la pizarrita, además de una lista con todos los medicamentos de Leonard. Era lo mismo de siempre, solo que, en aquella ocasión, él estaba despierto y hablando con ella y mirándola—. Me alegro de verte, Al.

—Yo también —dijo ella, lo que se quedaba bastante corto, la verdad.

—¿Qué tal tu día? —le preguntó su padre—. Pareces un poco cansada.

—Lo estoy —dijo Alice, pese a que era algo más que eso. Se sentía avergonzada, nerviosa y emocionada. Había pasado tanto tiempo lamentando su pérdida en el presente que no sabía cómo afrontar el tener a su padre frente a ella, despierto. La idea de que Leonard muriera y lo que aquello significaría para el resto de sus días era algo pesado, pero era un peso conocido. No era que hubiese descubierto cómo evitarlo, al contrario, quizás era que había comprendido que de hecho no había nada que uno pudiese hacer para resolverlo, como si no fuera más que un rompecabezas o un cubo de Rubik. El duelo era algo que se mudaba a la vida de uno para quedarse en ella. Quizás se movía de un lado de la habitación para otro, se alejaba de la ventana, pero siempre estaba allí. Era una parte de uno mismo que no se iba por mucho que uno deseara que lo hiciera. O rezara, bebiera o hiciera ejercicio. Estaba acostumbrada a verlo a un paso de marcharse, tan cerca que casi deseaba que así fuera, pues a nadie le gustaba ver a sus seres queridos sufrir. Solo que también estaba cansada. Cansada de lo tenso que se ponía su cuerpo cuando sonaba el teléfono, de lo nerviosa que se ponía cada vez que abandonaba la habitación de hospital de su padre, de saber que su vida iba a cambiar y que iba a tener un vacío en ella durante el resto de sus días. Y pronto. Pensó que quizás era lo contrario, lo diametralmente opuesto a cuando una se quedaba embarazada y sabía que su vida nunca más iba a volver a ser la misma. Una sustracción en lugar de una adición. Tantas costumbres eran las mismas: la gente le enviaría flores o tarjetas o comida. Alguien anotaría su nombre en su lista de pendientes: «escribirle una nota a Alice Stern». Y entonces pasaría y volvería a ser un problema solo suyo, día sí y día también, por siempre jamás. Le había llevado muchísimo tiempo llegar al lugar en el que estaba, fuera cual fuese, y no sabía si podría volver a hacerlo de nuevo.

No recordaba exactamente lo que había sucedido en su último viaje en el tiempo, pues todos sus días se habían juntado. Creía que no se lo había contado, al final de la noche, como hacía en ocasiones.

—Sí, sí, pareces fresca como una lechuga —dijo Leonard, bromeando.

—Tú estás mejor —repuso ella—. Mejor de lo que te había visto.

Su padre asintió.

—¿Sabes? Los médicos no saben lo que tengo. Saben que me estoy muriendo, claro —Ante ello, esbozó una sonrisa por la cruda realidad—, solo que no saben por qué. Creo que, cuando miran mis analíticas, es como si estuviesen viendo las de un hombre de noventa y seis años. —Movió las cejas en un gesto travieso. Lo sabía. Pues claro que lo sabía.

—Papá —empezó Alice—. No he podido hablar contigo. —Trató de calcular el tiempo. Habían pasado veinticuatro años desde que había cumplido los dieciséis, solo que, al mismo tiempo, también había pasado solo un día, una semana, dos—. ¿Puedes decirme lo que sabes? Es que... sigo volviendo al pasado y trato de ayudar, trato de resolver... —Hizo un gesto para abarcar la habitación entera— todo esto, pero ¡esta es la primera vez que te he encontrado despierto! No sé qué hacer. Así que he estado volviendo atrás, una y otra vez, porque, pues, ¿por qué no lo haría? —Aunque trató de reírse, el sonido salió más parecido a un lloriqueo. Deseó que estuvieran en casa y que tuviese a Ursula sobre su regazo. ¿Los hospitales tendrían gatos? Había visto noticias de hospitales con perros, unos labradores dorados dóciles y suavecitos, quienes colocaban su hocico con dulzura en las manos de los enfermos. Leonard no habría querido que un perro cualquiera lo lamiera. Él habría querido a su Ursula, eterna y de una dignidad sin límites.

—Pues... solo funciona entre las tres y las cuatro de la madrugada, y el lugar tiene que estar vacío. Cosa que no suele pasar. Yo me aseguré de que así fuera. Y ya está, la verdad. Aprendí hace mucho que las reglas son firmes. No importa si no tienen mucho sentido, es así cómo funciona. ¿Te refieres a eso? —Leonard sonrió—. La ciencia ficción solo debe tener sentido dentro de tus cuatro paredes, incluso si esas paredes son tu mundo.

—Me explicaste eso una vez. ¿Quién más lo sabe? —le preguntó ella—. ¿Solo nosotros?

Leonard asintió, con el rostro serio.

—Los Roman lo saben. Cindy solía volver a los setenta y bailar toda la noche. Pero eso fue antes de que llegáramos. Se va haciendo más difícil el ir y venir. El volver, en realidad. Lo notas en tu cuerpo. Durante mucho tiempo no pensé que fuese a hacer daño, pero... —Hizo un ademán hacia la habitación—. Cindy solía ir a Studio 54 y bailar toda la noche, el *boogie* y toda la pesca solo que, cuando volvía, empezó a tener problemas.

—¿Qué clase de problemas? —Alice pensó en cómo su propio cuerpo le parecía más lento, cómo le dolía la cabeza por las mañanas, sin importar dónde estuviera o en qué tiempo.

—Es como si vieras doble, como si estuvieses un poco mareado, y los mareos se van manifestando más y más conforme te haces mayor. Es un poco lo opuesto que uno querría, ¿sabes? Uno quisiera que las cosas se volviesen cada vez más claras conforme uno se aleja de un tiempo determinado, cuando ya no puedes depender de tus recuerdos, pero no es así como funciona. —Leonard entrelazó los dedos, y Alice vio su piel frágil y pálida.

—¿Y cómo te aseguras de volver adonde quieres estar? —Aquello era lo que no había conseguido descifrar—. O sea, ¿cómo sabes cuándo parar?

—¿Sabes dónde quieres estar? —Leonard alzó una ceja.

—No tengo ni puta idea. Sé que las cosas no eran perfectas en un principio, pero cuando volví, entonces las cosas no eran perfectas en un modo completamente diferente. —Pensó en Tommy y en aquellos dos niños preciosos y en el piso enorme y se sintió más que aliviada por no estar allí.

Leonard asintió.

—Ya, lo entiendo. Una vez, y solo una, cuando volví al presente, te habías mudado a California para vivir con Serena. Fue un desastre, así que me aseguré de que no volviese a pasar. Uno ve lo que funciona, ve lo que cambia y lo que no. No es que quiera sonar como un budista, porque no lo soy, y seguro que algo se me escapa, pero todo lo que no seas tú es parte del decorado. ¿Me explico?

Alice meneó la cabeza.

—Ya, seguro que el Dalai Lama nunca se ha puesto a hablar de decorado.

—Qué graciosa. Pero entiendes a lo que me refiero. Hay cosas que cambian y cosas que no. Todos intentamos resolver nuestros propios líos, y nadie lleva las de ganar. ¡Ni siquiera los budistas! Se les da mejor intentarlo, quizás, o el apartar todo lo demás. Pero la cosa no está en el tiempo, sino en cómo lo aprovechas. A qué le dedicas tu energía... —Leonard cerró la boca a media frase y también los ojos. Alice pudo verlo en aquel momento: solo porque su padre estuviese despierto y hablando no quería decir que estuviese mejor. Lo que fuera que hubiera hecho no había sido suficiente. Aunque su padre había encontrado el amor, había dejado de fumar, había escrito otra novela, había empezado a salir a correr y mil cosas más que ella no había visto, estaba segura, nada de eso importaba. Seguían en la misma situación.

—Pero ¿qué es lo que te pasa? —le preguntó. E incluso mientras las palabras salían de su boca, se dio cuenta de que sabía la respuesta. Era aquello: lo que ella estaba haciendo y lo que Leonard había hecho tantísimas otras veces. No era la Coca-Cola. Ni siquiera era el tabaco. Era eso. Con razón que no podía salvarlo.

Leonard alzó las manos al cielo.

—Creo que cualquier padre habría hecho lo que hice yo. La verdad, me gustaría haber podido ir a distintas épocas, ¿sabes? Alice a los tres años, Alice a los seis, Alice a los doce. Yo a los treinta, a los cuarenta… —Marcó los puntos en su brazo, como hacía David Byrne en el vídeo musical de «Once in a Lifetime»—. Nadie habla de eso, al menos no con los padres. Quizás las madres sí lo hacen, seguro que sí. Pero nadie nunca me habló de eso, te lo aseguro. De lo que se siente al querer tanto a alguien y que esa persona cambie y se vuelva otra persona. También quieres a esa nueva persona, hasta que cambia en otra nueva. Y quieres a esa también, solo que es diferente, y todo pasa muy rápido, incluso las partes que parecen tardar toda la puta vida mientras pasan.

Tenía razón. Alice pensó que sería un poco hiriente decírselo, que él también había cambiado muchísimo, aunque seguro que ya lo sabía. Pese a que lo quería en aquellos momentos, no lo hacía como cuando era niña, porque él ya no era el mismo y ella tampoco. Aquello era lo que había estado haciendo, volviendo al pasado una y otra vez, incluso en los días en los que no había pasado demasiado tiempo con su padre y se había ido por ahí a hacer tonterías con Sam o se había pasado el día en la cama con un adolescente guapo. No era que creyera que Leonard hubiera sido el padre perfecto; en cada Día del Padre, por internet, a Alice la bombardeaban fotos de padres haciendo senderismo, cocinando, jugando a la pelota, construyendo cosas con sus herramientas y jugando a los disfraces. Leonard nunca había hecho nada de eso, y en ocasiones Alice deseaba que hubiese sido de otro modo, pero no podía reprocharle ser quien era. Su padre era su padre, y ella lo quería por eso, en especial a aquella versión, al joven que vivía como si nada pudiese lastimarlo. Había estado posponiéndolo, el despedirse de aquella versión de su padre. Fuera lo que fuese que pasara al otro lado, fuera que estuviese consciente o inconsciente, se encontraba en otro lugar, más lento y más apesadumbrado. Nadie podía ser joven para siempre. Ni siquiera su padre, que había viajado en el tiempo, que había inventado mundos, que había creado cosas que vivirían más que él. Quien la había creado a ella.

Leonard dejó que los pensamientos de Alice llenaran la habitación.

—No pasa nada si perdemos a una persona, Al. La pérdida es lo que le da sentido a todo. No puedes hacer desaparecer la pena, el dolor, porque entonces, ¿qué te queda? ¿Un episodio de *Beverly Hills, 90210* en el que sale la cancioncita animada del final y sabes que todo irá bien?

—Vale, ahora sé que no estabas prestando atención, porque esos críos tenían más traumas que la sala de espera de un psicólogo. —Alice se echó a reír.

—Ya sabes a lo que me refiero. Esa solución… no existe. —Leonard meneó la cabeza—. Y no puedes intentarlo para siempre. O sí que puedes, pero entonces terminarás como yo. Eso es lo que me está pasando. Eso es lo que no saben. Nunca les pasó esto a Scott y a Jeff, ellos siempre estaban listos para marcharse volando a los ochenta con sus chalecos estúpidos. O Alba. —Su padre la miró—. Traté de hacerla tan parecida a ti como me fue posible, pero resultó ser su propia persona, como suele pasar con los personajes. Cuando empecé, solo estaba pensando en ti viajando en el tiempo como sabía que harías. Supongo que es así como se sienten algunos padres cuando sus hijos se sacan el carné de conducir, ¿sabes? Como que estás justo ahí, fuera de mi alcance. Y simplemente tenía que confiar en que serías lo bastante firme. Y lo eres. Como Alba.

—Entonces, ¿qué hago? —le preguntó Alice. Le daba vergüenza, ya no tenía dieciséis años. Tenía cuarenta y sabía muy bien que su padre no iba a decirle qué hacer, que no podría, incluso si quisiera—. ¿Por qué no me lo contaste?

—Durante mucho tiempo no supe lo que le estaba haciendo a mi cuerpo. Y luego, cuando lo supe, ¿qué se suponía que debía hacer? ¿Parar? No iba a parar. Cada uno hace lo que tiene que hacer, tomamos decisiones sobre cómo comportarnos. Sobre lo que tenemos que hacer y lo que queremos hacer —dijo él—. ¿Quieres ver *La ruleta de la fortuna?*

Sí que quería. Alice acercó su silla tanto como pudo a la cama y esperó a que su padre encontrara en su cama el gigantesco mando de la tele del hospital, el cual tenía unos botones tan grandes como monedas. Tuvo que usar ambas manos para hacer suficiente presión. Ella apoyó la cabeza sobre la barandilla de plástico de la cama y giró el rostro hacia la pantalla. En el panel encontraría sus respuestas.

—Solo tengo una pregunta más —le dijo a su padre.

—¿Solo una? —Leonard se echó a reír y luego se puso a toser. Señaló a la tele—. Allí hay muchas.

—Siempre es mi cumpleaños, adonde vuelvo. ¿Por qué? No pasa nada. O sea, nada importante. Para mí. —Alice se miró las uñas con atención.

—No tengo cómo saberlo —dijo él, y parecía cansadísimo—. Lo que sí puedo decirte es que el día en que naciste fue el día en el que yo me convertí en la mejor versión de mí mismo. Sé que suena de lo más cursi, pero es la verdad. Antes de que llegaras a corretear por doquier, yo estaba contento solo pensando en mí mismo, todo el santo día. —Sonrió—. Llevo tiempo queriendo hablar sobre esto contigo.

—¿Sobre cómo eres un cursi egoísta? —le preguntó ella. Incluso en aquellos momentos, no podía evitarlo. Las bromas, las pullitas.

—Sobre lo que se siente al volver al pasado. Fue… —La voz de su padre empezó a flaquear, y él carraspeó un poco antes de menear la cabeza—. Fue cuando sentí más amor en toda mi vida. ¿Recuerdas esa vez en la que fuimos a una boda y la novia le dijo a su marido que lo iba a querer más que a cualquier hijo que pudiesen tener?

Alice puso los ojos en blanco.

—Sí. —Había tenido once años y había bebido montones de cócteles sin alcohol en su vestidito de fiesta de terciopelo.

—Bueno, ellos siguen casados y yo no, pero la cosa es que nunca sentí nada que siquiera se pareciera al amor que tenía por ti con Serena. Ni con Debbie. —Ante eso, Leonard se llevó un dedo a los labios—. Y ese día, ¡zas! Allí estaba. Todo de sopetón. Como cuando abres una boca de incendio y el agua sale disparada hacia el cielo. Quizás es eso. Sé que no siempre he sido el mejor padre del mundo, pero me he esforzado. Y no nos ha ido tan mal, ¿a que no?

—No nos ha ido nada mal, papá. Nada mal. —El hospital hacía sonidos: ruedas de carritos sobre el suelo liso, alguien tosiendo o estornudando, una enfermera saludando, risas detrás del escritorio de recepción, pero Alice no podía oír nada de eso. Cerró los ojos durante algunos segundos y pensó en todo lo que había tenido al cumplir los dieciséis: un padre al que quería y con quien quería pasar tiempo, quien también confiaba en ella para dejarla sola. Una mejor amiga. Un chico del que estaba enamorada. Se preguntó si el día cambiaría conforme su vida fuese avanzando. Quizás había un día en sus treinta, en sus cincuenta, en sus sesenta, que estuviese tan lleno de amor, tan lleno y punto, que una Alice de noventa años viajaría hacia allí. Solo que Leonard ya no estaría allí, porque, sin importar lo que hiciera, para entonces él ya se habría ido. Puede que no fuera el mejor día para alguien más, pero sí que era el suyo, al menos por el momento.

—¡*Los hermanos del tiempo*! —dijo un concursante, con el rostro lleno de la satisfacción de saber que era la respuesta correcta.

PARTE SEIS

57

H abía aves en Pomander; palomas, cómo no, pero también golondrinas escandalosas y en ocasiones también unas gaviotas chillonas que se adentraban sin mayor problema una manzana y media cuesta arriba desde el Hudson. Se habían reunido en la escalera de incendios y estaban en medio de su debate diario sobre gusanos y el viento y las miguitas de pan. Alice las escuchó durante algunos minutos, sin apartar la vista del techo. Desde su cama podía ver un trozo de cielo gris entre los edificios que había detrás de ellas. Se incorporó en un solo movimiento fluido, y su enorme camiseta amarilla se le subió hasta las costillas cuando estiró ambos brazos por encima de la cabeza.

Leonard estaba en su lugar de siempre, desayunando en la mesa. Había un periódico doblado a su lado, y Ursula hacía guardia desde su lugar en la ventana, como si estuviese esperando que ella apareciera.

—*Toc, toc* —dijo Alice, chasqueando la lengua para llamar la atención de su padre. Él la observó, divertido, al verla levantarse tan temprano. No sabía lo seguido que ella se levantaba, se levantaba y se levantaba.

—Feliz cumpleaños, pequeña vagabunda —dijo Leonard. Le despeinó el cabello del mismo modo en que lo hacía cuando ella era niña y le llegaba a la altura de la cintura. Si bien Alice no se puso a llorar, sí que tragó en seco varias veces seguidas.

Tenía un plan.

58

L a clase de preparación para la universidad era una pérdida de tiempo, así que se la saltó. Leonard ni se molestó en regañarla. Alice buscó en sus cajones hasta dar con su grabadora y se la llevó consigo al City Diner, donde comieron unos sándwiches de queso y dos porciones de patatas fritas.

—Cuéntame sobre tus primos —le pidió a su padre—. ¿Quién fue tu rival en primaria? ¿Quién fue tu primer beso? ¿Cómo era mamá cuando era joven?

Leonard se echó a reír con la taza de café en los labios, y entonces se dispuso a contestar sus preguntas, una a una. Tenía un primo llamado Eggs, quien había terminado como corredor de apuestas; una niña llamada Priscilla le había partido sus lápices por la mitad; otra vez Priscilla, algunos años después; Serena a los veintidós, rubia y despreocupada. De vez en cuando, su padre se detenía y le preguntaba:

—¿Estás segura de que quieres que te siga dando la tabarra con todo esto?

Entonces Alice asentía con convicción y le señalaba la grabadora.

—Sigue, sigue.

59

Debían cenar en el Gray's Papaya, así que eso hicieron, pese a que Alice se estaba hartando de los perritos calientes. Había probado uno a uno todos los zumos, y el de papaya era el mejor. Leonard se ponía contento cuando ella le ponía más cosas a su perrito caliente, de modo que lo llenó de todo lo habido y por haber. Sam arrugó la nariz, pero Alice sabía que a ella también la había impresionado. Debían ir a por un helado, de modo que eso hicieron. Se aseguró de que Sam dijese lo que tenía que decir y le dio todas las oportunidades, una y otra vez, hasta que la idea salió de ella. Algunas veces Alice pedía sirope de chocolate y, otras, *butterscotch*. Aquello no parecía provocar mayor diferencia.

60

Había una cantidad limitada de fiestas a las que uno podía ir en la vida, de modo que Alice decidió dejar que su padre fuese a la convención después de la cena. Había muy pocas oportunidades, como adulto, de estar rodeado de amigos pasada la medianoche. Había decidido dejar que Tommy cometiera sus propios errores, pues ella no necesitaba intervenir. Tanto ella como Sam se pusieron camisones de seda y diademas y pintalabios oscuros como si fuesen vampiresas sexis y se lo estaban pasando en grande antes de que alguien llamara al timbre. Cuando Helen y Lizzie llegaron, Helen dijo: «¿Qué es esto? *¿Jóvenes y brujas?*» y aquello fue lo único que Alice y Sam necesitaron oír. Durante el resto de la velada fueron brujas adolescentes, repartieron hechizos por doquier y se hicieron levitar mutuamente al ponerse una detrás de la otra y levantar su cuerpo. Cuando llegó Phoebe con las drogas de su hermano, Alice aceptó, pues qué más daba. Los chicos llamaron al timbre y entraron como un pequeño desfile, como solían hacer.

—¿Os habéis ido buscando uno a otro? ¿Como un huracán que levanta sofás y puertas, como en *El mago de Oz* o algo así? Solo que con adolescentes. —Alice se quedó a un lado, entre risitas, mientras los chicos iban entrando, envueltos en una nube de Polo Sport que los llevó hasta el salón. Tommy estaba en el medio de la fila, rodeado de admiradores y discípulos, como siempre, y ella dejó que le diese un beso en la mejilla. Era un buen chico, incluso si no era *su* buen chico. Los chicos se dejaron caer en el sofá y se apoyaron contra la encimera como si fuesen incapaces de cargar con su propio peso. Lo que fuera que hubiese tomado con aquella pastilla estaba empezando a hacerle efecto, y Alice notó la pesada madera de la puerta contra su piel. Kenji Morris fue el último de la fila y se quedó de pie sobre el felpudo.

—¿Estás bien? —le preguntó, moviendo un poco la cabeza hacia un lado para apartarse el flequillo de los ojos.

—Qué pelo más bonito tienes —le dijo Alice—. Es como una cascada.

—Gracias —contestó él. Parecía algo asustado de que ella fuese a alzar una mano para tocarlo, por lo que pasó por la puerta un poco de lado.

Lizzie se acercó a Tommy de inmediato. Tenía un anillo de chupete y lo estaba lamiendo y chupando como si estuviese haciendo una audición para una película porno. No había ningún adolescente heterosexual que se hubiese podido resistir. Sam se acercó a Alice y puso los ojos en blanco.

—Necesito más cigarrillos —declaró Alice. Unas cuantas personas le lanzaron algo de efectivo e hicieron sus pedidos: una cajetilla de Newport Lights, una de Marlboro Lights, unos cuantos papeles para liar.

—Te acompaño —se ofreció Kenji. Había estado sentado en silencio en el fondo de la mesa, moviendo la cabeza al ritmo de la música.

La tienda más cercana que no pedía carné estaba en la avenida Amsterdam. Alice había tenido tanto calor dentro de la casa que se había olvidado de que estaban en otoño, y, en cuanto cruzaron las rejas de hierro, se le erizó toda la piel y empezó a tiritar.

—Toma —le dijo Kenji. Se quitó su sudadera North Face por encima de la cabeza y se la dio. Alice no tardó nada en meter los brazos por las mangas. Olía a detergente y a humo de cigarro, a pesar de que el propio Kenji no fumaba, o eso creía ella. Nunca le había prestado mucha atención.

La calle entre Broadway y Amsterdam estaba en silencio. Gran parte del instituto —y de la universidad también— consistía en vagabundear por ahí con un montón de gente en manada, y Alice ya había tenido aquella sensación, la de encontrarse de pronto sola con alguien con quien nunca había estado sola antes, a pesar de haber estado en la misma habitación cientos de veces. No sabía qué decir, aunque se lo pensó mejor y entonces lo supo.

—Oye —empezó—. Sé que esto no viene a nada y quizás es algo un poco raro que sacar a colación de camino a la bodega, pero lamento mucho lo de tu padre.

Kenji se detuvo.

—Buah, vale.

—Lo siento —le dijo—. No debí haber dicho nada, ha sido de lo más inoportuno.

—No —dijo él—, no pasa nada. Es que... nadie lo menciona nunca, ¿sabes? O la gente se disculpa una vez, como si te hubiesen dado un pisotón o algo, y luego es como si nada hubiese pasado.

Alice pensó en todas las veces que había hecho eso mismo. El padre de Helen había muerto cuando ellas estaban en la universidad, tras haber estado enfermo mucho tiempo, y ¿acaso le había enviado una nota? Creía que sí. Todo aquello la había puesto muy incómoda, y no había querido hacer o decir algo incorrecto, de modo que no decir nada y mantenerse al margen le había parecido mejor opción. Solo que estaba claro que no lo era. Ella misma ya sabía lo mucho que odiaría a aquellos que no hicieran lo correcto cuando Leonard muriera y a los que no le dijeran nada en absoluto, incluso si sabía que iba a perdonar a aquellos que no habían perdido a un padre o a un ser querido, pues no tenían ni idea.

—Ya, sé a qué te refieres. ¿Cuántos años tenías?

—Doce —contestó Kenji, y tiritó un poco en su enorme camiseta blanca.

—Joder —soltó Alice—. Cuánto lo siento. Fue cáncer, ¿verdad?

—Sí —dijo él—. Linfoma.

Caminaron en silencio hasta que llegaron a la esquina. Kenji empezó a caminar en dirección a la puerta de la tienda, pero Alice apoyó una mano en su brazo.

—Lamento mucho lo que pasó. Seguro que lo echas mucho de menos. Mi padre también está enfermo. Y mi madre es como si estuviese muerta. Sé que no es lo mismo, pero nos dejó hace mucho tiempo, así que solo tengo a mi padre y... da miedo.

Kenji no tardó ni un segundo en envolverla en un abrazo.

—No sabía que tu padre estaba enfermo. —Alice apoyó la frente sobre su hombro. Era un poco huesudo, del modo en el que los cuerpos de los adolescentes siempre lo eran: cuerpos que aún no sabían lo grandes que podían ser, dónde empezaban y dónde acababan. Cuando había cumplido dieciséis, su padre no había estado enfermo. Las cosas se le estaban complicando en la cabeza. Le parecía que todo estaba ocurriendo a la vez.

—¿Estuviste ahí? Cuando pasó. —Alice retrocedió un paso y luego otro, hasta sentarse en una boca de incendios—. Perdona si es una pregunta demasiado personal.

—No, no pasa nada —contestó él—. En realidad, no me molesta hablar de eso. Cuando nadie habla del tema, es como si nunca hubiese pasado, por mucho que yo sepa que sí. A veces no estoy seguro de que lo sepan. —Se pasó una mano por el pelo—. Yo estaba en clase, vino la enfermera y... Nunca lo olvidaré, estaba en clase de Literatura, con el señor Bowman. La enfermera me dijo que mi madre había ido a buscarme, y yo sabía lo que había pasado, así que recogí mis cosas muy muy despacio, ya sabes, porque en ese periodo de tiempo antes de que ella pronunciase las palabras, él seguía vivo. Como en el realismo mágico. Aunque sabía que ya habría pasado.

—Jolín —soltó ella—. Ya, lo entiendo. —No era justo que aquello le pasase a un niño. Si bien era algo que siempre le acababa pasando a alguien, claro, no debía haber sido así. Había una niña llamada Melissa que había asistido a Belvedere solo durante primero y segundo, pues en ese curso su madre había muerto, y Alice recordaba a la mujer con total claridad. También recordaba las trenzas con las que mandaba a su hija al colegio: largas y de cabello oscuro que se agitaban tras ella cuando corría o se balanceaba en los columpios. Su padre había sido quien había seguido haciéndole las trenzas, y, cuando había dejado el colegio, había sido sencillo imaginar a su madre por ahí, donde fuera que fuesen. De lo contrario, era demasiado, demasiado como para imaginarlo, como si uno se enterase de que la Tierra podía explotar en cualquier momento. Kenji le hizo un ademán hacia la puerta.

—Vamos a por los cigarros antes de que todos esos destrocen tu casa.

Alice se echó a reír. No lo habían hecho hasta el momento, ni una sola vez en todas las ocasiones que había cumplido los dieciséis, pero siempre podía haber una primera vez. Tommy y Lizzie ya debían estar follando en su cama. Un hormigueo le estaba recorriendo el cuerpo; lo que fuera que Phoebe le hubiera dado ya le estaba haciendo efecto.

—Vale —asintió—. Pero puede que necesite un poquitín de ayuda para ponerme de pie.

61

Ya eran casi las dos cuando todos empezaron a marcharse. La mayoría de los críos debía volver a casa antes de la 01:30 a. m., lo que parecía mucho al inicio, aunque luego no, hasta que Alice cumplió los veintimuchos y le volvió a parecer que era muy tarde. Todo era relativo, incluso el tiempo. Quizás el tiempo lo era más aún. Sam estaba medio dormida y la ayudaba a vaciar botellas en el fregadero antes de apilarlas para reciclar. Tommy se había ido a casa; él y Lizzie habían salido de la fiesta juntos y dando tumbos, como si fuesen a ir a algún lugar solo los dos, cuando en realidad iban a compartir un taxi y cada uno se escabulliría de vuelta a casa de sus padres, cruzando los dedos para que nadie notara el olor a cerveza, humo o sexo que desprendían. Gran parte de ser un adolescente consistía en fingir que tu cuerpo no había empezado a hacer lo que los cuerpos de los adultos hacían. Era cuando los niños debían aprender a ser seres humanos por sí mismos, un proceso complicado se lo mirara por donde se lo mirara. Cuando dieron las 02:30 a. m., la casa estaba vacía salvo por Sam, quien estaba dormida en la cama de Alice, y la propia Alice, quien se encontraba cerca de la ventana delantera. Fue a por el teléfono fijo y llamó al número que había apuntado en la nevera.

—¿*Sí?* —No era su padre, sino Simon Rush. La habitación parecía estar llena de gente y de ruido, como un aviario lleno de escritores de ciencia ficción. Alice podía imaginarlo con un dedo metido en la oreja opuesta para bloquear todo el escándalo.

—¿Simon? Hola, soy Alice. ¿Está mi padre por ahí? —Se habría disculpado por llamar tan tarde, pero estaba claro que no hacía falta.

—*Hola, Alice. Sí, dame un segundo.* —Oyó los sonidos amortiguados de cuando se apoyaba una mano en el teléfono y luego el ruido del auricular de plástico duro al apoyarse sobre una mesita de madera brillante, o eso asumió ella. A Leonard le llevó un par de minutos recorrer la habitación, y ella pudo imaginarse la escena completa: todos sus amigos repartidos por aquí y por allá, riendo y hablando, bebiendo y fumando, pasándoselo bien. Quizás había oportunidades infinitas para organizar fiestas y para el amor, si uno tenía una vida que dejase espacio para ellos. Cuando Leonard llegó al teléfono por fin, jadeaba un poco.

—*¿Al? ¿Qué pasa? ¿Estás bien? ¡Es de madrugada!*

—Estoy bien, papá. —Había querido que fuera al hotel porque entonces lo que tenía que hacer sería más sencillo. Tenía que escoger ser adulta, ser aquello primero y luego su hija, en lugar de al revés. Siempre se le había dado bien actuar como su propia figura paterna cuando era niña, al llegar a tiempo a casa, al sacar buenas notas, solo que se había olvidado de hacerlo una vez que se había hecho adulta—. Solo quería darte las buenas noches.

Leonard soltó un suspiro.

—*Uf, vaya, me has dado un buen susto. ¿Te lo has pasado bien esta noche?*

—Mucho, sí —contestó ella. Su cuerpo ya se sentía normal de nuevo. Durante las últimas horas, ella y Sam habían pasado el rato sentadas dentro de su armario y probándose distintos tonos de pintalabios de Alice mientras hablaban de Ethan Hawke y Jordan Catalano y de si las películas que les encantaban de hecho eran buenas o si solo era que los actores eran tan guapos que no importaba de verdad. Habían dejado marcas de besos en la parte de adentro de las puertas del armario de Alice, primero en línea recta y, después, prácticamente en la mitad de la puerta, como una nube de besos, hasta que había parecido un empapelado—. ¿Y tú? ¿Te lo estás pasando bien?

Leonard se echó a reír.

—*Pues alguien ha traído una máquina para hacer margaritas helados y está haciendo margaritas, así que sí, nos lo estamos pasando en grande, la verdad. Voy a tener jaqueca por la mañana, pero hablar con Barry siempre hace que me duela la cabeza de todos modos.*

—Vale —dijo Alice—. Te quiero, papá.

—¿*Seguro que estás bien, Al? ¿Necesitas que vuelva a casa?* —Su voz sonaba más alta, como si hubiese cubierto el teléfono con una mano. Podía imaginarlo dándoles la espalda a sus amigos y mirando la pared, quizás incluso haciéndolos callar al llevarse un dedo a la boca.

—De verdad estoy bien, lo prometo.

—*Vale. Yo también te quiero. Mucho.* —Podía oírlo sonreír. Leonard había sido joven, y ella también. Ambos habían sido jóvenes juntos. ¿Por qué era tan difícil percatarse de lo cercanas que eran las generaciones? De que padres e hijos eran compañeros de vida. Quizás era por eso que estaba allí en aquel momento. Quizás aquel era el momento en el que ambos eran su mejor versión, juntos. Alice pensó en Kenji y en su madre, tan guapa. Él había vuelto a casa más temprano, pues solo tenía permiso para salir hasta la medianoche. Podía entender lo difícil que sería para su madre dejarlo salir y que él estuviera fuera de su vista. Una vez que uno tenía pruebas de lo cruel que podía ser la vida, ¿cómo podía relajarse? ¿Cómo podía dejar que las cosas pasaran y ya?

—Nos vemos mañana, papá —le dijo. Aunque quería recordarle todas las cosas que se suponía que debía hacer (escribir *El alba del tiempo*, encontrar a Debbie, ser feliz), sabía que no era necesario. Aquella vez, debía tener fe. Porque no pensaba volver. Donde fuera que la vida la llevara, allí pensaba quedarse—. ¿Podrías hacerme un favor? —Iba a decirle que dejase de hacerlo, que no viajara en el tiempo, que todo ese amor iba a terminar matándolo con el tiempo. Solo que entonces recordó la buena sensación que daba, en aquel momento, al oír su voz fuerte y sana, saber que se lo estaba pasando bien con sus amigos y estar tan llenos de vida, que simplemente no pudo hacerlo.

—*Claro, cariño, dime* —contestó él. Una licuadora se oyó de fondo. Se oía tan fuerte que era probable que ni siquiera pudiera oírla a ella.

—Cuídate, ¿vale?

—*Hasta el futuro* —le dijo Leonard, la frase de *Los hermanos del tiempo*. Alice soltó una carcajada. Leonard debía estar borracho, lo suficiente como para que su propio libro le pareciese gracioso. Él colgó primero, y ella se quedó allí sentada hasta que el teléfono empezó a soltar su pitido quejumbroso. Dejó el teléfono en su sitio y miró la hora. Su plan era dejarle una nota en la que le decía lo que sabía, más o menos. Decirle que no viajara, que no fuese dando saltos, que no la visitara. Empezó a escribirla una y otra vez, pero nunca le quedaba bien. Al final, se limitó a escribir: «Hasta el futuro/mi futuro/tu futuro. Al fin y al cabo, ¿qué es el futuro? Te quiere, Alice». Tiró el resto a la papelera y se fue a dormir.

62

Aún no amanecía cuando abrió los ojos. Seguía en Pomander. En el salón, en el sofá, con Ursula ronroneando cerca de su rostro. Trató de incorporarse un poco sin molestar a la gata. La luz de la cocina estaba encendida, lo que la hacía parecer un plató de televisión, con Alice como único miembro del público. Ursula saltó hacia la ventana y se tumbó de lado, apoyada contra el cristal. Debbie entró desde el lado izquierdo del escenario; iba vestida con unos pantalones de chándal y una sudadera antiquísima de *El alba del tiempo*, lo que hizo que Alice se diese cuenta de que, por primera vez, se había despertado en el mismo lugar en el que se había quedado dormida, por mucho que fuese en una habitación diferente. Observó a Debbie entrar en la cocina, abrir una alacena y luego servirse un vaso de agua del grifo. La calle seguía a oscuras, y hacía viento, lo que hacía que unas ramitas chocaran con la ventana. Octubre era un buen mes para enfrentar la muerte, era por ello que *Halloween* funcionaba tan bien. Los árboles casi no tenían hojas y el ambiente era lo suficientemente cálido como para aún no ponerse un abrigo grueso. Era un mes de cúspide, en el que la naturaleza cambiaba de una versión a otra. En transición. Alice se incorporó.

—¡Cielo! —soltó Debbie, parpadeando en medio de la oscuridad—. Pero ¿qué haces aquí? Ni siquiera me he puesto las lentillas aún. —Alice observó Pomander, como si fuese a ver algo que fuese a tener sentido: la luz del sol, un caminito de ladrillos amarillos, lo que fuera.

—Pues... estaba dormida —contestó ella. Tragó en seco, sin querer formular la pregunta. Ella también iba con pantalones de chándal, unos antiquísimos que formaban parte del uniforme de deporte de Belvedere. Eran los Caballeros de Belvedere, como si los adolescentes del Upper West Side necesitaran ayuda para verse a sí mismos como personas valientes y excepcionales.

—Claro. Qué bien que estés aquí. —Debbie hizo un gesto en su dirección, hasta que Alice se movió hacia allí y ella pudo envolverla en un fuerte abrazo. Ursula se frotó contra sus tobillos. Cuando Debbie la soltó, Alice se agachó para cargar a Ursula.

—Me quedaré en el sofá. Vuelve a la cama, no quería molestar. —Le dio un beso en la mejilla a Debbie y se giró para volver al sofá.

—Seguro que tu padre quiere saludarte, Al —le dijo ella, con un tono de voz divertido—. ¿No quieres pasarte un ratito?

Alice se giró. Ursula se subió a sus hombros y le tocó la oreja con su naricita húmeda.

—¿Está aquí?

Debbie ladeó la cabeza.

—Claro que está aquí. Y la enfermera también. Mary. Es la que le cae mejor. Su familia es de Trinidad y Tobago y, cuando viene, trae unos bocadillos de garbanzos increíbles, se llaman *doubles*. Son una delicia.

—¿Está despierto? —preguntó Alice. El pasillo que conducía a la habitación se encontraba a oscuras.

—Bueno, más o menos —contestó Debbie, antes de esbozar una sonrisa triste—. Mary cree que no falta mucho. Los médicos también lo dijeron, por supuesto, pero qué sabrán ellos. Una vez lo pasaron a cuidados paliativos, fue como si se hubiesen lavado las manos. Creo que a los médicos no les gusta perder. No es bueno para su reputación. —Alice pensó en el cartel gigante que había en la avenida Fort Washington, el cual proclamaba que era uno de los mejores hospitales del país, y se imaginó si, en su lugar, llevase la cuenta de todas las personas que morían y todos los bebés que nacían allí. Equis que entraban y equis que salían.

—Vale —aceptó, antes de dejar a Ursula en el suelo. El pasillo estaba a oscuras, y, cuando abrió la puerta de la habitación de su padre, vio a una mujer guapa y con gafas sentada en una esquina leyendo un libro con una pequeña lamparita de lectura. La cama normal se encontraba apartada contra una pared, y Leonard estaba tumbado en una cama de hospital ajustable justo a la derecha de la otra, lo que hacía que la pequeña habitación pareciera incluso más pequeña. Solo había un estrecho espacio por el que caminar, de apenas unos pocos centímetros.

—Leonard, tienes visita —anunció Mary. Cerró su libro y lo dejó a su espalda, en su silla. Leonard movió la cabeza de un lado para otro, ligeramente.

—¿Ah, sí? —dijo él. Su padre siempre se encontraba mejor cuando tenía compañía. Cuando estaba solo, como la mayoría de los escritores, se ponía gruñón, pero era capaz de volverse encantador cuando quería, en especial con desconocidos que fuesen jóvenes, mujeres o camareros. Con la mayoría de las personas, en realidad. Era curioso y siempre hacía preguntas, y era por eso por lo que todos sus amigos siempre lo habían querido. No era como la mayoría de los padres, quienes explicaban con condescendencia cómo funcionaba una parrilla o quiénes eran los Rolling Stones y luego desaparecían tras su soliloquio. Leonard mostraba interés.

—Soy yo, papá —le dijo Alice. Avanzó unos pasos cerca de la pared hasta que llegó a sus manos.

—Al, tenía la esperanza de que vinieras hoy —dijo Leonard. Giró su palma hacia arriba, y ella le dio la mano—. Feliz cumpleaños.

—Gracias, papá —le contestó ella. Habían pasado semanas de aquello—. ¿Cómo estás?

Leonard tosió, y Mary se acercó sin demora, apretujándose para pasar por al lado de Alice y acomodarle las almohadas a su padre. Aquello era un baile, una coreografía entre Leonard y quien fuera que estuviera al otro lado, y el otro lado era quien guiaba. Alice se apretujó contra la pared para dejar que Mary pasara. Cuando esta salió de la habitación, Alice se volvió a acercar hacia el rostro de su padre. Sus mejillas estaban hundidas, y sus ojos también. Se veía más consumido de lo que lo había visto nunca.

—He tenido días mejores —contestó él, con una débil sonrisa.

—¿Quieres que llame a una ambulancia? —Alice sabía lo que significaban los cuidados paliativos, pero le parecía incorrecto no hacer nada. Por mucho que ya hubieran hecho todo lo que habían podido.

—No, no —dijo Leonard, antes de hacer una mueca de dolor—. No, así son las cosas. A todos nos llega la hora, y esta es la mía. Ya sea hoy o mañana o el mes que viene, es esta.

—Joder, es que eso no me gusta nada, papá. —Se sorprendió a sí misma al darse cuenta de que estaba llorando.

—A mí tampoco —le dijo él, y luego cerró los ojos—. Pero no hay más remedio. Así es cómo acaban las cosas para todos, si es que tenemos suerte.

—Te voy a echar mucho de menos, ¿sabes? —Se le entrecortó la voz—. No sé a cuántas personas quiero de verdad que también me quieran del mismo modo, ¿me explico? Sé que es una ridiculez, pero es cierto.

—Sí que lo es —coincidió él—. Pero ese amor no se desvanece. Sigue ahí, en todo lo que hagas. Solo esta parte de mí se irá a algún lado, Al. ¿Y el resto? No podrías deshacerte de él por mucho que quisieras. Y nunca se sabe qué pasará después. Era mayor de lo que eres tú ahora cuando conocí a Debbie. Y ha llegado el momento de cruzar la brecha. Hasta el futuro, por fin.

Alice asintió y se obligó a sí misma a no llorar. Aún no.

Estaba claro que hablar había dejado a Leonard sin aliento, por lo que cerró los ojos, y su pecho se movió con dificultad de arriba abajo.

Debbie se le acercó en silencio y le apoyó las manos en la espalda.

—¿Cómo vais? ¿Quieres un café, Al? —Era una forma delicada de decirle «Ya, ya, no nos pasemos que no está para estos trotes». Alice asintió. Se inclinó y le dio un beso en la mejilla a su padre antes de salir de la habitación.

63

E l resto del día fue como volar sobre un océano en un avión lento. Alice, Debbie y Mary cambiaron de asientos por turnos: la silla en la habitación, la mesa del comedor, el sofá. Debbie se echó una siesta en la antigua habitación de Alice. Sirvió unos cuencos con mandarinas, uvas y lacitos salados y se los fueron comiendo. Mary se fue un rato y luego volvió. Alice se percató de que se ponía nerviosa cuando Mary no estaba, incluso si sabía que no era la enfermera quien mantenía a su padre con vida.

—¿Deberíamos pedir algo del Jackson Hole para comer? —sugirió Alice, y Debbie la miró, perpleja.

—Cielo, ese restaurante cerró hace años. —Nueva York tampoco se detenía. Ese era otro cartel que podía colgarse en la calle de una ciudad: la cantidad de sitios que a uno le encantaban que cerraban y se reemplazaban por versiones distintas de sí mismos, lugares que le encantarían a otras personas y que recordarían mucho tiempo después de que uno hubiese muerto.

—Ay, es verdad. —Se tumbó en el sofá y se cubrió las piernas con la manta. Ursula se subió de un salto y se hizo un ovillo en su sitio, mientras acomodaba su cabecita en su propio cuerpo, en un círculo perfecto. Debbie se sentó cerca de las piernas de Alice y apretó unos cuantos botones en su móvil. Nadie pensaba moverse de allí hasta que sucediera.

Leonard dormía y despertaba. No decía más que unas pocas palabras. Tan pocas, de hecho, que Alice pensó que podría haber imaginado su última conversación.

—¿Lleva mucho tiempo así? —le preguntó a Mary, quien había hecho aquello mismo con muchísimas otras familias, quien había presenciado un final tras otro y, aun así, se seguía levantando por las mañanas.

—No queda mucho —dijo Mary, contestando la pregunta que de verdad había querido hacer.

A las 07 p. m., Debbie y Alice cenaron viendo *La ruleta de la fortuna* en la pequeña tele, solo que con un presentador distinto, pues el anterior había muerto de cáncer. No se sabían ninguna respuesta, ni siquiera las de las categorías que tendrían que haber sabido, como musicales de Broadway o la ciudad de Nueva York. Alice estaba agotada a pesar de no haber salido de casa en todo el día. La idea de enfrentarse al mundo exterior —ruidoso, intenso y vivo— era demasiado como para soportarlo. Tras la cena, Debbie la obligó a que la acompañara a dar una vuelta por la manzana, lo cual hicieron en silencio y mientras se sujetaban del codo, como si fuesen un par de hermanas en una novela de Jane Austen.

Leonard permanecía en silencio. Durante sus turnos en la habitación, Alice se limitaba a ver si su pecho subía y bajaba. Debbie y Mary iban y venían, como si fuesen niñas exploradoras que protegían un campamento. En algún momento, Debbie la condujo de vuelta al sofá y la tapó con las mantas. Se había quedado dormida sentada y volvió a hacerlo en cuanto su cabeza tocó la almohada, a pesar de creer que no iba a ser capaz. Soñó que volvía a estar en el instituto, que estaba en su fiesta, que Sam y Tommy la abrazaban, y que Kenji Morris estaba allí, en una esquina, apoyado contra una pared. Solo que no era Sam, sino Debbie, quien le daba toquecitos suaves pero insistentes en el hombro para traerla de vuelta a la consciencia.

Alice parpadeó y esperó a que Debbie hablara.

—Creo que ya es hora —dijo ella, con el rostro pálido y la boca abierta como un pez. Le pareció que Debbie tenía un aspecto terrible y retrocedió un poco, del mismo modo que hacía cuando su madre aún vivía en casa y Alice era testigo de algún hecho de adultos, como cuando Serena se arrancaba un pelo de la barbilla con las mismas pinzas que Leonard usaba para sacar astillas. Lo que fuera que estuviera sucediendo en el rostro de Debbie iba más allá de la máscara que se ponía todos los días. Era algo privado y real.

—¿Qué hora es? —preguntó Alice. Sus ojos empezaban a acostumbrarse a la oscuridad.

—Son las tres de la madrugada —contestó Debbie—. Prepárate y luego ven. —Le dio un apretoncito en el hombro con algo de fuerza antes de alejarse en dirección a la habitación.

Alice bajó los pies al suelo y se incorporó. Podía ver el reloj que había sobre la mesa de la cocina, el que marcaba las 03:05 a. m. Podría irse en aquel momento, justo en aquel momento. Podría salir por la puerta principal y tendría dieciséis años de nuevo, con lo cual vería a su padre desayunar y leer el periódico. Podría ver a Ursula acurrucarse alrededor del cuello fuerte de su padre. Podría hacerlo reír y gastarle bromas y sentir todo su amor en su dirección, como los faros de un coche.

Sabía que no podía salvarlo. A Leonard ni siquiera le gustaba ese tipo de ciencia ficción, aquellos libros con avances médicos que podían mantener vivas a las personas durante siglos, los que tenían cerebros en tarros de cristal, los de vampiros inmortales o magos sedientos de poder. Creía que las soluciones fáciles carecían de verosimilitud, a pesar del hecho de que él mismo había escrito dos libros sobre adolescentes que viajaban en el tiempo. Podría haber seguido casado con Serena, podría haber tenido un trabajo normal, podría haberse vestido con ropa que no proviniese de la tienda L. L. Bean, solo que no lo había hecho. A Leonard no le importaba hacer las cosas a su modo. Siempre había sido él mismo, para bien o para mal, le gustara a los demás o no. Así que Alice no podía dejarlo, no en aquel momento. Esperaba que fuera cierto lo que le había dicho sobre el amor, sobre cómo todo ese amor seguiría existiendo en el mundo. Él no era religioso, por lo que ella tampoco. Creía en la ficción, quizás, o en el arte, pero ¿eso contaba como religión? El creer que las historias que uno contaba podían salvarlo y podían llegar a todas las personas que uno amaba.

Alice cogió fuerzas para ponerse de pie y entró a la habitación de Leonard, con sus propios faros iluminando su camino.

64

No fue consciente del viaje en metro de vuelta a casa. Le pareció más rápido de lo normal, y alzó la vista justo cuando las puertas se cerraban en Borough Hall, por lo que se apresuró a bajarse antes de perder su parada. Caminar desde aquella estación le llevaba un poco de tiempo, quince minutos en un buen día, pero no le importó. Puso un pie delante del otro hasta que se encontró frente a su edificio.

Mary había sabido qué hacer. Ella y Debbie lo habían preparado todo con anticipación. A quién llamar y en qué orden: la funeraria, las empresas de las tarjetas de crédito, los amigos. Ya tenían listo el obituario. La foto de Leonard saldría en todos los periódicos y en Twitter. Aparecería en un montaje en blanco y negro de los Óscar, con alguien cantando «Somewhere Over the Rainbow» en un vestido formal. Alice hizo algunas de las llamadas a los amigos, pues se dividió la lista con Debbie. Nadie pareció sorprendido. Todos fueron muy amables. Lloró durante las primeras, casi incapaz de articular las palabras, pero luego se acostumbró al ritmo de la conversación y se percató de que era capaz de hacerlo. Aquello le duró unos cuantos minutos antes de ponerse a llorar de nuevo. Abrazó a Mary más rato del que nunca había abrazado a una casi desconocida en toda su vida. Así era cómo la gente se sentía con sus matronas o sus compañeros de pelotón u otros rehenes: habían visto cosas juntos que ninguna otra persona en el mundo podría llegar a entender.

Encontró la llave de su piso y la metió en la cerradura, aunque no consiguió abrir la puerta. Su teléfono vibró —era Sam—, y Alice contestó, a pesar de que se percató de que no era capaz de hablar.

—*Ay, nena* —dijo Sam, una y otra vez. Era una buena madre y una buena amiga—. *Iré para allá y te llevaré algo de comer.*

—Vale —dijo Alice, antes de colgar. Volvió a intentar abrir la puerta, pero no pudo, por lo que lanzó las llaves a la acera—. ¡Joder!

Despacio, la puerta con la que había estado peleándose hacía unos segundos se abrió de par en par.

—Eh... ¿Alice?

Era Emily.

—Ay, hola. Perdona el escándalo. Me estaba peleando con mi llave. —Se percató de que estaba empezando a parlotear—. Lo siento.

—No, no. No te preocupes —le dijo Emily—. Estoy trabajando desde casa hoy. Ah, es verdad, tengo un paquete para ti. Espera. —Dejó la puerta abierta con un tope. Alice dio un par de pasos hacia el interior y miró en derredor, hacia su piso. Su cama no estaba, ni tampoco su mesa. No estaba su caos ni su ropa ni sus cuadros en las paredes. Todo había sido reemplazado por el estilo lleno de brillitos de Emily: un sofá rosa, una moqueta con forma de arcoíris, una cama con dosel. Pudo ver el espacio hasta el jardín, como si el piso se hubiese vuelto el doble de grande, como si estuviese frente a un espejo. Emily volvió con una cajita—. Toma.

Alice aceptó la caja y la sostuvo contra su pecho. No estaba segura de adónde ir.

Emily le apoyó una mano en la muñeca.

—Tía, ¿estás bien? Ahora vives en la planta de arriba, jefa, ¿te acuerdas? —Alzó las cejas para señalar hacia arriba y luego hizo lo mismo con uno de sus largos dedos.

—Ya, claro —dijo Alice—. Gracias por el paquete. —Vio la dirección del remitente: era de Sam, por su cumpleaños. Iba tarde, como siempre. Suponía que eran la diadema y la foto—. Te escribiré más tarde, ¿vale? Gracias. —No mencionó a su padre, porque no podía.

Su llave abrió la puerta que se encontraba al final de las escaleras. Era un dúplex. Ya lo había visto antes, la propietaria la había invitado allí para cenar. Tenía acabados de madera y un barandal precioso y curvo. Sus cosas estaban por todos lados, y las de Leonard también. Había pósteres en las paredes que en algún momento habían adornado las paredes de Pomander. No se había percatado de que ya no estaban.

Habían acordado que Debbie se quedaría en Pomander por el momento, hasta que decidieran qué hacer. Leonard había sido el dueño de la casa, y Debbie aún tenía que pagar las cuotas de su hipoteca para su piso en régimen de covivienda, de modo que la idea había sido que ella se mudara, pero Debbie se lo había ofrecido a Alice, también, si lo quería. Ella había dicho que no de inmediato, pues no creía que pudiese resistir la tentación al estar tan cerca, día tras día. Ursula también se quedaría en Pomander, aunque Alice no estaba segura de si sería posible trasladarla incluso si decidía llevársela a casa. Parecía perfectamente posible que la gata fuese a desaparecer en una nube de humo si uno intentaba llevársela. Según lo que ella sabía, Ursula nunca había ido al veterinario siquiera. La hizo reír el caer en cuenta de todas las cosas que su padre había entendido y que ella jamás podría, tanto las pequeñas como las grandes. Su móvil vibró. Pensaba apagarlo, apagarlo de una vez por todas, quizás incluso lanzarlo a la bañera. Era un mensaje de texto de un número que no tenía guardado en su teléfono: *Hola, Alice. Soy Kenji Morris, de Belvedere. Sam me ha dado tu número. Me ha contado lo de tu padre. Sé que llevamos mil años sin hablar, pero ya sabes que yo he pasado por lo mismo. Llámame si quieres hablar, cuando quieras.* Quizás no lanzara su teléfono a la bañera aún.

Cualquier historia podía ser una tragedia o una comedia, según donde uno quisiera acabarla. Aquella era la magia, el cómo una misma historia podía contarse de un número infinito de formas distintas.

Los hermanos del tiempo, la novela, terminaba con una escena de Scott y Jeff sentados a la mesa para desayunar, mientras discutían en broma sobre a quién le tocaba más jarabe de arce, tras haber tenido éxito al salvar el mundo varias veces. No cabía duda de que iban a hacerlo de nuevo.

El alba del tiempo terminaba con Alba de pie en medio del Sheep Meadow de Central Park. Amanecía, y la palidez del cielo iluminaba la ciudad en silencio. Leonard había dedicado media página a describir su rostro y el modo en el que la luz rosácea se reflejaba en los edificios. El año era ambiguo aposta, pues Alba, a diferencia de los hermanos, no quería pasar el resto de su vida yendo y viniendo entre décadas y siglos. El lector tenía la esperanza de que Alba hubiese encontrado su camino a casa. Los finales felices eran demasiado para algunas personas, algo falso y barato, pero la esperanza... eso era algo sincero. La esperanza era algo bueno.

Alice se dirigió a la ventana, desde la cual ya no veía solo el suelo. Podía ver los edificios de arenisca que había al otro lado de la calle y el cielo por encima de ellos. El tráfico de la autopista Brooklyn-Queens zumbaba a lo lejos. Presionó la frente y la nariz contra el cristal. Hacia adelante, aquella era la idea. Hasta el futuro, fuera lo que fuese que este trajera consigo.

AGRADECIMIENTOS

Muchísimas gracias a todos los que me hablaron sobre el Upper West Side de nuestra juventud, sobre ciencia ficción y viajes en el tiempo y padres: Christine Onorati, Gary Wolfe, Olivia Greer, Julie Barer, Nina Lalli y Sam Saltz.

A Gabi Zegarra-Ballon, por ser una gran amiga para toda la familia y cuya presencia hizo posible que pudiera escribir este libro.

Al personal de Books Are Magic, tanto el antiguo como el actual. He aprendido más de vosotros de lo que algún día podría enseñaros, y doy las gracias por cada uno de vosotros día tras día. Nick Buzanski, Serena Morales, Michael Chin, Colleen Callery, Lindsay Howard, Jacque Izzo, Shulokhana Khan, Natalie Orozco, Aatia Davison, Isabel Parkey, Kristina Rivero, Anthony Piacentini, Abby Rauscher, Eddie Joyce y Nika Jonas. Miles y miles de gracias.

A mi gente de Riverhead: Sarah McGrath, Geoff Kloske, Claire McGinnis, Jynne Martin, Delia Taylor, Nora Alice Demick y Alison Fairbrother. A Laura Cherkas por editar un libro sobre viajes en el tiempo sin hacerme llorar. A Jess Leeke y Gaby Young y al equipo de Michael Joseph. A mi querida e incansable agente, Claudia Ballard, y a todos en WME: Tracy Fisher, Camille Morgan, Anna DeRoy, Laura Bonner y Matilda Forbes Watson.

A Justin Goodfellow, muchas gracias por siempre dejarme hacer preguntas, y al equipo de ventas de Penguin por ayudar a que mis libros lleguen hasta sus lectores.

A todas las librerías en el mundo que han escogido mostrar mis libros en sus estanterías. Ahora más que nunca sé lo que es tener un libro disponible, que ocupe espacio en tienda, y es un honor que no doy por sentado.

A todos con quienes en algún momento me fumé un cigarro, me senté en una escalera, quedamos para cenar, bebimos demasiado y nos quedamos despiertos toda la noche. Puedo cerrar los ojos y estar allí, con la electricidad recorriéndome por la emoción de ser una adolescente.

A mi Mikey, por siempre asegurarse de hacer tiempo (algo nada fácil este año), por ser mi animador incansable y por mantener la librería funcionando en estos tiempos tan inciertos y complicados. A mis hijos, mis compañeros inseparables, por ser unas criaturitas tan salvajes y maravillosas.

A mi madre, por seguir dejando cuencos con comida para picar siempre a mano.

A Killer, a quien le he concedido una inmortalidad de lo más merecida en este libro.

Al personal y al equipo médico del Hospital Columbia Presbyterian por su increíble trabajo, el cual se hizo muchísimo más complicado durante el 2020, cuando escribía este libro.

Y, en especial, a mi padre, por mostrarme lo que la ficción era capaz de hacer y por saber que la verdadera historia tanto está como no está, que nosotros mismos estamos y no estamos, y por recibir este libro como lo que siempre ha sido: un regalo.